BASTEI
LÜBBE

Von Sibylle Keller sind bei Bastei Lübbe lieferbar:

16209 Last minute, Lanzarote
16219 Ibiza – Liebe inbegriffen
16224 Kreta, Küsse, kleine Fische

Sibylle Keller

Pizza, Mare und Amore

Roman

BASTEI LÜBBE

BASTEI LÜBBE TASCHENBUCH
Band 16231

1. Auflage: März 2002

Vollständige Taschenbuchausgabe

Bastei Lübbe Taschenbücher ist ein Imprint
der Verlagsgruppe Lübbe

Originalausgabe

Titelbild: Superbild
Umschlaggestaltung: Tanja Østlyngen
Satz: Kremerdruck GmbH, Lindlar
Druck und Verarbeitung: Ebner Ulm
Printed in Germany
ISBN 3-404-16231-5

Sie finden uns im Internet unter
http://www.luebbe.de

Der Preis dieses Bandes versteht sich einschließlich
der gesetzlichen Mehrwertsteuer.

Dieses Buch widme ich in dankbarer Zuneigung meinen lieben Freundinnen Angelika, Elsie, Gertrud, Ilse und Rosi – auf die wunderbaren »Weiber-Runden« mit euch möchte ich um nichts in der Welt verzichten!

1. Kapitel

Ohne Frage war ich die schönste Braut aller Zeiten. Meine Schleppe war mit Abermillionen von Perlen bestickt und wogte in endlosen Metern kostbarer Seide hinter mir her. Mein Kleid war tief genug ausgeschnitten, um meinen Wonderbra-gepushten Busen aufs Köstlichste zur Geltung zu bringen. Mein langes blondes Haar war zu einer kunstvollen Krone aufgesteckt, von der ein zarter Tüllschleier herabhing. Mein Make-up war dezent, aber ausdrucksvoll, gerade so stark, dass mein Gesicht aussah, als würde es vor Glück leuchten.

Die Kirche war ein einziges Blumenmeer. Die Bänke im Hauptschiff waren mit üppigen Gebinden aus Margeriten und Schleierkraut geschmückt. Die Orgel oben auf der Empore jubilierte in schmelzenden Tönen, irgendein Stück aus dem Hochzeitspotpourri, das Valerie zusammengestellt hatte. Rechts und links vom Gang wandten sich zahlreiche erwartungsvolle Gesichter nach hinten, wo soeben der Brautvater mit der Braut, sprich meiner Wenigkeit, am Arm aufgetaucht war, um sie zum Altar zu geleiten. Meine Schleppe raschelte auf dem Marmorfußboden der Kirche. Komisch war nur, dass sie mich rückwärts zu ziehen schien.

»Bist du nervös, Kind?«, fragte Papa mich liebevoll.

Anstelle einer Antwort knirschte ich mit den Zähnen, was mich ein wenig verwunderte, denn eigentlich hätte ich die Ruhe selbst sein müssen – ich hatte vorhin noch eine halbe Valium genommen.

»Alles wird gut«, raunte Valerie mir zu. Sie musste es wissen. Schließlich war sie meine beste Freundin, wir hatten schon im Sandkasten zusammen gespielt. Sie kannte mich durch und durch. Ich hatte keinen Zweifel, dass sie mit meinen Befindlichkeiten mindestens so gut vertraut war wie ich selbst. Manchmal wusste sie sogar noch vor mir, dass ich krank werden würde. Oder dass mir ein toller neuer Typ begegnen würde. Oder dass der Typ, mit dem ich gerade zusammen war, ein Reinfall war.

Sie bezog ihr Wissen in erster Linie aus dem I-Ging, in zweiter aus Horoskopen und in dritter aus dem, was sie als *intuitives Chakra* zu bezeichnen pflegte. Keine Ahnung, was das bedeutete, es hing mit irgendwelchen unsichtbaren Kraftlinien zusammen, die aus dem Erdinneren kamen und sich in ihrem Magen verzweigten und von dort aus in ihr Gehirn liefen. Oder war es umgekehrt? Wie auch immer, jedenfalls lag sie im Ergebnis mit ihren Prognosen verblüffend oft richtig.

Wenn sie daher jetzt, an dieser Stelle, unmittelbar vor meiner Trauung, behauptete, alles würde gut werden, so konnte ich mich mit hundertprozentiger Sicherheit darauf verlassen. Valerie hatte immer Recht.

Ich lächelte sie leicht verkrampft an, während Papa mich weiterzog. Konnte es denn wirklich sein, dass ich Schwierigkeiten hatte, mich vorwärts zu bewegen? Irgendwie kam es mir so vor, als wollten meine Füße nicht so recht. Sicher war die Schleppe zu schwer. Vielleicht lag es aber auch an den Schuhen. In *Der schönste Tag im Leben* hatte ich gelesen, dass die Brautschuhe mindestens drei Wochen vor dem großen Tag regelmäßig etwa eine Stunde pro Tag eingelaufen werden sollten, am besten abends in der Wohnung. Abends waren die Füße nämlich breiter als morgens, was die Effizienz des Einlaufens natürlich entscheidend erhöhte. Leider hatte ich nicht dran gedacht. Die letzten Wochen waren zu aufregend gewesen, randvoll mit mindestens einer Million Vorbereitungen. Ich hatte das Einlaufen meiner Pumps schlicht vergessen. Ein blöder Fehler, denn jetzt hingen die Schuhe wie Bleiklötze an meinen Füßen und hinderten mich daran, mit der angebrachten Grazie zum Altar zu schweben.

Papa drückte beruhigend meinen Arm. Die Orgel brauste. Und ich knirschte mit den Zähnen.

Vorn beim Altar wartete bereits die restliche Besetzung, nämlich jenes unverzichtbare Trüppchen, das zu einer Hochzeit dazugehörte wie die Sahne zur Torte: Pfarrer, Trauzeugen und Bräutigam.

Irgendwie schafften Papa und ich den restlichen Weg bis zum Altar, obwohl ich zwischendurch gefährlich nahe dran war, aufzugeben. Meine Füße wurden immer schwerer, sie schienen förmlich am Marmorboden festzukleben. Endlich erreichte ich den blumengeschmückten Treppenabsatz, wo Leo auf mich wartete. Er war fesch anzusehen in seinem dunkelblauen Cut mit der makellos weißen Hemdbrust und der elegant gebundenen Smokingschleife.

Jetzt oder nie, dachte ich und atmete tief durch.

Mit liebreizendem Lächeln trat ich auf ihn zu und reichte ihm meine in cremefarbener Handschuhspitze steckende Rechte. Er packte sie und zerrte mich ziemlich unsanft an seine Seite. Himmel, hatte dieser Mann es eilig! Doch so war es von Anfang an gewesen. Er war nicht einfach nur, wie es so schön heißt, in mein Leben getreten – nein, er war förmlich mit der Geschwindigkeit eines Schnellzugs hineingerast. Ich konnte immer noch nicht ganz begreifen, dass ich diesen Mann erst so kurz kannte und schon hier mit ihm vorm Traualtar stand!

Er beugte sich zu mir und flüsterte mir etwas ins Ohr. Ich verstand ihn nicht, weil in diesem Augenblick das Orgelspiel zu einem betäubend lauten Crescendo ansetzte.

»Was hast du gesagt?«

»Tu nicht so! Raus mit der Sprache!«

Ich blickte strahlend, aber etwas unsicher zu Leo auf. »Ich liebe dich auch«, raunte ich.

Doch plötzlich war ich gar nicht so sicher, ob es das war, was er hatte hören wollen. Er schaute auf einmal so grimmig drein, so ungeheuer aufgebracht.

»Was hattest du vorhin gesagt?«, fragte ich vorsichtshalber.

»Was soll dieser Scheiß?« Er wies mit dem Kinn über meine rechte Schulter nach hinten, in Richtung der Bänke.

Ich folgte seinen Blicken unauffällig, konnte aber außer zahlreichen Freunden, Bekannten und Verwandten nichts Auffälliges entdecken.

Das Orgelspiel verstummte. Mitten in die feierliche Stille hinein begann der Pfarrer mit seiner einstudierten kleinen Rede. »Wir sind hier im Angesicht Gottes zusammengekommen, um diesen Mann und diese Frau …«

»Was haben diese Scheißkerle hier verloren?«, fiel Leo dem verblüfften Geistlichen ins Wort.

Peinlich berührt blickte ich mich um. »Wen meinst du?«

Leo zeigte empört mit ausgestrecktem Zeigefinger auf die dritte Bankreihe. »Die da!«

Die da waren drei meiner besten und ältesten Freunde, nämlich Klaus, Bert und Hannes.

»Das sind Klaus, Bert und Hannes«, sagte ich geduldig. »Drei meiner ältesten und besten Freunde!«

»Findest du es witzig, dass deine abgelegten Liebhaber hier rumhängen?«

Mein Vater mischte sich ein. »Meine Güte, musst du so laut schreien? Wir sind schließlich in der Kirche! Bei einer Hochzeit!«

»Ich *weiß*, dass wir bei einer Hochzeit sind!« Leo begann zu schäumen. »Bei *meiner* Hochzeit, wohlgemerkt! Und sie ... » – er zeigte mit spitzem Finger auf mich – »hat die Stirn, dazu ihre Exlover einzuladen!«

»Du übertreibst maßlos«, sagte ich würdevoll. »Mit Hannes war ich nie zusammen, er ist schwul, das weiß jeder!«

»Wir wollen jetzt fortfahren«, erklärte der Pfarrer mit einer Spur von Ungeduld in der Stimme.

Leo presste die Lippen zusammen und fügte sich. Der Geistliche spulte sein gesamtes Sprüchlein herunter, bis er zu der Frage aller Fragen kam:

»Willst du, Jennifer Costello, diesen Mann zu deinem rechtmäßig angetrauten Ehemann nehmen, ihn lieben und ehren, bis dass der Tod euch scheidet, so antworte mit *Ja*.«

Ich wollte es tun, ehrlich. Aber irgendwas schien meine Lippen zu verkleben. Ich kriegte sie einfach nicht auseinander.

»So antworte mit *Ja*«, wiederholte der Geistliche, diesmal etwas ungeduldiger als vorhin.

»Antworte mit *Ja*«, zischte Leo mir ins Ohr.

»Antworte mit *Ja*«, echote der Trauzeuge. Er hieß Thomas und war einer von Leos langweiligen Freunden. Es war das erste Mal, dass ich ihn überhaupt irgendetwas sagen hörte außer den üblichen Begrüßungs- und Abschiedsfloskeln.

Meine Lippen klebten immer noch zusammen.

»Überleg es dir gut«, zischte Valerie mir über die Schulter. Irgendwie war sie plötzlich von ihrem Platz in der ersten Bankreihe hinter mir gelandet.

Auf einmal konnte ich wieder sprechen.

»Ich überlege noch«, erklärte ich dem Pfarrer.

Leo starrte mich fassungslos an. »Jenny!«

»Ich kann nichts dafür«, verteidigte ich mich. »Du hast mich durcheinander gebracht.«

»Diese Antwort ist im Programm nicht vorgesehen«, meinte der Pfarrer irritiert.

Ich überlegte krampfhaft, dass es am besten und praktischsten wäre, wenn ich einfach in Ohnmacht fiele, so wie früher Scarlett und Co. Ich könnte in einem rauschenden Wirbel perlenbestickter Seide meinem bestürzten Vater rücklings in die starken Arme sinken und wäre allen Ungemachs auf einen Schlag enthoben. Jedenfalls für den Moment.

Ich horchte in mich hinein, ob ich womöglich erste Anzeichen einer drohenden Ohnmacht nahen fühlte, doch da war leider nichts. Also blieb mir nur eins: die Flucht nach vorn anzutreten.

»Ich glaube, ich kann dich nicht heiraten«, sagte ich daher wahrheitsgemäß.

Leo gab ein ungläubiges Hüsteln von sich.

Mein Vater schnaufte überrascht.

Valerie lächelte rätselhaft wie die Mona Lisa und warf mir einen ihrer berühmten *Ich-hab-dir-ja-gesagt-alles-wird-gut*-Blicke zu.

Leo legte seinen Arm um meine Schulter. »Unfug. Das meinst du nicht wirklich. Das ist bloß die Aufregung. Du bist nervös und hysterisch. Komm, lass uns das endlich durchziehen.«

Ich schüttelte verstockt den Kopf. »M-m.«

»Jenny!«

»Ich bin für die Ehe nicht geeignet«, sagte ich schnell. Dann entwand ich mich seinem Griff und zog mich ein paar Schritte von ihm zurück. Plötzlich war ich wieder wunderbar flink und behände, meine Füße flogen nur so über den Kirchenboden, als ich den Mittelgang hinabeilte, in Richtung Portal. Ein Raunen erhob sich von allen Seiten, während ich, mit einem Mal immer schneller werdend, an den Hochzeitsgästen vorbeirannte, meiner neuen, verheißungsvollen Freiheit entgegen. Ich war ja so froh, dass ich jetzt doch nicht heiraten musste!

»Wiedersehen!«, rief ich, enthusiastisch Kusshände nach allen Seiten werfend. »Dank euch allen, und vergesst mich nicht!«

Plötzlich hörte ich hallende Schritte dicht hinter mir.

Leo war mir gefolgt und versuchte, mich einzuholen. »Damit kommst du nicht durch!«

Mit einem Blick über meine Schulter stellte ich fest, dass er ziemlich schnell war. Er hatte mich schon fast erreicht!

Ich rannte schneller, die Hände weit ausgestreckt, Leos keuchenden Atem bereits im Genick.

An der Stelle wurde es ziemlich absurd, das war jedes Mal so, wenn ich diesen dämlichen Albtraum hatte. Zum Glück war es dann meist auch immer gleich vorbei, sonst hätte ich mich höchstwahrscheinlich schon längst in Therapie begeben.

Ich stieß einen schrillen Schrei aus, und exakt in dem Augenblick, als Leo mich packte und unerbittlich begann, mich in Richtung Altar zurückzuschleifen, wurde ich mit einem Schlag wach.

Keuchend fuhr ich hoch und warf die Decke von mir. Mein Nachthemd war bis auf die Haut durchgeschwitzt. Ich starrte für ein paar Sekunden benommen in die Dunkelheit, bis ich die vertrauten Konturen meines Schlafzimmers erkannte. Allmählich wurde das Hämmern meiner Pulse langsamer, und ich legte mich zurück.

»Das war diesmal ziemlich drastisch«, murmelte ich frustriert.

Doch das war übertrieben. In Wahrheit hatte ich zu diesem Thema schon schlimmere Träume gehabt. Einmal hatte Leo es geschafft, mich zurück zum Altar zu schleppen und mir da irgendwie doch noch ein *Ja* abzuluchsen, und anschließend waren wir durch einen Regen von Reis und Streublumen zu einer weißgoldenen Hochzeitskutsche gestolpert und in die Flitterwochen an die Adria gefahren, wo Leo ein Ferienhaus besaß.

Es gab tatsächlich ein Ferienhaus an der Adria, doch es gehörte nicht Leo, sondern meinen Eltern, und höchstens in meinen schlimmsten Albträumen konnte ich auf die Idee kommen, dort hinfahren zu wollen. Und die weißgoldene Hochzeitskutsche war in Wahrheit ein eierschalenfarbener Rolls Royce, den Valerie für uns gechartert hatte – natürlich nicht, um damit an die Adria zu fahren, sondern bloß um die drei Ecken bis nach Hause. Und anstelle von Klaus, Bert und Hannes war es Frank gewesen, über den Leo sich aufgeregt hatte. Völlig zu Unrecht, wie ich fand. Die Sache mit Frank war über fünf Jahre her, und sie hatte nicht mal drei Monate gedauert. Außerdem war er inzwischen längst verheiratet, geschieden und erneut verheiratet.

Abgesehen davon hatte sich die Szene sowieso nicht in der Kirche abgespielt. Leo war schon seit Jahren aus der Kirche ausgetreten und konnte gar nicht kirchlich heiraten. Das Ganze war auf dem Standesamt passiert, wenn auch bei weitem nicht so spektakulär wie in meinen Albträumen. Noch vor der eigentlichen Zeremonie, draußen im Gang, hatte ich mich anders besonnen, weil ich von einem Moment auf den nächsten begriffen hatte, was für ein Fehler es gewesen wäre, Leo zu heiraten. Nachdem Leo wegen Frank diese üble Show abgezogen hatte, entschied ich blitzschnell, dass Leo vielleicht doch nicht so ganz der Traummann war, für den ich ihn bis dahin gehalten hatte. Ich hatte plötzliche Übelkeit vorgeschützt und Leo in einem Nebenraum unter vier Augen eröffnet, dass er eine bessere Frau als mich verdient hätte. Seinem Tobsuchtsanfall hatte ich mich schmählich durch sofortige Flucht entzogen, insoweit stimmten meine Albträume regelmäßig mit der Wirklichkeit überein. Allerdings war es ihm in der Realität nicht gelungen, mich zu schnappen, obwohl er mir nachgelaufen war. Ich hatte ihn auf der Treppe abgehängt, weil irgendjemand – ich tippte auf Frank – ihm ein Bein gestellt hatte.

Mein Unterbewusstsein schien es allerdings nach

Kräften darauf anzulegen, alle Details dieses Unglückstages zu verdrehen und zu überspitzen, anders ließen sich diese verrückten Träume nicht erklären. Na gut, es war erst fünf Wochen her, und ich war von der ganzen Geschichte noch ziemlich traumatisiert. Außerdem hatte Leo schon zigmal angerufen und eine Aussprache verlangt.

Die beiden Male, die er an meiner Wohnungstür Sturm geklingelt hatte, war ich nicht zu Hause gewesen. Frau Hölzlein, meine Etagennachbarin, hatte mir hinterher erzählt, dass sie drauf und dran gewesen wäre, die Polizei anzurufen, weil er ständig Dinge vor sich hingemurmelt hatte wie *Ich krieg dich noch* oder *Der muss ich mal zeigen, wo's langgeht.*

Bis dahin war mir gar nicht klar gewesen, wie gründlich ich mich in ihm getäuscht hatte. Mich überlief es immer noch kalt, wenn ich daran dachte, dass ich um ein Haar seine Frau geworden wäre. Ich konnte von Glück sagen, dass er zurzeit geschäftlich in München zu tun hatte. Das war weit genug weg.

Seufzend kämpfte ich mich aus dem Bett und ging in die Küche, um etwas zu trinken. In dieser Nacht würde ich sowieso kein Auge mehr zutun, so viel stand fest. Jedes Mal, wenn ich einen Traum von dieser Sorte hinter mir hatte, war für die restliche Nacht an Schlaf nicht mehr zu denken.

Ich holte die Evian-Flasche aus dem Kühlschrank und trank ein paar Schlucke, dann ging ich ins Bad und betrachtete mich aus trüben, verquollenen Augen im Spiegel.

»Du hast schon besser ausgesehen, Jenny Costello«, erklärte ich meinem völlig übernächtigten Spiegelbild.

Ich fuhr kurz mit allen zehn Fingern durch mein rettungslos zerzaustes Haar, gab es aber sofort wieder auf, mich präsentabel herrichten zu wollen. Es war ja schließlich niemand da, der mich sehen konnte – außer Fridolin.

Ich ging hinüber in den Wohn- und Arbeitsraum meiner Zweizimmerwohnung und blieb vor dem Hamsterkäfig stehen. Fridolin drehte unermüdlich Runde um Runde in seinem Laufrädchen. Ich sah ihm eine Weile zu und überlegte dabei, ob er wohl merkte, dass er sich immer nur im Kreis bewegte. Er rannte und rannte, als gelte es ein verlockendes Ziel zu erreichen, und wenn er dann am Schluss ankam, war er wieder an derselben Stelle, von der er gestartet war. Armes, dummes Nagetier!

Trotzdem liebte ich ihn heiß und innig. Er war schon zwei Jahre alt, und ich hatte Angst vor dem Augenblick, in dem er tot und steif in einer Käfigecke liegen würde. Der Tag, an dem das passieren würde, konnte nicht mehr allzu weit entfernt sein. Schließlich war er ein Hamster, und die Lebenserwartung dieser Tierchen war bekanntlich stark begrenzt.

Ich pulte eine Erdnuss aus der Tüte, die neben dem Käfig lag und hielt sie mit Daumen und Zeigefinger zwischen die Stäbe. »Komm, mein Kleiner, schnapp sie dir!«

Fridolin hielt in seinem Laufrad inne, zögerte kurz und kam dann mit einer für sein fortgeschrittenes Hamsteralter verblüffenden Geschwindigkeit zu meinen ausgestreckten Fingern geflitzt, um sich die Nuss zu holen.

Nach einem kurzen Schnuppern packte er sie mit den Vorderpfoten, hielt sie sich elegant vor sein kleines Maul und fing an zu knabbern.

»Du bist echt der Beste«, lobte ich Fridolin.

Das war er wirklich. Er quatschte mir nicht die Ohren voll, wollte keinen Dreiminuten-Sex von mir, hatte niemals eine Bierfahne und hinterließ keine Pinkelflecken auf meiner Klobrille. Außerdem schlief er fast den ganzen Tag.

Wenn alle männlichen Wesen dieser Welt nur halb so zufrieden und genügsam wären wie mein Hamster, wäre die Menschheit definitiv besser dran.

2. Kapitel

Am nächsten Morgen fuhr ich auf dem Weg zur Arbeit bei Valerie vorbei. Ich nahm frische Croissants vom Bäcker mit und die Tageszeitung.

Sie empfing mich in einem überdimensionierten mitternachtsblauen, über und über mit winzigen Leuchtpunkten bedruckten Sleepshirt mit dem Aufdruck *Sterne lügen nicht* und ging voraus in ihre kleine Küche. »Hast du noch Zeit für 'ne Tasse Kaffee?«

»Ja, aber höchstens zehn Minuten, ich bin spät dran. Heut ist Redaktionssitzung.«

»Ach, die mit ihren Hämorrhoidenzäpfchen und Rheumapflastern«, meinte Valerie abfällig, während sie zu dem winzigen Bistrotisch vor dem Fenster ging und uns Kaffee eingoss.

»Ist doch eh immer derselbe Mist.«

»Ich leb aber davon«, verteidigte ich mich.

»Das sagst du immer. Und dabei hast du das überhaupt nicht nötig.«

Damit berührte sie einen wunden Punkt bei mir. Meine Eltern waren das, was man für gewöhnlich mit solchen Begriffen wie betucht oder wohlhabend oder gut bei Kasse zu umschreiben pflegte. Kurz: Sie hatten ziemlich viel Geld.

Mein Vater hatte schon in jungen Jahren Karriere als Komponist von ein paar Stimmungsschlagern gemacht, die immer noch bei jeder Faschingsveranstaltung abgenudelt wurden. Er konnte nichts dafür, er wurde von ganz allein immer reicher. Jedes Mal, wenn eines seiner Lieder angestimmt wurde, klingelte es bei ihm in der Kasse. Er musste keinen Finger mehr dafür krummmachen. Die Tantiemen flossen reichlich, denn Fasching gab es mit unzähligen Narrensitzungen, offiziellen Feten und Umzügen, regelmäßig wie ein Uhrwerk jedes Jahr, vom 11. November bis zum Aschermittwoch.

Doch meine Eltern waren beide nicht besonders erpicht darauf, ein Dasein in Saus und Braus zu führen. Sie waren nette, normale Leute, die zufrieden in ihrer etwas angestaubten Villa im Westend lebten, sich um ihren Garten kümmerten und ein- oder zweimal im Jahr an die Adria fuhren, wo sie seit fünfundzwanzig Jahren ein Ferienhaus hatten – der einzige wirkliche Luxus, den es in ihrem Leben gab. Gut, Mama hatte eine Putzfrau, aber das auch erst seit drei Jahren, weil ihr der Rücken zu schaffen machte. Und Papa fuhr eine nicht gerade billige Limousine, die er aber immerhin komplett von der Steuer absetzen konnte. Abgesehen davon führten sie ein ziemlich einfaches Leben ohne großes Brimborium. Sie hatten noch denselben Plattenspieler wie vor dreißig Jahren, spülten das Geschirr von Hand und besaßen nichts, was auch nur ansatzweise einem PC geähnelt hätte. In gewisser Weise lebten sie hinterm Mond und wirkten manchmal richtiggehend verschroben mit all den kleinen Marotten, die sie sich im Laufe der Jahre angewöhnt hatten, aber ich hatte immer den Eindruck gehabt, dass sie sich selbst genügten und ziemlich glücklich dabei waren. Weder als Kind noch später war ich mit besonderen Extras verwöhnt worden, im Gegenteil: Meine Eltern vertraten den Standpunkt, dass jeder Mensch für sich selbst sorgen sollte. Mit dieser Devise war ich aufgewachsen und hatte frühzeitig gelernt, die Verantwortung für mich selbst zu tragen.

Valerie stellte einen Teller vor mich hin, dann setzte sie sich zu mir und trank einen Schluck von dem dampfend heißen Kaffee. Es war die Sorte von Tütenpulver, die wir beide am liebsten mochten: Wiener Melange. Kaum eine Erfindung der letzten Jahre hat das Single-Dasein so bereichert wie der Tütenkaffee in den praktischen Zehnerpackungen! Aufreißen, heißes Wasser drauf, umrühren – fertig.

Während ich meine Wiener Melange schlürfte, kaute ich gedankenverloren an einem Croissant.

»Woran denkst du?«, wollte Valerie wissen. »An Leo?«

Ich zuckte die Schultern. »Wenn, dann höchstens indirekt. Ich dachte gerade über Tütenkaffee nach.«

Sie hob die rötlichblonden Augenbrauen. »Was hat Tütenkaffee mit Leo zu tun?«

»Nicht speziell mit Leo. Mit Männern halt. Mit Beziehungen, genauer gesagt.«

»Das musst du mir näher erklären.«

Ich tunkte den letzten Zipfel meines Croissants in die Wiener Melange und schlürfte das völlig durchweichte Ergebnis auf.

Valerie hob die Hand. »Warte, lass mich raten. Der Mann ist das Croissant, der Kaffee die Beziehung. Und kaum hast du ihn drinnen – den Mann in der Beziehung meine ich –, wird er matschig und taugt nichts mehr.«

Ich starrte sie an. »Du bist ein Phänomen, Val.«

Sie kicherte geschmeichelt. »Danke.«

»Meine Interpretation war eher die: Eine Beziehung

ist mit Tütenkaffee zu vergleichen. Aufreißen, umrühren, fertig. Und wenn er kalt wird, schmeckt er widerlich.« Ich trank einen Schluck von meiner Wiener Melange, die gerade die richtige Trinktemperatur hatte. Schön heiß. »Aber das mit dem matschigen Croissant ist wesentlich besser.«

Valerie nickte. Plötzlich schaute sie betrübt drein. »Ich mach mir immer noch Vorwürfe.«

»Warum? Wegen Leo?«

Sie senkte niedergeschlagen den Kopf. »Es ist alles meine Schuld. Schließlich hab ich das Hochzeitshoroskop erstellt und das Beziehungs-I-Ging ausgelegt.«

Ich winkte ab. »Blödsinn. Ich glaub sowieso nicht an diesen ganzen Astro-Humbug, und das weißt du.«

Damit kam ich bei ihr nicht durch. Sie war entrüstet. »Bis jetzt hab ich noch nie falsch gelegen!« Sie wurde nachdenklich. »Ich versteh das immer noch nicht. Es hat alles so gut gepasst. Allen Deutungen zufolge war Leo genau der Richtige. Die ganzen Konstellationen waren einfach ideal! Ich kann nicht begreifen, wieso das so schief gelaufen ist!«

»Das kann ich dir sagen.« Ich streckte die Hand aus und streichelte Melli, Valeries pechschwarze Hexenkatze, die sich schnurrend an meinem Bein rieb. »Weil er maßlos arrogant und maßlos herrschsüchtig und maßlos eifersüchtig ist.« Ich schüttelte den Kopf. »Ich muss irgendwie unter Drogen gestanden haben, als ich seinen Heiratsantrag angenommen hab.«

Valerie seufzte. »Nein, du warst einfach hingerissen. Schließlich war es dein erster.«

Ich grinste. »Mein Erster? Wohl kaum. Soll ich dir alle aufzählen?«

»Nicht dein erster *Mann.* Dein erster Heiratsantrag.«

Jetzt musste *ich* seufzen. Sie hatte Recht. Im Alter von knapp dreißig hatte ich zwar männermäßig schon einiges auf dem Kerbholz, aber ein Heiratsantrag war bisher bei keinem der Typen drin gewesen. Bis Leo in mein Leben trat. Es war wie im Roman. Er kam, sah und siegte. Auf ganzer Linie. Er behauptete, ich sei die Frau seines Lebens, und duldete keinen Widerspruch. Er wollte nicht mal vorher auf Probe mit mir zusammenleben. Nein, er machte gleich einen Termin fest und ließ mich die Gästeliste schreiben. Ich war so überwältigt von der Tiefe seiner Gefühle, dass ich in einen wahren Taumel von Liebeshormonen geriet, aus dem ich erst auf dem Standesamt wieder aufwachte.

»Das Ganze macht dich immer noch ziemlich fertig«, stellte Valerie fest.

»Schau«, sagte ich, »ich kann nicht einfach so tun, als wär nichts gewesen. Schließlich bin ich diejenige, die eine Hochzeit zum Platzen gebracht hat.« Ich schnippte mit den Fingern. »Einfach so!«

»Hättest du ihn etwa trotzdem heiraten sollen oder was?«, entrüstete sich Valerie. »Bloß, um ihn zu schonen?«

»Nein, natürlich nicht. Aber trotzdem setzt mir das noch ziemlich zu. Für Leo war es sicher die Blamage seines Lebens.«

»Du hast ihm doch alles erklärt.«

Das hatte ich getan. Mit aller Geduld, die ich aufbringen konnte, hatte ich versucht, ihm begreiflich zu machen, dass ich die falsche Frau für ihn war. Da er meine Ansicht nicht teilte, standen weitere Auseinandersetzungen bevor, vor denen mir graute.

Ich kraulte Melli und schaute aus dem Fenster. Die Sonne brachte den Kristall- und Esoterik-Schnickschnack, der an der Gardinenstange hing, zum Funkeln. Valerie besaß ein ganzes Sammelsurium von Anhängern, die sie wahlweise um den Hals trug oder sich ins Fenster hängte. Ein kleines Ankh-Symbol fing die flirrenden Lichtstrahlen ein und reflektierte sie, sodass ich für einen Moment geblendet war. Ich hatte Valerie den Anhänger zu ihrem letzten Geburtstag geschenkt; das Symbol bedeutete so viel wie *Ich bin* oder *Ich lebe*. Es wurde im alten Ägypten von Priestern und Königen als lebensspendendes Ritualobjekt verwandt; angeblich verlieh es Ausdauer und Energie, schützte gegen Krankheit und Müdigkeit und galt als Talisman für ewige Lebenskraft. Davon hatte ich momentan eindeutig zu wenig. Vielleicht sollte ich mir ebenfalls mal eines von den Dingern umhängen. Ich seufzte abermals.

»Mach dir nix draus«, tröstete Valerie mich. »Ich hab dir heute Morgen ein neues Horoskop erstellt.« Sie strahlte mich an. »Du wirst es nicht erraten! Es ist schon ein Neuer in Sicht!«

»Oh, nein!«, stöhnte ich in gespieltem Entsetzen. »Das bringt mich um!«

Valerie zog eine Schnute. »Okay, da waren ein paar Widerstände zu erkennen, vor allem bedingt durch die besondere Konstellation von Jupiter zu Saturn. Aber die Tendenz ist eindeutig positiv. Es wird ein Mann in dein Leben treten, der große Gefühle in dir auslösen wird.« Sie machte eine bedeutungsvolle Pause. »Vor allem im Bett!«

»Ja ja, wenn du es sagst«, meinte ich kichernd.

»Du hast selbst gesagt, dass Leo auf dem Sektor nicht gerade der Champion war.«

»Meine Güte, musst du mich daran erinnern?«

»Ja«, erklärte sie frech. »Damit du dich nach jemand anderem umguckst.«

Ich seufzte.

»Nur wer die Augen aufmacht, kann was sehen«, orakelte sie.

»Im Moment seh ich nur, dass ich zu spät zur Arbeit komme.« Ich trank meine Tasse leer und stand auf. »Ein neuer Mann wäre im Prinzip nicht übel. Aber vergiss nur eines nicht: Neue Männer bringen immer neue Probleme.«

In nicht allzu ferner Zukunft sollte ich mich an diese Worte wieder erinnern.

Ich kam zu spät zur Redaktionssitzung. Hildegard, Hans-Georg und Marie-Luise saßen bereits rund um den großen Tisch im Konferenzraum von *Meine Gesundheit* versammelt. Hildegard warf mir entnervte Blicke zu und trommelte mit ihrem Kugelschreiber auf die Tischplatte.

»Du bist zu spät.«

»Ich weiß. Es tut mir Leid, ich bin aufgehalten worden.«

Demütig begab ich mich an meinen Platz, doch Hildegard war noch nicht fertig.

»Beim letzten Mal warst du auch schon zu spät. Und wenn ich mich recht entsinne, das Mal davor auch.«

»Wirklich?«, tat ich bestürzt. In Wahrheit wusste ich genau, dass ich die letzten Male spät gekommen war. Einmal eine Viertelstunde, einmal zwanzig Minuten. Heute war es fast eine halbe Stunde. Die Tendenz war also zunehmend. Es stand zu befürchten, dass ich vielleicht die nächste Sitzung ganz verpassen würde.

»Es scheint dir zur Gewohnheit zu werden«, sagte Hildegard mit einem gewissen Unterton von Schärfe in der Stimme, womit sie mir zweifellos zu verstehen geben sollte, dass meine heutige Verspätung in dieser Redaktion vielleicht die letzte gewesen sein könnte. Hildegard war keine üble Chefin, wirklich nicht, aber sie hatte eine Art an sich, die es einem schwer machte, pünktlich zur Arbeit zu kommen. Ihr Haar war braun und fast so kraus wie Stahlwolle, ihre Figur ähnelte einer Birne – oben schmal und unten breit. Sie trug mit Vorliebe weite Trachtenröcke und sorgfältig gebügelte Blusen. Rein optisch wirkte sie genau so, wie man sich die Chefredakteurin eines erfolgreichen überregionalen Gesundheitsmagazins vorstellte, dessen Zielgruppe im Durchschnitt fünfundsiebzigkommadrei Jahre alt war. Hildegard war von Hause aus Ärztin. In grauer Vorzeit hatte sie einen Job als Assistentin in irgendeinem Gesundheitsamt bekleidet und war dann Jahre später mithilfe verwandtschaftlicher Beziehungen zur Verlagsleitung sozusagen über Nacht an diesen Posten hier gekommen.

»Ich habe neulich eine interessante psychologische Abhandlung über die Neigung zum Zuspätkommen gelesen«, meldete sich Hans-Georg. Er war ein hagerer Typ, der absolut nichts sagend ausgesehen hätte, wenn er nicht diese unvorstellbar gigantischen Segelohren gehabt hätte, die jeden, der mit ihm zu tun hatte, förmlich dazu zwangen, ihm mitten ins Gesicht zu schauen, nur um nicht in den Verdacht zu geraten, etwa auf seine Ohren zu glotzen.

Hans-Georg war Ressortleiter von *Mein Geist und meine Seele.* Depressionen, Nachlassen des Kurz- und

Langzeitgedächtnisses, Demenz und altersbedingte Paranoia – ihm war kein psychisches Gebrechen fremd.

Er grinste mich unverschämt an. »Willst du wissen, was die Psychoheinis über Verspätungen sagen?«

»Nicht wirklich«, murmelte ich.

»Mich würde es aber interessieren«, meinte Luise. Sie war die Expertin für *Mein Körper*. Im Laufe der vier Jahre, die sie für *Meine Gesundheit* arbeitete, hatte sie sich zu einer wahren Koryphäe auf dem Sektor der Bandscheibenvorfälle, Hüftgelenksversteifungen, Schilddrüsenüberfunktionen, Leistenbrüche und Potenzstörungen entwickelt.

»Nun denn«, sagte Hans-Georg. Er reckte seine schmächtige Gestalt. »Einmal verspätet ist Zufall. Zweimal Dummheit. Dreimal …« – er blickte vielsagend in die Runde – »dreimal ist Sabotage!«

»Oder Alzheimer«, kicherte Luise. Sie war zwei Jahre älter als ich und war über ein abgebrochenes Medizinstudium an diesen Job geraten. Ich verstand mich gut mit ihr. Sie war die reinste Frohnatur und zog alles und jeden durch den Kakao.

Hildegard zog die Brauen hoch und sparte sich einen Kommentar, aber die Blicke, mit denen sie mich bedachte, ließen tief schließen.

»Lass uns weitermachen«, meinte sie. »Deine Vorschläge, Jenny?«

Ich riss hastig meinen Laptop aus der Tasche und klappte ihn auf. Er war noch an; ich hatte heute Morgen, bevor ich zu Valerie gefahren war, in aller Eile noch ein paar Gedanken für die nächste Ausgabe auf die Festplatte gebannt.

Ich war für *Meine Freizeit* zuständig, also für alles,

was nicht direkt mit *Mein Geist und meine Seele* oder *Mein Körper* zu tun hatte, sprich für den ganzen unwichtigen Rest. Mode, Kosmetik, Reise, Erholung, Fitness und solchen Kram.

»Mit siebzig noch mal liften?«, las ich vor. »Neue Trachtenkleider aus Bad Wörishofen. Die heilende Kraft der Algen.«

»Algen hatten wir vor drei Monaten schon mal«, warf Hans-Georg ein.

»Wenn schon.« Luise grinste. »Das haben die Leser doch schon wieder vergessen.« Sie kniff Hans-Georg ein Auge zu, der das allerdings nicht besonders komisch fand.

»Ich kann auch was mit Schlamm machen«, erklärte ich eilig, um jedem weiteren Einwand zuvorzukommen. Ich hatte keine Lust, irgendwelche Debatten vom Zaun zu brechen und dadurch die Sitzung zu verlängern.

»Nimm Schlamm«, stimmte Hildegard mir zu. »Das mit dem Lifting klingt auch gut. Was ist mit der Reise?«

Ich hatte nicht die geringste Ahnung. Irgendwie war ich noch nicht dazu gekommen, mir zu diesem Thema den Kopf zu zerbrechen. Doch wozu war ich gut im Improvisieren?

»Lanzarote?«, meinte ich eifrig. »Das ist momentan echt günstig, ich hab heute ein Pauschalangebot gesehen, da könnte ich nächste Woche Montag fliegen und wäre Freitag wieder hier.«

Das war der beste Teil an meinem Job. Einmal im Quartal brachte *Meine Gesundheit* eine große Urlaubsreportage heraus, hauptsächlich über Reiseziele, an denen unsere Zielgruppe interessiert war. Es reichte schon, wenn irgendwo eine Heilquelle in der Nähe war.

Oder ein toller Dom. Oder eine wichtige Ausstellung. Oder einfach grandiose Natur. In dem einen Jahr, das ich jetzt bei *Meine Gesundheit* arbeitete, war ich dreimal auf Firmenkosten in Urlaub gewesen. Na gut, es waren meist nur so eine Art Kurztrips gewesen, die kaum eine Woche gedauert hatten, und für die Übernachtung musste ich mich regelmäßig mit maximal zwei Sternen begnügen, aber es war jedes Mal eine nette Abwechslung.

»Ich könnte eine Kameltour in die Feuerberge machen«, meinte ich. »Und die Manrique-Villa besuchen.«

»Wir hatten letztes Jahr schon Gran Canaria«, sagte Hans-Georg.

»Gran Canaria ist nicht Lanzarote«, klärte ich ihn auf.

Er bedachte mich mit einem säuerlichen Lächeln. »Aber es ist eine Kanarische Insel. Was würdest du dann nach Lanzarote vorschlagen? Teneriffa?«

»Hans-Georg hat Recht«, meinte Hildegard. »Einmal Kanaren reicht fürs Erste. Was wäre deine Alternative?«

Ja, was? Ich starrte sie an. Sie starrte böse zurück. *Nicht nur zu spät, sondern auch noch unvorbereitet,* sagte mir ihr stechender Blick.

»Die Adria«, platzte ich heraus – und hätte mir im selben Moment fast die Zunge abgebissen. Exakt im Alter von dreizehn Jahren und nach mindestens ebenso vielen Adria-Urlauben war mir klar geworden, dass die nächste Überdosis Rimini und Co. mich umbringen würde. Fortan hatte ich mich strikt geweigert, noch einmal mit meinen Eltern da hinzufahren, und hatte danach meine Ferien in katholischen Mädchen-Zeltlagern verbracht, bis ich alt genug gewesen war, mit Valerie nach Aix-en-Provence zu trampen, wo wir dann zu zweit das

Geld für die Zugtickets auf den Kopf gehauen hatten. Von diesem Urlaub schwärmten wir beide heute noch. Wieso hatte ich *Adria* gesagt? Die Albträume der letzten Zeit mussten mir doch noch tiefer in den Knochen stecken, als ich wahrhaben wollte!

»Ich meinte natürlich Aix. Ähm, die Provence.« Hastig und nur für den Fall, dass Hildegard auf der Leitung stand, setzte ich hinzu: »Das ist in Frankreich. In Südfrankreich, um genau zu sein. Sehr reizvoll gelegen, tolle Landschaft, super Essen, lauter irre nette Franzosen.«

Sie wirkte interessiert. Ich atmete erleichtert aus. Doch schon in der nächsten Sekunde fuhr mir der Schreck in die Glieder.

»Adria«, seufzte sie. Plötzlich schaute sie drein wie jemand, der sich an sehr guten Sex erinnert. »Ahhh! Wie wunderbar! Was für herrliche Urlaube ich da früher als junge Frau verbracht habe! Rimini! Grado! Cattolica!« Sie senkte verschämt die Blicke. »Da hab ich übrigens meine Flitterwochen verbracht.«

Hans-Georg wirkte plötzlich ähnlich entrückt. »Als Kind war ich mit meinen Eltern mal in Caorle. Das war der schönste Urlaub meines Lebens.«

»Ähm … Ich weiß nicht«, sagte ich. Es klang ziemlich lahm.

Hildegards Augen funkelten. »Ich sage das nicht gern, weil du dir immer gleich was auf solche Bemerkungen einbildest, Jenny. Aber in gewissen Augenblicken bist du dein Geld ganz einfach wert.«

»Was nicht heißen soll, dass du auch genug davon kriegst«, mischte Luise sich frech ein. Dann sprach sie aus, was ich dachte. »Die Adria – wer fährt denn da heutzutage noch hin?«

Diesen Einwand wischte Hildegard sofort vom Tisch. »Vor dreißig, vierzig Jahren sind da *alle* hingefahren. Das ist ja gerade der Clou an diesem Tipp! Denk an unsere Zielgruppe! Das wird der Renner, da gibt es überhaupt kein Vertun!«

Hans-Georg pflichtete ihr enthusiastisch bei. »Ja, das hat so einen gewissen Retro-Charme. Sechzigerjahre-Lebensgefühl. Kostbare Erinnerungen werden wach. Die Jugend wird auf einmal wieder lebendig.«

»Du machst was über die Adria«, beschied mich Hildegard. »Und weißt du was? Ich genehmige dir zehn volle Tage. Mach was richtig Gutes daraus. Wir nehmen es als Titelthema rein, drei Doppelseiten.«

Und damit war es endgültig.

3. Kapitel

Abends kam wieder einer dieser Anrufe, auf die ich gern verzichtet hätte. Ich stand gerade unter der Dusche, als das Telefon klingelte. Ich hatte Shampoo in den Haaren und konnte daher nicht drangehen, doch es hörte nicht auf zu läuten. Irgendwann kam mir dann der Gedanke, dass es wichtig sein könnte – meine Mutter hatte neulich über nervöse Herzbeschwerden geklagt –, weshalb ich mich in aller Eile in ein Handtuch wickelte und mit triefenden Haaren und tropfnassen Füßen hinüber ins Wohnzimmer patschte und abhob.

»Wieso gehst du nicht ans Telefon?«, fragte Leo.

Der missbilligende Tonfall in seiner Stimme ließ mich unwillkürlich zusammenschrumpfen. Doch dann richtete ich mich auf und packte das Handtuch fester.

»Ich *bin* drangegangen«, informierte ich ihn.

»Aber erst nachdem ich es mindestens fünfundzwanzigmal habe klingeln lassen.«

»Ich war unter der Dusche.«

»Jenny, wir müssen reden.«

»Wir haben doch schon geredet.«

Das ließ er nicht gelten. Seine Stimme wurde drängend. »Du kannst unmöglich vergessen haben, was uns verbindet!«

Genau genommen konnte ich mich kaum daran erinnern, doch es wäre wohl ziemlich hart gewesen, ihm das jetzt zu sagen. Hier war Diplomatie angebracht.

»Unsere Anschauungen haben sich eben auseinander entwickelt.«

»Weißt du noch, in unserer ersten Nacht in Paris?«

»Wir waren nur eine Nacht in Paris.«

»Es war die Nacht aller Nächte. Du kannst nicht vergessen haben, wie es für uns war. Wie es für dich war! Du hast es selbst gesagt!«

»Was denn?«

»Dass du noch nie so eine tolle Nacht erlebt hast!«

Hatte ich das wirklich gesagt? Wenn ja, dann nur aufgrund eines hormonbedingten Totalausfalls aller wichtigen Hirnfunktionen. Richtig, er hatte mir kurz davor den Heiratsantrag gemacht. Das hatte mich umgehauen, so sehr, dass ich mich noch zu ein, zwei anderen unverzeihlichen Dämlichkeiten hatte hinreißen lassen. Auf die Leo natürlich in diesem Moment zu sprechen kam, wie auf ein unhörbares Stichwort hin.

»Du hattest einen multiplen Orgasmus.«

Mit schlechtem Gewissen nagte ich an meiner Unterlippe. Wasser tropfte aus meinen Haaren und nässte den Teppich zu meinen Füßen.

Doch dann straffte ich mich. »Leo, ich muss dir jetzt etwas sagen, das dich vielleicht sehr kränken wird, aber ich finde, ich sollte dir endlich reinen Wein einschenken.«

»Du hast einen anderen!«, brüllte er.

»Nein, nicht doch.« Ich seufzte. »Siehst du, diese blöde Eifersucht! Damit kannst du einen wirklich in den Wahnsinn treiben!«

»Ich werde mich bessern.«

»Sinnlos. Wir passen einfach nicht zusammen, und ich werde meine Meinung nicht ändern.«

»Wie kannst du das behaupten, nachdem du mit mir den besten Sex deines Lebens hattest?«

Ich räusperte mich. »Ich war ja eben dabei, mich zu diesem Thema zu äußern. Aber wie gesagt, es könnte dich verletzen.«

»Nur raus damit, ich kann einen Stiefel vertragen.«

»Der Orgasmus war simuliert.«

Sein Aufschrei kam sofort und zerriss mir fast das Trommelfell. Ich trennte die Verbindung und zog den Telefonstecker aus der Wand. Dann schaute ich vorsorglich nach, ob mein Handy ausgeschaltet war. Seit Leo in München war, wagte ich nicht mehr, es anzumachen. Ich hörte nur noch regelmäßig meine Mailbox ab und schaute gelegentlich nach, ob ich eine SMS bekommen hatte – Marie-Luise verschickte diese kleinen Telefonbriefchen für ihr Leben gern an alle möglichen Bekannten, daher auch an mich.

Während ich mir die Haare trockenrubbelte, ging ich zu Fridolins Käfig und schaute zu, wie mein Hamster sich die Backen mit Körnerfutter voll stopfte.

Für die Zeit meines Adria-Aufenthalts würde ich ihn bei meinen Eltern einquartieren, das tat ich immer, wenn ich verreisen musste. Während ich Fridolin beim Futtern zusah, überlegte ich, dass zehn Tage Adria im Grunde gar nicht so übel waren, jedenfalls nicht, soweit es Leo betraf. Sein Schrei vorhin am Telefon hatte ganz danach geklungen, als wäre dieses Thema für ihn noch lange nicht ausdiskutiert.

Ich war keineswegs die erste große Liebe in Leos Leben, vor mir hatte es mindestens acht andere Freundinnen gegeben, denen er sein Herz zu Füßen gelegt hatte. Merkwürdigerweise hatte es nie zu einer Hochzeit gereicht. Leos Darstellung zufolge war er immer im letzten Moment zur Besinnung gekommen und hatte gemerkt, dass seine Gefühle doch nicht so tief waren, wie er ursprünglich geglaubt hatte.

Das hätte mir zu denken geben sollen. Stattdessen hatte ich es kritiklos geschluckt und war geschmeichelt, dass er, der tolle Typ mit dem tollen Job, der tollen Wohnung und dem tollen Wagen ausgerechnet mich, die subalterne kleine Redakteurin eines drittklassigen Gesundheitsblättchens, auserkoren hatte, künftig die Frau an seiner Seite zu sein, ohne Wenn und Aber. Ich hatte ihm bis heute nicht erzählt, dass meine Eltern Geld hatten.

Nach der geplatzten Hochzeit fand ich dann schnell heraus, wie es sich wirklich zugetragen hatte: Sämtliche von ihm Auserwählten hatten die Flucht ergriffen, nachdem sie erst kapiert hatten, wie cholerisch er in seiner grundlosen Eifersucht sein konnte.

Seufzend zog ich mich an und fuhr zu meinen Eltern zum Abendessen. Zwei-, dreimal die Woche gönnte ich mir den Genuss eines leckeren, gutbürgerlichen, vollwertigen Essens mit frischen Zutaten, von liebevoller Hand zubereitet. Kein Mensch kochte so hervorragend gutbürgerlich wie meine Mutter. Ihr Schmorbraten war legendär, ihre Erbsensuppe vom anderen Stern, ihr Rindsragout zum Weinen gut.

Mit meinen eigenen Kochkünsten war es nicht weither. Um genau zu sein, ließen sie sich mit einem einzigen Wort umschreiben: null.

Machmal fragte ich mich trübselig, wieso ich nicht

wenigstens ansatzweise etwas vom Genie meiner Eltern geerbt hatte. Meine Mutter war eine begnadete Köchin, mein Vater ein begabter, höchst erfolgreicher Komponist – wieso konnte dieser viel versprechenden Mischung nicht jemand entspringen, der wenigstens ein paar Anlagen zur Perfektion aufwies? Nicht damit genug, dass ich, küchentechnisch gesehen, die reinste Dilettantin war – ich konnte ja nicht mal gut genug schreiben, um bei einer vernünftigen Zeitung anheuern zu können! Darüber hinaus war ich weder musikalisch noch sportlich, noch schön. Ich war einfach nur der pure, langweilige, klassische Durchschnitt.

An mir war alles Durchschnitt. Bis auf meine Männererfahrungen. Die waren katastrophal.

Ähnlich miserabel war mein Job. Es verging kaum ein Tag, an dem ich mich nicht fragte, wie zum Teufel ich da überhaupt reingeraten war.

Und dabei hatte mir mein Werdegang schon im Alter von sechs Jahren klar umrissen vor Augen gestanden. Schon vor meiner Einschulung hatte ich beschlossen, dass ich Geheimagentin werden wollte. Es dauerte Jahre, bis ich begriff, dass man sich für diesen Beruf nicht einfach zu irgendeiner Lehre anmelden konnte.

Danach hatte sich einfach keine Alternative ergeben, jedenfalls keine, die auch nur annähernd so aufregend gewesen wäre.

Das Abendessen zu Hause war wie immer ein Hochgenuss. Meine Eltern waren ebenfalls wie immer – lieb und ein bisschen verschroben.

»Ich finde es wunderbar, dass du mal wieder da runter fahren willst!« Mama tat mir noch einen Schöpflöffel von ihrem unüberbietbaren Gulasch auf. »Weißt du, wie lang es jetzt her ist, dass du das letzte Mal in Pesaro warst?«

»Keine Ahnung«, behauptete ich.

»Aber ich. Sechzehn Jahre«, sagte Mama prompt. Sie besaß das, was man in wissenschaftlichen Kreisen als eidetisches Gedächtnis bezeichnete. Mit anderen Worten: Sie vergaß niemals etwas, weder Kochrezepte noch irgendwelche geselligen Ereignisse.

»Im Prinzip hab ich keine große Lust dazu, mir hat's damals schon nicht besonders gefallen, und ich glaube kaum, dass es da inzwischen schöner geworden ist.«

Mama legte einen Kloß neben meine Gulaschportion. »Es hat sich einiges geändert, aber man kann immer noch sehr nett da Urlaub machen.«

»Ich fahr ja eigentlich nur zum Arbeiten hin.«

»Was aber nicht heißt, dass du dich dabei nicht auch erholen kannst. Nimm dir noch von dem Salat, Kind.« Bevor ich mich bedienen konnte, tat sie es. »Du hast ein bisschen Entspannung bitternötig. Nach der Sache mit Leo bist du ziemlich mit den Nerven runter.«

Papa, der die ganze Zeit über an die Decke gestarrt und dabei im Geiste vermutlich die kompliziertesten Notensequenzen studiert hatte, wandte sich mir zu. »Leo? Ich halte nicht viel von ihm. Er brüllt zu viel.« Er blinzelte mich kurzsichtig an. Ohne Brille konnte er kaum etwas sehen, doch meist hatte er keine auf. Er besaß ein gutes halbes Dutzend davon, doch er hatte sie ständig irgendwo verlegt. Mama zeigte keine Bestrebungen, sie für ihn parat zu halten. Das war eine *ihrer* kleinen Marotten: Sie war eitel. Einmal hatte sie mir verschwörerisch anvertraut: »Ich fühle mich jünger, wenn er keine Brille aufhat. Er sieht dann so gut wie gar nichts. Das ist besser als jede Anti-Faltencreme!«

»Zumindest hab ich dort schon mal eine Bleibe und muss nicht ins Hotel. Und zentral ist es auch, ich kann von da aus überall gut hinfahren.«

»Das ist nur *ein* Vorteil«, sagte Mama. »Vielleicht lernst du ja auch einen neuen Mann kennen.«

»Von neuen Männern hab ich erst mal die Nase voll«, widersprach ich.

»Du solltest die Hoffnung nicht aufgeben, eines Tages den Richtigen zu treffen.«

»Wozu braucht sie einen Mann?«, fragte Papa. Er runzelte sinnend die Stirn. »Wozu brauchen Frauen *überhaupt* Männer?«

Mama schnaubte durch die Nase. »Das frag ich mich manchmal auch.«

Zu dieser Frage hatte Valerie am nächsten Tag ihre eigene Meinung. »Dazu könnte ich ein paar Takte sagen«, erklärte sie. Ihr rotblondes Haar stand wie eine Wolke um ihren Kopf, ihre Augen funkelten fast so hellgrün wie der Kristall, den sie heute trug. »Es hat drei Buchstaben, fängt mit *S* an und hört mit *X* auf.«

»Kannst du eigentlich nur an das eine denken?«

Sie krauste nachdenklich die Stirn. »Kommt dir das so vor?«

Ich nickte. »In letzter Zeit redest du ständig darüber.«

Sie wirkte nicht sonderlich beeindruckt. »Und wenn schon. Es ist nur normal. Das kommt von der langen Entbehrung.«

»Lange? Wenn ich richtig mitgezählt habe, ist die Sache mit Albert erst drei Wochen her.«

»Es war Jochen, und das ist vier Wochen her. Albert war davor.« Sie zupfte ein Stück von ihrer Schinkensemmel ab und legte es vor Mellis Nase auf den Fußboden. Wir saßen in ihrer Küche bei einem verspäteten Abendessen. Ich hatte heute im Büro ziemlich viel zu tun gehabt und daher das Mittagessen ausfallen lassen. Als ich endlich die Redaktion verlassen hatte, war es bereits kurz vor acht gewesen. Da es nächste Woche schon nach *Bella Italia* gehen sollte, musste ich einiges vorarbeiten. Ich hätte zum Abendessen auch wieder zu meinen Eltern gehen können – Mama kochte sowieso jeden Tag –, doch Valerie wollte etwas mit mir besprechen.

Sie schaute zu, wie ihre Katze mit einer eleganten Bewegung nach dem Schinkenhappen schnappte, ihn herunterschlang und anschließend geziert mit der Pfote über die langen Barthaare strich.

»Weißt du«, sagte sie gedehnt, »ich habe über deinen Urlaub nachgedacht.«

»Es ist kein Urlaub, sondern eine Rechercheréise.«

»Es kommt ganz darauf an, was du daraus machst«, sagte sie.

»Okay, sagen wir: Arbeitsurlaub.«

»Urlaub«, beharrte sie.

Ich gab nach. Seit unserer gemeinsamen Kleinkindzeit war sie sozusagen meine bessere Hälfte und hatte immer Recht. Schon in der Sandkiste war sie die Entscheidungsträgerin gewesen. Sie hatte bestimmt, wer welches Schippchen benutzte und ob der Sandkuchen mit oder ohne Stöckchenverzierung hübscher aussah.

»Und zu welchem Ergebnis bist du beim Nachdenken über meinen *Urlaub* gekommen?«, wollte ich wissen.

»Ich könnte mir ein bis zwei Wochen freinehmen.«

Ich war freudig überrascht. »Du könntest mitkommen?«

Sie zuckte die Achseln. »Ich bin so gut wie sicher, dass ich's möglich machen könnte.«

»Und der Laden?«

»Margret hat schon gesagt, dass sie zwei Wochen einspringen kann. Sie würde auch Melli in der Zeit zu sich nehmen.«

Margret war Valeries Tante und half auf Teilzeitbasis in Valeries Laden aus, einem kuriosen, verwinkelten Gemach in der Altstadt, wo es Räucherstäbchen, Tarotkarten, bunte Heil- und Freundschaftssteine, Duftkerzen, Kräutertees und anderen esoterischen Schnickschnack zu kaufen gab.

Jetzt war ich Feuer und Flamme. »O ja! Das wär toll, Val! Komm doch mit! Bitte!«

Valerie lächelte. »Wenn du mir eines versprichst.«

Ich runzelte zweifelnd die Stirn. »Kommt drauf an, was. Wenn es diese Urlaubssache ist – vergiss nicht, dass ich da nicht nur am Strand abhängen kann. Ich muss einen Artikel schreiben und sicher ziemlich viel rumfahren.«

Sie machte eine wegwerfende Handbewegung. »Diesen ganzen Kulturkram kannst du auch aus irgendwelchen Reiseführern abschreiben. Abgesehen davon komm ich natürlich mit, wenn du nach Venedig fährst. Da wollte ich schon immer mal hin.«

Anscheinend hatte sie sich bereits informiert. Ich frohlockte innerlich. Sie war längst entschlossen, mitzukommen! Dieser Adriatrip war gerettet!

»Ich hab für mich heute Morgen ein neues I-Ging geworfen«, erklärte Valerie. Mit deutlich sichtbaren Anzeichen von Erregung stand sie auf. »Es ist einfach grandios! Exorbitant! Ein Jahrhundert-Orakel!«

»Wirklich?«

Sie nickte, ihr Haar plusterte sich auf wie elektrifizierte Watte. »Als ich die Deutung las, wusste ich sofort, dass ich mitkommen musste. Es stand alles drin.«

»Warte, lass mich raten«, unterbrach ich sie, dann deklamierte ich mit leiernder Stimme: »Förderlich ist es, in den Süden zu reisen, weise ist es, im Schatten zu bleiben ...«

»Du musst ja nicht dran glauben«, meinte sie spitz. Wie immer fand sie es nicht besonders komisch, dass ich ihren Spleen ins Lächerliche zog.

»Entschuldige«, sagte ich fromm. »Wir machen alles, was du willst. Ich geh sogar mit in die Disco, wenn du darauf bestehst. Ich werde zu allen Männern nett sein, die du mir vorstellst. Und wenn du jemanden für *dich* findest, werde ich auch zu dem nett sein.« Ich dachte nach, dann schränkte ich ein: »Außer es ist so ein Arsch wie dieser Popelfreak Helmut.«

»Das war Herbert«, sagte Valerie beleidigt.

In dieser Beziehung waren wir uns wohl ziemlich ähnlich. Die Männer, die wir bisher an Land gezogen hatte, waren samt und sonders Luftnummern gewesen. Nicht gleich am Anfang, nein, das nicht. Aber nach ein paar Wochen ließ es sich dann meist nicht länger übersehen. Der eine entpuppte sich wie Herbert als notorischer Nasenbohrer, der andere wie Leo als manisch eifersüchtiger Choleriker. Irgendwie schien es sowohl Valerie als auch mir vorherbestimmt zu sein, ständig Nieten zu ziehen. Aber Valerie besaß mir gegenüber einen entscheidenden Vorteil – oder auch Nachteil, je nach Betrachtungsweise: Sie gab nicht auf. Ständig schleppte sie neue Musterexemplare an, im Schnitt etwa doppelt so viele wie ich. Dafür war bei ihren Typen die Verfallzeit wesentlich kürzer. Ungefähr nur halb so lang wie bei meinen Eroberungen.

Na gut, wenn sie hoffte, in Italien endlich den Hauptgewinn zu ziehen – ich würde ihr nicht dreinreden. Meinetwegen sollte sie nach einem Mann im dritten Haus am großen Wasser oder sonst wo Ausschau halten. Ich würde einfach ein paar nette, sonnige Tage mit ihr verleben, ein bisschen was von der Gegend dort anschauen und hinterher gut erholt, sanft gebräunt und mit einem tollen, farbenprächtigen Artikel über die italienische Adria im Gepäck nach Hause zurückkehren.

Valerie schaute mich an. Ihre Augen waren plötzlich sehr grün. »Diesmal ist alles anders. Wir werden unserem Schicksal begegnen«, flüsterte sie. »Halte dich bereit!«

Ihre Worte wanderten mir immer noch im Kopf herum, als ich zwei Stunden später nach Hause kam. Ich war angenehm beschwingt. Valerie und ich hatten noch drei bis vier Gläschen von Tante Margrets selbst abgefülltem Holunderbeerwein verkonsumiert. Ich hatte hinterher den Wagen bei ihr stehen lassen müssen. Wir hatten viel geredet, und inzwischen war ich davon überzeugt, dass mir an der Adria nicht nur der Urlaub meines Lebens bevorstand, sondern dass dort auch der tollste Latin Lover aller Zeiten auf mich wartete.

Valerie hatte mich ebenfalls ein neues I-Ging werfen lassen und mir anschließend triumphierend die Deutung vorgelesen. Mein Lover in spe hatte irgendwie mit

Wasser und Klunkern zu tun. In der Deutung las sich das unter anderem wie folgt: *Wer an das große Wasser kommt, wird Gelingen finden. Gold und Juwelen trägt der Mann vom Turm.*

Ich fand zuerst, dass es sich genauso schwachsinnig anhörte wie der Rest, der in ähnlich sinnlosen Variationen ein erstaunlich dickleibiges Buch füllte, doch Valerie war ganz aufgeregt gewesen. »Sicher ist er ein steinreicher *Marchese*, mit einem Kastell direkt am Meer! Er wird dir die kostbare Halskette seiner Mutter zur Verlobung schenken! Dann kehrst du als Braut in das Land deiner Vorväter zurück!«

Sie hatte ihn mir in den glühendsten Farben geschildert. Groß, breitschultrig, schwarzhaarig, nahtlos olivbraun am ganzen Körper, dezenter kleiner Brilli im Ohr, weniger dezenter, schwerer Goldsiegelring am gräflichen Finger.

»Er heißt Enrico. Oder Roberto.« Sie ließ es rollend auf der Zunge zergehen. »Oder Marco.«

»Wieso nicht Fabio?«, schlug ich mit angesäuseltem Grinsen vor. »Mein Opa hieß auch Fabio.«

»Ja«, sagte sie mit leuchtenden Augen. Melli strich buckelnd und mit hochgerecktem Schwanz um ihre Beine. Valeries smaragdgrüner Kaftan knisterte und bauschte sich, wie von eigenem Leben erfüllt. In diesem Augenblick wirkte sie mehr denn je wie eine richtige Hexe.

»Das ist ein wundervoller Name! So soll dein Juwelen-Lover vom Turm heißen! Fabio!«

4. Kapitel

Mit diesem klangvollen Namen im Ohr hatte ich mich schließlich von ihr verabschiedet. Morgen früh würde ich einen hübschen Brummschädel haben. Tante Margrets Weine hatten es in sich.

Summend stieg ich die letzten Stufen zu meiner Wohnung hoch. Es war stockfinster im Treppenhaus, doch ich hatte kein Licht angeknipst. Sobald ich Licht anknipste, würde sich unweigerlich Frau Hölzlein in ihrer offenen Wohnungstür materialisieren und mich in ein mindestens zehnminütiges Gespräch über ihre letzte Ischiasattacke verwickeln. Seit sie herausbekommen hatte, wo ich arbeitete, war ich in ihren Augen *die* Fachfrau in Gesundheitsfragen schlechthin.

Ich war oben angekommen und fummelte in meiner Handtasche nach meinem Wohnungsschlüssel. Im nächsten Moment stieß ich einen schrillen Schrei aus, denn aus der Dunkelheit kam eine Hand und griff nach meiner Schulter.

»Da bist du ja endlich«, sagte Leo.

Ich ließ mich zitternd gegen die Wand sinken, der Schlüsselbund, den ich gerade hervorgekramt hatte, fiel aus meinen kraftlosen Fingern und landete rasselnd vor meinen Füßen.

»Was machst du denn hier?«, fragte ich.

»Ich hab auf dich gewartet.«

Das war nicht zu übersehen. »Wieso hast du kein Licht gemacht?«

Wie zur Erklärung ging gegenüber die Wohnungstür auf und die Treppenhausbeleuchtung an. Frau Hölzlein erschien, den rundlichen Körper vom Hals bis zu den Zehen in geblümtes Flanell gewickelt. »'n Abend, Frau Costello. Hab ich doch richtig gehört.« Sie blinzelte kurzsichtig, als sie Leo sah. Es dauerte nur einen Moment, bis sie ihn richtig einsortiert hatte.

»Kann ich Ihnen behilflich sein, Frau Costello?«

Leo würdigte sie keines Blickes. »Wir gehen rein.« Er hob meinen Schlüssel auf und sperrte die Wohnungstür auf. Dann ergriff er meinen Arm. »Komm.«

»Nein.« Ich stemmte mich gegen ihn. »Kommt nicht infrage.«

Er ließ mich los und versuchte es mit Schmeicheleien. »Du siehst gut aus, Mausi.«

»Danke, du auch.« Ich schob mich unauffällig an ihm vorbei und versuchte, ihm die Tür vor der Nase zuzuwerfen. Er stellte seinen Fuß dazwischen.

»Ich warte hier seit über einer Stunde auf dich! Im Dunkeln! Nur, um mit dir zu reden!«

»Dann sag schnell, was los ist, und geh wieder. Ich bin müde und muss ins Bett.«

Er schnüffelte. »Du hast was getrunken. Wo warst du? Und wieso kommst du erst so spät heim?« Seine Stimme klang anklagend.

»Das geht dich nichts an. Nimm deinen Fuß weg.«

»Ich mach dir ja keine Vorwürfe. Ich will einfach nur wissen, wo du warst!«

»Du meinst wohl, mit wem! Aber das sag ich dir nicht!«

Leo hob beide Hände. »Dann behalt es einfach für

dich, Mausi. Ich bin nicht im Geringsten eifersüchtig!« Er setzte sein breitestes *Ich-bin-dein-bester-Freund*-Grinsen auf, aber das irre Funkeln in seinem Blick konnte er nicht abstellen.

Frau Hölzlein schob sich ein Stück näher, um nichts zu verpassen.

»Leo, du solltest jetzt gehen. Wir haben uns nichts mehr zu sagen.«

»Doch«, behauptete Leo. »Du liebst mich nämlich. Du sträubst dich noch gegen diese Tatsache, aber wenn wir erst mal wieder eine Weile zusammen waren, wirst du begreifen, dass wir füreinander geschaffen sind.«

»Das bildest du dir nur ein! Du willst mich nur, weil ich nicht will! Wenn du ein bisschen darüber nachdenkst, kannst du erkennen, dass es nur gekränkte Eitelkeit und verletzter Ehrgeiz sind!« Ich wich ein Stück vor ihm zurück. »Wieso bist du überhaupt schon wieder da? Ich dachte, du kommst erst übernächste Woche wieder.«

»Ich muss heute Abend wieder zurück nach München, ich hatte nur kurzfristig hier einen Termin, und da dachte ich, dass ich mal rasch bei dir vorbeischaue und dich zur Vernunft bringe.«

Sein blondes Haar war wie immer tadellos frisiert. Er trug einen seiner sündhaft teuren italienischen Anzüge, dazu fast ebenso teure Schuhe, handgefertigt von einem Londoner Edelschuster, ferner eine Krawatte aus der Nähwerkstatt eines Pariser Nobeldesigners und eine Schweizer Uhr, die ungefähr so viel gekostet hatte, wie ich in einem ganzen Jahr verdiente. Frau Hölzlein, die für derlei Dinge ein Auge hatte, warf mir einen Blick zu, in dem leises Unverständnis zu lesen war, dass ich diesen kapitalen Hecht verschmähte.

»Leo, ich habe dir alles gesagt, was es zu sagen gibt.«

»Das ist nicht wahr. Ich will mit dir über diesen Orgasmus reden …«

Drinnen klingelte das Telefon. Geistesgegenwärtig trat ich Leo auf den Fuß, und in dem Moment, als er ihn zurückzog, warf ich die Tür zu.

»Ich muss ans Telefon«, rief ich. »Gute Nacht, Leo!«

Dass ich einen dummen Fehler gemacht hatte, fiel mir erst auf, als ich das Geräusch des sich drehenden Wohnungsschlüssels hörte. Ich hatte vergessen, ihn mit reinzunehmen.

Doch dieses Problem ließ sich beheben. Blitzschnell legte ich die Kette vor, sodass die Tür nur einen Spalt aufging. Leo schob seine Nase hinein. »Jenny! Mach sofort auf!«

Er begann, gegen die Tür zu trommeln.

Frau Hölzlein rief über seine Schulter: »Keine Sorge, Frau Costello, ich ruf den Hausmeister! Oder soll ich gleich der Polizei Bescheid sagen?«

Diese Äußerung veranlasste Leo, zähneknirschend den Rückzug anzutreten. »Wir sprechen uns noch!«, rief er, während er zur Treppe ging. »Spätestens in acht Tagen unterhalten wir uns noch mal gründlich über das Thema!«

»Das tun wir ganz bestimmt nicht«, murmelte ich, schon auf dem Weg ins Wohnzimmer. In acht Tagen würde ich mit Valerie schön weit weg in Italien sein. Sie hatte völlig Recht. Ich würde das Ganze mehr als Urlaub denn als Arbeit betrachten. Und ich würde einen tollen Typen mit Brilli im Ohr kennen lernen, den feurigsten Latin Lover aller Zeiten. Der würde mich in einen Strudel unsterblicher Leidenschaft reißen. Ich würde den

Sex meines Lebens haben und keinen müden Gedanken mehr an Leo verschwenden.

Ich ging zum Telefon und hob ab, doch wer immer der Anrufer war, er hatte bereits aufgelegt.

Fridolin saß in seinem Käfig vor dem Futternapf und nagte an einer Möhre.

Ich schob ihm eine Erdnuss durch die Gitterstäbe und sah zu, wie er die Möhre Möhre sein ließ und sich über die Nuss hermachte. In diesem Punkt war er genau so menschlich wie du und ich. Wenn es leckere, fette Kalorienbomben gab, waren die Vitamine uninteressant.

Frau Hölzlein klopfte an die Wohnungstür. »Er ist weg!«, rief sie. »Aber ich glaube, ich muss doch dem Hausmeister Bescheid sagen.«

Ich ging in die Diele und hakte die Kette aus. »Wieso?«

»Er hat Ihren Schlüssel mitgenommen.«

Eine Woche später fuhren Valerie und ich gen Süden. Wir nahmen meinen Wagen – Valeries alte Kiste hatte seit ein paar Monaten Probleme mit dem Getriebe – und wechselten uns am Steuer ab. Obwohl wir mitten in der Nacht losfuhren, hatten wir bis zur Ankunft mit ein paar Staus zu kämpfen, aber allzu schlimm war es nicht, weil keine Feriensaison war. Dafür war das Wetter jetzt, im Mai, in Italien im Vergleich zu den heimischen Temperaturen bereits hochsommerlich. Es war ziemlich heiß, aber nicht so unerträglich, wie es ein paar Wochen später hier in dieser Gegend werden würde.

Das letzte Stück unserer Fahrt führte entlang der Steilküste nördlich von Pesaro, über die kurvenreiche *Strada panoramica adriatica*, durch den hügeligen Naturpark San Bartolo. Wir hätten auch die *Autostrada* nehmen können, aber dann wäre uns eines der prächtigsten Panoramen entgangen, die diese Gegend zu bieten hatte. Hier, wo die Küste der Emilia Romagna in diejenige der Marken überging, wechselten breite Sandstrände mit Klippen und ins Meer ragenden Felsenriffs. Zwischendurch hielten wir an, damit ich ein paar Fotos schießen konnte. Ich hatte das übliche Equipment dabei, das ich immer auf meinen Reportagereisen mitführte: außer meinem Laptop für die Texte auch den Fotokoffer mit der Nikon und einem Satz guter Objektive, dazu ausreichend Filme. Wahrscheinlich würde ich so an die zweihundert Bilder mitbringen, von denen Hildegard dann, wenn es hochkam, vielleicht ein halbes Dutzend aussuchen würde. Doch das war die übliche Vorgehensweise bei einer Reisereportage wie dieser.

»Ist hier in der Gegend nicht auch das Kaff, aus dem dein Opa kam?«

Ich drehte an der Objektiveinstellung und machte einen Schnappschuss von der Küstenlandschaft, die sich hügelabwärts vor uns erstreckte.

»Nein, das ist weiter südlich, in der Nähe von Termoli.«

Mein Opa, Fabio Costello, war Anfang der Dreißigerjahre des zwanzigsten Jahrhunderts von Italien nach Deutschland ausgewandert – der Liebe wegen. Er hatte meine Großmutter kennen gelernt, als diese damals mit ihren Eltern auf Bildungsreise an die Adria gekommen war. Ich kannte die herzergreifend romantische Geschichte in allen Einzelheiten. Fabio hatte tagsüber als Schneider sein kärgliches Brot verdient, das er abends als Stehgeiger in einem Hotel aufgebessert hatte. Dort war dann sein Blick auf Anna gefallen – so hieß meine Oma –, und es hatte wie der Blitz bei ihm eingeschlagen. Ihr war es ähnlich ergangen. So hatte eins zum anderen geführt, und Fabio war es trotz der argwöhnischen Überwachung durch Annas Eltern – meine Urgroßeltern – gelungen, Anna zu der Seinen zu machen, in einer lauen Sommernacht am Strand, unter einem von funkelnden Sternen übersäten Himmel. So jedenfalls war es von einer Tante überliefert, die ein Faible für Liebesromane hatte. Danach brannten die beiden durch, doch ihr Glück war nur von kurzer Dauer. Mein Urgroßvater jagte ihnen mitsamt einer Rotte Detektiven hinterher und stellte die Liebenden schließlich in Venedig, wo die beiden in einem heruntergekommenen Künstleratelier Unterschlupf gefunden hatten. Anna hatte sich als Hausmädchen verdingt, und Fabio geigte in Touristenlokalen am Canal Grande. Trotz erbitterter Gegenwehr musste die arme Anna mit ihren Eltern nach Deutschland zurückkehren.

Doch ihre Liaison mit Fabio war nicht ohne Folgen geblieben.

Mein Urgroßvater war stracks wieder nach Italien gereist, eine heulende, im dritten Monat schwangere Anna im Schlepptau, und Fabio war mit vorgehaltener Pistole gezwungen worden, Anna zu ehelichen. Wobei dieser Zwang, wie ohnehin jedermann wusste, überhaupt nicht nötig gewesen wäre. Niemand hatte je ein Paar gesehen, das verliebter hätte sein können als Anna und Fabio. Sie lebten beide nicht mehr, hatten aber eine große Nachkommenschaft hinterlassen. Mein Vater war das sechste und jüngste Kind.

Valerie seufzte. Natürlich kannte sie ebenfalls alle Details dieser Romanze. »Wenn ich mir vorstelle, dass die beiden hier am Strand …«

»Es war ja gar nicht hier.«

»Wir müssen unbedingt da hinfahren und es uns anschauen.«

»Erst mal fahren wir nach Pesaro.«

Das Haus meiner Eltern befand sich etwas außerhalb der Stadt, nördlich der Mündung der Foglia, in Richtung Casteldimezzo. Es lag am Fuße eines kleinen Hügels, malerisch eingebettet in einen lichten Pinienhain. Von der Terrasse führte ein Fußweg hinunter zur Straße und von dort weiter zum nahen Strand.

»He, das ist echt schön!« Valerie schirmte mit der Hand ihre Augen gegen die Sonne ab. »Wieso hast du immer gesagt, dass es bescheuert ist?«

Ich folgte ihren Blicken und kniff die Augen zusammen. Tatsächlich, jetzt, wo sie es sagte, erkannte ich, dass es stimmte. Es war tatsächlich schön hier! Der Anblick war mir noch völlig vertraut und doch irgendwie anders. Das Haus mit seinem gelben Putz, dem Schindeldach, den grasgrünen Fensterläden und dem von Hibiskusbüschen überwucherten Garten *war* schön! Eine reizende, hübsche kleine Ferienvilla. In meiner Erinnerung war es die ganze Zeit über eine langweilige, altbackene Bleibe gewesen, in der sich tagein, tagaus immer dasselbe abspielte.

Ich zuckte die Achseln. »Ich bin selbst überrascht. Irgendwie hab ich es anders in Erinnerung.«

»Das ist wahrscheinlich wie mit dem Louvre«, meinte Valerie.

»Was ist mit dem Louvre?«

»Den hab ich mal als Kind besucht, zusammen mit meiner Tante. Ich fand es grässlich öde. Die reinste Folter. Dann war ich letztes Jahr noch mal drin, und ich war überwältigt. So viel Schönheit auf einmal!«

Während wir unsere Koffer ins Haus trugen und sämtliche Fenster zum Lüften aufrissen, überlegte ich trübe, dass diese unterschiedlichen Auffassungen von den schönen Dingen des Lebens wahrscheinlich ein Indiz dafür waren, dass wir alt wurden. Noch mit Anfang zwanzig war ich der Überzeugung gewesen, dass nur ältere Menschen sich an barocken Gemälden und staubigen Kathedralen begeistern konnten. Dasselbe galt für Roquefort-Käse, Chicorée und Magenbitter. Um an solchen Dingen Geschmack zu finden, musste man ziemlich alt sein, das wusste jedes Kind. In letzter Zeit hatte ich mir öfter mal einen kleinen Magenbitter genehmigt. Vor allem, wenn Leo angerufen hatte.

Valerie folgte mir durch die einzelnen Räume, die jetzt von der Abendsonne durchflutet waren. Das Haus war eingeschossig und hatte einen großen Wohnraum mit integrierter Koch- und Essecke, zwei Schlafzimmer und ein Bad. Alles war pflegeleicht, hell und gemütlich; der Boden war mit großen, quadratischen Terracottaplatten gefliest, die Wände waren einfach weiß verputzt. Das Mobiliar in den Schlafzimmern war unverändert, schlichte Holzbetten und Lamellenschränke, und auch die Essecke war dieselbe wie damals, doch vor ein paar Jahren hatten meine Eltern neue Sitzmöbel angeschafft, bequeme Ledersofas mit niedrigen Lehnen. Abgesehen davon war die Einrichtung einfach, aber zweckmäßig. Die Küche war komplett ausgestattet, allerdings ohne solche neumodischen Errungenschaften wie Mikrowelle oder Geschirrspüler. Immerhin waren ein ordentlicher Kühlschrank und ein immer noch tadellos erhaltener Gasherd vorhanden. Im Wohnzimmer gab es außerdem einen uralten Fernseher und eine noch ältere Stereoanlage. Alles genau wie früher. Ich inspizierte die Räume bis in die letzten Ecken, fand aber in puncto Sauberkeit nichts auszusetzen.

Valerie war derselben Meinung. »Das ist ja alles ganz gut in Schuss. Haben deine Eltern jemanden, der hier Ordnung hält?«

»Aus der Stadt kommt etwa einmal im Monat ein Ehepaar rüber, zum Putzen und für den Garten. Im September und Oktober sind dann ja meist meine Eltern hier, und im Frühjahr kommen regelmäßig Bekannte hierher zum Urlaubmachen.«

Nachdem wir die Deckbetten zum Auslüften über die steinerne Terrasseneinfassung gehängt und unsere Sachen ausgepackt hatten, machten wir einen Spaziergang zum Strand hinunter.

Hier hatte sich seit meinem letzten Besuch einiges verändert. Da, wo früher noch weitgehend naturbelassener Sandstrand gewesen war, gab es jetzt ein *Bagno*, ein kleines Strandbad mit bunten Sonnenschirmen und Liegen, für deren Benutzung ein Entgelt zu entrichten war. Dazu gehörten außer einer Reihe von Duschen, Umkleidekabinen und Toiletten auch die übliche kleine Bodega und eine Bocciabahn, die sowohl vom Strand als auch von der Straße aus zu betreten waren. Alles wirkte nett und einladend.

»Ah, *sole e mare*«, seufzte Valerie. Sie streckte sich genießerisch und blinzelte in den sattblauen Himmel. »Endlich Urlaub!«

Um diese Tageszeit war nicht mehr viel Betrieb am Strand, nur noch wenige Badegäste hielten sich auf dem Gelände auf.

Ein paar Bocciaspieler vergnügten sich auf der Bahn,

und zwei oder drei Urlauber hatten es sich auf den Liegen bequem gemacht. Eine alte, reichlich mit Schmuck behängte Frau watete durch die flachen Wellen, die ans Ufer klatschten. Sie trug ein schreiend geblümtes Sommerkleid, das sie bis über die dürren Knie hochgerafft hatte. Ein griesgrämig dreinschauender Typ stolperte hinter ihr her. Er war höchstens halb so alt wie die Frau und war anscheinend beim Spazierengehen ausgerutscht. Seine weiße, ziemlich teuer wirkende Hose war bis zum Schritt durchnässt.

In der Nähe spielten zwei kleine Kinder. Sie hockten dicht beim Wasser und buddelten selbstvergessen im Sand.

Alles in allem erinnerte mich das ganze Szenario mit einer Heftigkeit an meine Kindheit, die mich überraschte. Es war ein regelrechtes Déjà-vu-Erlebnis, und zwar eines von einer so bemerkenswerten Klarheit, wie ich es bisher kaum erlebt hatte. Ganz so, als hätte ich genau dieses Bild schon vor vielen Jahren gesehen. Die Frau mit dem geblümten Kleid, der missmutige Typ hinter ihr …

»Was ist, gehen wir noch was essen?«, wollte Valerie wissen.

»Sekunde.«

Ich schloss die Augen, weil ich spürte, wie in meinem Gedächtnis etwas an die Oberfläche drängte. Was immer es auch war – ich musste ihm nur Gelegenheit geben, aufzutauchen!

Doch dazu sollte es nicht kommen.

Kreischende Kinderstimmen erhoben sich. Eines der Kinder war aufgesprungen und losgerannt, verfolgt von seinem Spielgefährten. Die beiden Kleinen patschten durchs Wasser, umrundeten den Typ mit der nassen Hose und kamen als Nächstes der Alten in die Quere. Die ließ ihre Röcke los, ruderte mit den Armen – und verlor das Gleichgewicht. Sie fiel mit lautem Aufplatschen ins Wasser, und dabei schaffte sie es irgendwie, trotz des flachen Wellengangs komplett auf Grund zu gehen.

Die Kinder rannten kreischend weiter und stritten sich dabei um irgendein Spielzeug. Der Typ mit der nassen Hose beugte sich vor, um der Alten aufzuhelfen, und stolperte dabei über seine eigenen Füße, sodass er im nächsten Augenblick mit verblüfftem Gesicht ebenfalls bis zum Hals im Wasser schwamm. Die alte Frau schlug schwächlich mit den Armen um sich, während sie gurgelnd und hustend Salzwasser ausspie und dabei versuchte, irgendetwas zu rufen.

»Meinst du, man kann in fünfzig Zentimeter tiefem Wasser ertrinken?«, fragte Valerie zweifelnd.

»Es soll Fälle geben, wo so was schon vorgekommen ist«, erklärte ich, wider Willen fasziniert von dem seltsam surreal anmutenden Schauspiel. »Ich hab jedenfalls schon davon gelesen.«

Der Typ streckte die Hand aus und bekam einen Zipfel vom Kleid der Alten zu fassen. Doch als er daran zog, um sie vollends an die Oberfläche zu befördern, riss der Stoff mit einem schnalzenden Geräusch, und die Frau sackte mit einem Ruck wieder zurück ins Wasser, diesmal noch tiefer als vorher.

»Vielleicht ist das ja einer dieser Fälle, von denen du gelesen hast«, sagte Valerie.

»Ganz sicher nicht.« Ich hatte mich schon in Bewegung gesetzt, um einzuschreiten. Wenn dieser Mensch nicht in der Lage war, eine alte Frau aus dem Wasser zu ziehen und an das höchstens zwei Meter entfernte Ufer zu befördern, waren eben meine Fähigkeiten als Lebensretterin gefragt. Ich konnte zwar ungefähr so gut schwimmen wie eine Ente mit Klumpfüßen, sprich überhaupt nicht, doch diesen Akt der Barmherzigkeit würde ich sicherlich mit Bravour hinter mich bringen. Das Wasser konnte an dieser Stelle kaum hüfttief sein. Außerdem war ich am nächsten dran.

Doch diese Einschätzung musste ich innerhalb der nächsten Sekunde schlagartig revidieren, denn kaum hatte ich einen Fuß ins Wasser gesetzt, um mich todesmutig und voll bekleidet zur Rettung der armen Ertrinkenden in die Fluten zu stürzen, als mir irgendein harter Gegenstand mit der Wucht einer Lokomotive ins Kreuz knallte. Ich strauchelte, schnappte entsetzt nach Luft, bekam eine Ladung Meerwasser zu schlucken und sackte mit der Eleganz eines Betonklotzes in die Tiefe.

5. Kapitel

Komisch, vorhin war mir das Wasser hier noch so flach vorgekommen! Statt fünfzig Zentimeter war es eher zwei Meter tief. Mindestens. Meine Lungen brannten wie Feuer, ich hatte wohl was in die falsche Kehle gekriegt.

Ich musste ertrinken! Wenn ich nicht sofort Luft bekam, war es vorbei mit mir!

Vor meinem geistigen Auge erstand die Schlagzeile des morgigen Tages. *Deutsche Touristin bei Rettungsversuch zu Tode gekommen*.

Hilflos strampelte ich herum und versuchte, mich irgendwo abzustoßen und nach oben zu kommen, und endlich gelang es mir, mit dem Kopf die Wasseroberfläche zu durchstoßen. Keuchend schnappte ich nach Luft – und bekam im nächsten Moment einen Schlag gegen die Nase, der mir fast das Bewusstsein raubte. Und mich erneut auf den Meeresgrund schickte.

Diesmal bekam ich es wirklich mit der Angst zu tun, doch bevor ich mir weitere Gedanken darüber machen konnte, ob ich diese Attacke überleben würde, spürte ich, wie jemand eine Faust voll von meinen Haaren zu fassen bekam, und als Nächstes wurde ich ruckartig an die Wasseroberfläche gerissen.

Wieder fiel ich um ein Haar in Ohnmacht, diesmal vor Schmerz. Es tat so weh, dass ich fast vergessen hätte, zu atmen. Ich spuckte einen Schwall von dem widerlich schmeckenden Salzwasser aus und schnappte keuchend nach Luft. Es war gut, dass ich das getan hatte, damit hatte ich wenigstens ein bisschen Sauerstoff in meine Lungen befördert; wie ich sogleich erkannte, würde der eine Weile reichen müssen, denn im nächsten Augenblick landete ich flach auf dem Rücken im Sand, und zwar mit solcher Wucht, dass es mir das Zwerchfell zusammenzog. *Jetzt* würde ich ganz sicher nicht mehr atmen können!

»Meine Güte, Jen, bist du okay?« Valeries Stimme drang wie durch Watte an mein Ohr.

Ich versuchte erst gar nicht, zu antworten, denn reden konnte ich natürlich erst recht nicht.

»Wird sie durchkommen?« Eine Männerstimme hatte diese Frage gestellt, vermutlich der unfähige Typ mit der nassen Hose. Ein Deutscher also, und zwar einer aus Hamburg, dem vornehmen hanseatischen Zungenschlag zufolge.

»Sie sieht aus wie eine ersäufte Ratte.« Das musste die Alte sein. Was ihr an Schwimmkünsten abging, machte sie definitiv durch genaue Beobachtungsgabe wett.

Jemand anderer sagte: »Sie wird gleich wieder in Ordnung kommen.«

Wenn mir nicht sowieso schon die Luft weggeblieben wäre, hätte ich spätestens jetzt den Atem angehalten. Es war eine Männerstimme, mit kaum merklichem italienischen Akzent. Eine Stimme wie die Nacht, dunkel und samtig und mit winzigen Feuerpünktchen durchsetzt, wie von ungezählten, verheißungsvollen Sternen …

»Sollten Sie nicht Mund-zu-Mund-Beatmung machen

oder so?« Das war Valerie. Sie meinte es gut mit mir, das liebe Mädchen! Wenn der ganze Mann wie seine Stimme war, dann *wollte* ich von ihm beatmet werden. Sofort!

»Ich meine ja nur«, sagte Valerie. Sie klang ernsthaft besorgt. »Sie sieht nicht so aus, als würde sie von alleine atmen. Und die Augen kriegt sie auch nicht auf.«

»Das wird gleich wieder.«

Valerie gab sich damit nicht zufrieden. »Ich weiß nicht … Was sind Sie eigentlich, Bademeister oder so?«

»So ungefähr.«

»Na, dann kennen Sie sich besser aus als ich.« Pause. »Aber müsste man nicht *irgendwas* tun?«

»Na ja … vielleicht … « Das war wieder er.

»Tun Sie endlich was!«, rief Valerie schrill.

»Na gut. Sie haben es so gewollt.« Im nächsten Moment landete eine klatschende Ohrfeige auf meiner Wange. Ich riss die Augen auf und holte prustend Luft. Keuchend und spuckend wälzte ich mich auf die Seite und stemmte mich hoch.

»Was soll das?« Es war als wütende Frage gedacht, kam aber nur als heiseres Gurgeln heraus. Ich musste noch ein-, zweimal husten, um meine Stimme wiederzufinden.

Doch die verschlug es mir im selben Augenblick, als ich meines Retters ansichtig wurde. Er war groß, bestimmt über einsachtzig, und bis auf ein Paar Bermudas trug er nicht den kleinsten Faden am Leib. Sein ganzer Körper war nahtlos olivbraun. In seinem Ohrläppchen steckte ein glitzernder kleiner Brilli.

»Geht's wieder?«, fragte er. Mit reumütigem Lächeln streckte er mir die Hand entgegen. An seinem Ringfinger steckte ein ziemlich dick aussehender Goldring mit einer Art Wappen. »Sorry, dass ich Sie vorhin im Wasser umgerannt hab. Ich bin ausgerutscht. Und als Sie dann hochkamen, sind Sie aus Versehen gegen meinen Ellbogen geknallt. Außerdem könnte es sein, dass ich Sie ein bisschen zu heftig rausgezogen habe. Ach ja, und entschuldigen Sie bitte die Ohrfeige.«

»Kann doch jedem passieren.« Wie hypnotisiert nahm ich seine Hand und glotzte auf den Ring. Und dann in sein Gesicht.

Er lächelte mit weißen Zähnen. Sein Haar war tiefschwarz, aber seine Augen waren so blau wie das Meer, in dem ich vorhin fast ertrunken wäre. Er war mit Abstand der bestaussehende Bademeister, dem ich je begegnet war.

»Mein Name ist Fabio.«

Neben mir schnappte Valerie keuchend nach Luft, es klang, als wäre nicht ich, sondern sie dem Ertrinken entronnen.

Ich brachte keinen Ton heraus und starrte ihn nur an. Valerie drängte sich neben mich, weil ich immer noch stumm war.

Sie übernahm die Vorstellung. »Das da ist Jenny, und ich bin ihre Freundin Valerie. Sie sprechen aber *sehr* gut Deutsch!«

»Meine Mutter ist aus Deutschland. Aus Frankfurt, um genau zu sein.«

»Wir auch«, rief Valerie erfreut. »Wir sind heute angekommen, vorhin erst. Wir wohnen da oben in einem der Ferienhäuser.«

»Na so was, dann sind wir ja sozusagen Nachbarn«, meldete sich der hanseatisch klingende Typ zu Wort. Jetzt war nicht nur seine Hose, sondern auch der Rest seines teuren Outfits patschnass. Er triefte von Kopf bis Fuß, genauso wie die alte Frau, die ihre Rettung aus den Fluten der Adria anscheinend wesentlich besser überstanden hatte als ich.

»Gestatten, mein Name ist Plettenberg. Heinz von Plettenberg. Und das hier ist meine Großtante, Baronin von Plettenberg. Wir wohnen in dem Kastell oben am Hügel.«

»Ich werd nicht mehr«, murmelte Valerie, nur für mich hörbar.

Heinz von Plettenberg nahm Haltung an und verneigte sich ein wenig linkisch vor mir. »Ich danke Ihnen vielmals für Ihren Rettungsversuch.«

Ich starrte den pitschnassen Heinz von Plettenberg und die Baronin an. Grübelnd furchte ich die Stirn. Da war es wieder, dieses komische Gefühl, die beiden schon mal gesehen zu haben. Und zwar exakt hier, am Strand der Adria!

Mist, es wollte mir nicht einfallen! Ich wurde *doch* alt!

Aber zum Glück verdichtete sich der Eindruck, die zwei zu kennen, schon im nächsten Moment zu erfreulicher Gewissheit. Natürlich! Die Baronin! Sie hatte damals schon in dem Kastell gewohnt, schon zu der Zeit, als ich hier mit meinen Eltern Urlaub gemacht hatte! Und sie hatte sich kaum verändert, wie ich mit einem raschen Seitenblick feststellte. Abgesehen davon, dass sie klatschnass war, sah sie fast genauso aus wie vor zwanzig Jahren. Klein und dürr wie eine Vogelscheuche, ein Gesicht wie die böse Hexe aus dem Kasperletheater, mit dem ich als Kind gespielt hatte. Genau wie damals trug sie ein grellbunt geblümtes Kleid.

Ihr Großneffe Heinz hatte sich ebenfalls nicht sonderlich verändert. Er war ein paar Jahre älter als ich, vielleicht Mitte dreißig, aber er war so hager wie eh und je, und auch sein Gesichtsausdruck war derselbe wie früher. Schon mit fünfzehn oder sechzehn hatte er wie ein vergrämtes Karnickel dreingeschaut. Im Übrigen war die Familienähnlichkeit unverkennbar.

Ich wollte mich gerade zu erkennen geben, als die Baronin in schnarrendem Tonfall sagte: »Ich bin nass.«

Die schwere Juwelenkette um ihren Hals klirrte leise, während sie ihre herabhängenden Röcke raffte und davonmarschierte.

Heinz warf ihr einen leicht indignierten Blick nach, dann schickte er sich an, ihr zu folgen. Über die Schulter rief er uns zu: »Danke nochmals! Und … Bitte kommen Sie doch morgen Vormittag gegen zehn Uhr zu uns zum Brunch! Ich würde mich freuen, und meine Tante auch! Wiedersehen, einen schönen Abend noch!«

Sprachlos sahen Valerie und ich zu, wie die Baronin von dannen stapfte, gefolgt von ihrem triefenden Neffen und dem Adonis von Bademeister, der ebenfalls von oben bis unten nass war. Er ging als Letzter. Seine Bermudas klebten wie eine zweite Haut am Körper.

Valerie gab ein verzücktes Stöhnen von sich. »Hast du diesen geilen Hintern gesehen? Glaubst du, er macht vielleicht Bodybuilding?«

»Keine Ahnung.«

Wir blickten der Baronin und ihren beiden Begleitern nach, wie sie an einer kleinen Schar neugieriger Strandgäste vorbei zur Straße gingen und sich von dort aus auf den Weg hinauf zum Kastell machten.

Valeries Augen leuchteten. »Ich hab's gewusst!«

»Was?«, fragte ich vorsichtig.

»Hast du nicht mitgekriegt, wie er heißt? Na? Na? Heißt er Fabio oder nicht?«

»Zufall.«

»Und der Ring? Und der Brilli im Ohr? Und sieht er nicht ganz genau so aus, wie wir ihn uns vorgestellt haben?« Sie seufzte tief. »Mein *Gott*, sieht dieser Mann toll aus!«

Ich deutete auf das Bademeisterpodest, das in einiger Entfernung stand. »Und das ist dann wohl sein Turm, oder wie?«

»Da ist noch eine kleine Ungereimtheit«, räumte Valerie ein. »Eigentlich müsste *er* der Baron sein und in dem Kastell da oben wohnen und Juwelen in der Familie haben.«

»Eine kosmische Verwechslung?«, schlug ich grinsend vor.

»Nein, ich dachte eher, dass er hier vielleicht nur ehrenamtlich den Bademeister macht.« Sie runzelte die Stirn. »Komisch, wenn er Bademeister ist – wieso ist er dann eben mit denen weggegangen?«

»Vielleicht hat er Feierabend und wollte sowieso eben nach Hause.«

»Hm«, machte sie. »Aber du musst zugeben, dass sonst alles passt: Wer an das große Wasser kommt, wird Gelingen finden. Gold und Juwelen trägt der Mann vom Turm …«

Ich schüttelte mich und versprühte nach allen Seiten Wassertropfen. »*Gelingen* nennst du das? Ich hab so viel Meerwasser geschluckt, dass ich nie wieder Salz auf meine Frühstückseier streuen muss! Und dieser tolle Märchenprinz hat mir eine gedonnert!«

Valerie schmunzelte und hakte mich unter. »Komm, du brauchst 'ne Dusche und was Frisches zum Anziehen.«

»Und was zum Essen.«

»Ich könnte auch was zwischen die Kiemen vertragen«, sagte Valerie. »Gibt's denn hier ein gutes Restaurant?«

»Ich hab schon was rausgesucht. Lassen wir uns überraschen.«

Auf dem Rückweg erzählte ich ihr, dass ich die Baronin und Heinz von früher her kannte. Valerie war perplex. »Du meinst, die haben damals hier schon Urlaub gemacht?«

Ich nickte. »Mehrmals. Heinz war beim letzten Mal so um die fünfzehn, sechzehn, aber sonderlich verändert hat er sich nicht. Und die Baronin sah ganz genauso aus wie heute. Sie hat kaum geredet, und sie trug schon damals diese grässlich geblümten Kleider und dazu kiloweise Juwelen.«

»Meinst du, die sind echt?«

»Scheint so.«

»Und Heinz fährt nach all den Jahren immer noch mit seiner Tante in Urlaub?«

»Sieht so aus. Aber frag mich nicht wieso, ich hab keine Ahnung.«

Valerie runzelte die Stirn. »Ich denke mal, dass wir das noch rausfinden.«

»Heißt das, du willst da wirklich hingehen?«

Sie sah mich verblüfft an. »Was dachtest du denn?«

Die Aussicht auf einen Brunch bei der schrägen Baronin haute mich nicht vom Hocker, doch Widerspruch war sinnlos. Wenn Valerie dort brunchen wollte, würden wir dort brunchen, so einfach war das. Ich richtete mich mit einem inneren Seufzen auf einen langweiligen Vormittag ein.

Nach einer ausgiebigen Dusche zog ich mir ein frisches Kleid an und machte mich zum Abendessen zurecht. Wie immer verwendete ich nicht allzu viel Mühe auf mein Äußeres, ich fand, dass sich die Mühe nicht unbedingt lohnte. Sämtliche Frisuren, die ich an mir ausprobiert hatte, neigten dazu, sich nach kurzer Zeit aufzulösen und in die glatt herabhängenden Strähnen zurückzuverwandeln, die mich schon als Kind zur Verzweiflung getrieben hatten. Mein Haar war viel zu fein und zu weich, um es kurz zu tragen, und es widerstand hartnäckig allen Bemühungen, ihm mit Föhn oder Wicklern zu mehr Volumen zu verhelfen. Also trug ich es seit meiner Mädchenzeit schulterlang und stumpf geschnitten, weil es so am wenigsten schlapp aussah. Ab und zu band ich es im Nacken zusammen, doch selbst das wollte nicht richtig halten, weil das Haar einfach zu glatt war; alle Spangen rutschten über kurz oder lang daran ab.

Das einzig Gute an meinem Haar war die Farbe, ein feines, natürliches Flachsblond. Wie meine Mutter war ich ein sehr hellhäutiger Typ und musste mich vor der Sonne in Acht nehmen.

Abgesehen davon fand ich an mir nichts Besonderes. Ich war mittelgroß und hatte eine passable Figur, doch wenn ich an mir selbst noch hätte nachbessern können, hätte ich mir eine ordentliche Portion mehr Busen und dafür eine Idee weniger Hüfte verpasst. Und vielleicht kleinere Füße. Ich hatte Schuhgröße vierzig. Dafür hatte ich schöne, schlanke Beine, an denen es wirklich nicht das Geringste auszusetzen gab.

Mit meinem Gesicht hatte ich mich im Laufe der Jahre ebenfalls angefreundet, was war mir anderes übrig geblieben? Während meiner Schulzeit hatte ich einmal einem Jungen die Nase blutig geschlagen, der behauptet hatte, ich hätte ein Gesicht wie Barbie. Jahre später hatte ein Typ, mit dem ich während des Studiums zusammen war – er hatte Soziologie im Hauptfach belegt – behauptet, mein Gesichtsausdruck entspräche auf geradezu frappierende Weise dem überkommenen Kindchenschema, was so viel besagte, dass ich aussah wie Barbie.

Ich hatte Barbie nie gemocht. In meinen Augen war sie eine hohlköpfige Zicke und Ken ihr schwuler Kammerdiener. Ich hatte auch diesem Typen eins auf die Nase gegeben – wenn auch nur im übertragenen Sinne – und ihn wenig später abserviert.

Valerie hatte sich ebenfalls umgezogen. Sie hatte ihre Reiseklamotten gegen einen ihrer heiß geliebten wallenden Seidenkaftane vertauscht, von denen sie mindestens ein Dutzend besaß, alle in unterschiedlichen Farbtönen. Jeder Wochentag hatte Valeries Meinung nach eine besondere Farbe, außerdem konnte sie einen Stein, der zum Montag passte, unmöglich auch am Freitag tragen. Sie achtete regelmäßig darauf, da nichts zu verwechseln. Außerdem besaß sie spezielle Steine, die zu ihrem Sternzeichen passten, hauptsächlich aus Rosenquarz, da sie Widder war.

Wir fuhren mit dem Wagen in die Stadt, deren Silhouette mir ebenfalls trotz all der Jahre, die ich nicht hier gewesen war, eigentümlich vertraut schien. Valerie hatte nichts dagegen, dass wir vor dem Essen noch ein bisschen herumfuhren und in meinen Kindheitserinnerungen stöberten. Heute erging es mir wie Valerie mit dem Louvre: Ich sah alles mit anderen Augen und konnte mich an der Schönheit der Architektur erfreuen. Im Reiseführer hatte ich gelesen, dass Pesaro im Laufe der Jahre auf knapp hunderttausend Einwohner angewachsen war. Es war eine gepflegte Stadt, die auf eine lange Tradition als Seebad zurückblicken konnte. Das Stadtbild war geprägt von historischen Bauwerken, es gab einen Dom, zauberhafte Renaissancepaläste und Kirchen im venezianischen Stil.

Wir fanden die kleine *Osteria*, die ich zuvor aus dem Reiseführer herausgesucht hatte, ein winziges Restaurant an der *Piazzale Mateotti.*

Natürlich bestellten wir Tournedos à la Rossini – das Pflichtessen aller Touristen, die nach Pesaro kamen. Der berühmteste Sohn der Stadt war nicht nur ein begnadeter Komponist gewesen, sondern hatte auch als Koch Furore gemacht und seiner Nachwelt einige bemerkenswerte kulinarische Rezepte hinterlassen.

Das Essen war köstlich, das Fleisch zerging förmlich auf der Zunge. Dazu tranken wir einen köstlichen *Rosso Piceno.* Ich selbst beschränkte mich auf ein einziges Glas, da ich uns beide noch heil zurückchauffieren musste. Valerie dagegen tat sich keinen Zwang an, sie trank zum Essen zwei Gläser und bestellte sich noch ein drittes, als der Ober kam, um die leeren Teller abzuräumen. Genau wie ich war sie einem leckeren Absacker nicht abgeneigt. Dafür war sie dann morgen mit Fahren dran.

»Hast du dir diesen Heinz mal genauer angeschaut?«, fragte sie, die Nase tief in ihr Rotweinglas getunkt.

»Nein, wieso?«

»Er sieht gar nicht schlecht aus.«

Ich runzelte die Stirn. Sprachen wir von demselben Heinz? »Findest du ihn nicht vielleicht eine Spur zu … ähm, dünn?«, fragte ich vorsichtig.

»Er ist schlank«, sagte Valerie bestimmt.

»Und seine Nase …«

»Ist markant, ich weiß.«

Ich hätte sie eher als zwei Nummern zu groß bezeichnet, doch wenn Valerie sie für markant hielt, war es zwecklos, sie davon abbringen zu wollen.

»Und seine Haare …«

»Gehen aus, ich hab's gesehen. Aber das hat mich an einem Mann noch nie gestört.«

Ich räusperte mich. »Du hast ihn noch nicht lachen sehen.«

»Wieso?«

»Ich hab's einmal erlebt, damals. Er hat einen ziemlich schlimmen Überbiss.«

»Das ist lange her. Vielleicht hat er sich seitdem die Zähne regulieren lassen.«

»Na ja«, sagte ich zweifelnd. »Andererseits stört es wirklich nicht besonders. Er lacht ja so gut wie nie.«

Valerie trank einen Schluck Wein. »Jen, ich möchte, dass du morgen deine Eltern anrufst und sie fragst, wieso Heinz mit dieser alten Scharteke in Urlaub fährt. Ob sie letztes Jahr auch hier waren und davor die Jahre und so weiter.«

Ich schaute sie überrascht an. »Das kann nicht dein Ernst sein. Du kannst dich unmöglich ernsthaft für diesen Typen interessieren!« Als ich ihr verärgertes Stirnrunzeln sah, setzte ich eilig hinzu: »Ich tu's natürlich, wenn du das möchtest, kein Problem, Val! Ich will auch gar nichts gegen Heinz sagen, auf seine Art ist er sicher ganz … uh … attraktiv.«

»Ich hab nicht gesagt, dass ich ihn attraktiv finde.« Es klang patzig.

Trotzdem war sie allem Anschein ganz wild darauf, mehr über ihn rauszukriegen. Ich fragte mich, ob ihr intensives Interesse an Heinz vielleicht mit ihrem I-Ging zusammenhing. Irgendwie waren wir noch nicht dazu gekommen, es gemeinsam zu erörtern. Nachdem sie mir schon in allen Einzelheiten meine eigene Zukunftsdeutung dargelegt hatte, war es mit meinem diesbezüglichen Interesse nicht sonderlich weit her gewesen.

Und jetzt war ich zu müde, um sie danach zu fragen. Es war Zeit, zurückzufahren und ins Bett zu gehen. Wir waren beide um vier Uhr früh aufgestanden und hatten davor nicht allzu viel Schlaf gehabt.

6. Kapitel

Ich schlief tief und traumlos, wurde aber zu meinem großen Ärger schon um fünf Uhr wach und konnte nicht mehr einschlafen. Nachdem ich mich bis kurz vor sechs ruhelos in meinem Bett hin- und hergewälzt hatte, stand ich widerstrebend auf und schlüpfte in meine Joggingklamotten. Wenn ich schon nicht schlafen konnte, war diese Tageszeit so gut wie jede andere für ein kleines Fitnessprogramm. Eher sogar noch besser, denn später würde es viel zu heiß dafür sein. Ich band mir das Haar im Nacken zusammen und rannte los.

Es wurde gerade hell. Vom Meer kam ein sanfter Wind, die Luft roch herrlich frisch nach Pinien und wilden Blumen. Ohne nachzudenken, joggte ich los, denselben Weg, den ich früher immer mit Papa zusammen entlanggetrabt war, vor Urzeiten, als Joggen noch Trimmlauf hieß. Mama hatte seinerzeit die Nase darüber gerümpft, sie hatte felsenfest die Überzeugung vertreten, dass etwas, was derartig anstrengend war, unmöglich gesund sein könne. Heute sorgte sie dafür, dass Papa jede Woche mindestens seine dreißig Kilometer lief.

Ich selbst war von diesem Pensum Äonen entfernt. Wenn ich mich überhaupt mal zum Laufen aufraffen konnte, dann höchstens einmal die Woche, und dann langte es auch nur für maximal zehn Kilometer – möglichst bergab.

Doch heute Morgen lief ich bergauf, ausnahmsweise. Genau wie damals, nur diesmal allein. Der Fußweg schlängelte sich ein Stück weit hügelaufwärts, vorbei an mehreren Ferienhäusern, die unserem sehr ähnelten. Das Kastell war keine Festung, sondern einfach ein mittelalterliches Anwesen mit einem kleinen, zinnenbewehrten Turm, wie es sie in Italien in fast jeder Stadt mit weit zurückreichender Geschichte zu finden gibt. Es lag hinter einer Gruppe schlanker Zypressen fast an der Kuppe des Hügels, stammte vermutlich aus dem fünfzehnten Jahrhundert und war von schlichter, zeitloser Schönheit. Hier und da zeigten sich Spuren von Verfall, sowohl am Haus selbst als auch an der Mauer, die es umgab, doch das erhöhte den südländischen Charme des Anwesens noch. Ein wild eingewachsener Garten, der das Haus von drei Seiten umgab, trug ebenfalls zu dem pittoresken Anblick bei.

Leider war ich kaum in der Lage, das Ambiente entsprechend zu würdigen. Ich war gerade eben ungefähr vierhundert Meter bergauf gerannt und dem Kreislaufkollaps nahe.

Gierig rang ich nach Luft. Ich schaffte es gerade noch bis zur Höhe des Kastells, dann blieb ich stehen und hielt mir keuchend die Seiten.

Aus dem Garten des Anwesens drang eine laute Stimme zu mir herüber, die irgendwelche Befehle zu brüllen schien. Es klang wie beim Frühappell in einer Kaserne, bis auf den kleinen Unterschied, dass hier kein Mann, sondern eine Frau herumschrie. Meine akute Atemnot hinderte mich nicht daran, den Weg zu verlassen und mich durchs Gebüsch bis zur Mauer vorzupirschen, die den hinteren Teil des Gartens zum Hang hin abgrenzte. Dort schlich ich entlang und hielt nach der Quelle des Lärms Ausschau. Kurz darauf hatte ich eine Stelle erreicht, von wo aus ich sie sehen konnte. Von unbezwingbarer Neugier erfüllt, beugte ich mich vor und spähte an den wild über die Mauer wuchernden Blumenranken vorbei, hinüber zur Terrasse des Kastells, wo zwei Gestalten zu erkennen waren, die im heller werdenden Licht der Morgensonne ein denkwürdiges Schauspiel boten.

Eine davon kannte ich, es war die Baronin. Sie trug einen ziemlich ausgeleierten grauen Trainingsanzug und Turnschuhe. Die Juwelen wollten nicht so recht zu dem sportlichen Outfit passen, doch das schien die Baronin nicht weiter zu stören.

»Und Stepp«, rief der weibliche Feldwebel, »one, two, three, four, left, sidekick, and go! Guut! Und die Arme nicht vergessen!«

Ich staunte nicht schlecht. Die Baronin war eindeutig auf der Höhe der Zeit. Wie alle Leute, die auf ihre Gesundheit achteten und richtig viel Geld dafür ausgeben konnten, hielt sie sich eine private Fitness-Trainerin. Jedenfalls sah es ganz danach aus, denn ein öffentlicher Kurs war dies hier ganz sicher nicht.

Die Baronin bewegte sich erstaunlich flink und gelenkig für ihr Alter. Ohne sichtbare Anzeichen von Ermüdung hopste sie auf und ab, von links nach rechts, von vorn nach hinten, machte all die üblichen Gleit-, Grätsch-, Stepp- und Ausfallschritte sowie die schlenkernden Armbewegungen, die zur Aerobic dazugehörten wie das A und das O.

Ich selbst hatte das vor Jahren auch mal versucht, mich aber nie damit anfreunden können. Meiner Meinung nach war das Ganze kein Sport, sondern eher so eine Art soldatischer Tanz, und zwar einer von der Sorte, bei dem man sich mehr Schritte merken musste als beim Quickstepp. Und dazu wurde man noch pausenlos von einem Einpeitscher angebrüllt, der darauf achtete, dass es bei jeder Bewegung auch so richtig brutal in allen nur denkbaren Muskelpartien zog und zwickte.

Der weibliche Feldwebel, der die Baronin auf Trab brachte, war vielleicht Anfang zwanzig, ein schlankes, aber gleichzeitig kurvenreiches Wesen mit langen schwarzen Haaren, die im Nacken zu einem Zopf geflochten waren. Sie sah genauso aus, wie jede Frau gern ausgesehen hätte, der personifizierte Grund, warum sich hunderttausende von Leuten tagein, tagaus an Beinpresse und Hantelbank plagten – um am Ende all dieser Martern so daherzukommen wie dieses gesunde, voll austrainierte Geschöpf.

Ich hatte genug gesehen. Wenn ich nicht aufpasste, bemerkten die beiden mich noch, und am Ende käme die Baronin gar auf die Idee, mich zum Mitmachen aufzufordern!

Gerade wollte ich mich diskret zurückziehen und einen großen Bogen um das Gelände schlagen, als eine Stimme an mein Ohr drang, die automatisch ein gewisses Kribbeln auf meiner Haut auslöste. Und zwar überall dort, wo ich besonders sensibel war.

Wenn das nicht der schöne Fabio war! Seine sonore Stimme hätte ich unter tausenden wieder erkannt! Was hatte der denn um diese Tageszeit hier verloren? Gehörte er auch zur Entourage der Baronin, vielleicht auf Teilzeitbasis? Etwa als privater Schwimmtrainer und Bademeister? Es würde irgendwie einen Sinn ergeben. Gestern hatte er den Eindruck gemacht, als wäre es das Normalste der Welt, die Baronin zum Kastell zu begleiten.

Aber die Stimme kam nicht vom Gelände, sondern aus dem Gebüsch schräg hinter mir. Und sie kam näher. Es klang, als unterhielte er sich mit jemandem! Gleich käme der Typ in Sicht und würde mich hier auf meinem Horch- und Beobachtungsposten beim Spionieren entdecken! Und das in diesem Aufzug, nass geschwitzt, ungeduscht, ungeschminkt und wahrscheinlich hochrot im Gesicht vor Verlegenheit! Peinlicher ging's kaum noch! Hastig drückte ich mich gegen die Mauer und schob mich unter den rosa Blütenregen der Bougainvillea, die an dieser Stelle über den verwitterten Steinwall hing.

Gerade noch rechtzeitig. Nur einen Moment später, und er hätte mich ertappt! In unmittelbarer Nähe raschelte es im Gebüsch, und dann kam Fabio den Weg entlanggestapft. Er war allein, trotzdem redete er unablässig vor sich hin. Meine Güte, der arme Mann! Anscheinend hatte er was mit den Nerven! Führte am frühen Morgen schon Selbstgespräche!

Doch dann erkannte ich, dass er telefonierte. Ich konnte zwar nichts sehen und auch nicht allzu viel verstehen, weil er in rasendem Stakkato Italienisch sprach, aber die kurzen Pausen, die er zwischendurch einlegte und die Art, wie er am Ende mancher Sätze die Stimme hob, ließen erkennen, dass er gerade per Handy mit jemandem redete. Er hörte sich ziemlich verärgert an, fast wütend. Nein, er war wütend! Und zwar stinkwütend! Wenn mich nicht alles täuschte, gab er da gerade eine ganze Latte unfeiner Flüche von sich!

Gut, dass ich mich versteckt hatte. So, wie dieser Typ

drauf war, hatte ich keine Lust, ihm erklären zu müssen, warum ich hier in aller Herrgottsfrühe herumlungerte.

»Was machen Sie denn hier?«

Ich stellte mich tot, in der Hoffnung, dass er vielleicht die Fitness-Trainerin oder die Baronin meinte.

»Wieso haben Sie sich denn da unten verkrochen?«

Er meinte ganz offensichtlich *mich*.

Ich spürte, wie alles Blut meinen Körper verließ und auf direktem Wege in mein Gesicht schoss. Heroisch um Gelassenheit ringend, krabbelte ich aus dem Blumengewirr und richtete mich auf. Und fand mich Auge in Auge mit Fabio wieder. Heute trug er wesentlich mehr als gestern, nämlich blaue Bermudas und ein locker fallendes T-Shirt. Trotzdem sah er keinen Deut schlechter aus. Eher im Gegenteil.

Er betrachtete mich stirnrunzelnd, und ich begriff, dass er wohl irgendeine Äußerung von mir erwartete.

»*Buon giorno*«, sagte ich hoheitsvoll. Der Effekt meiner Worte wurde ein wenig dadurch beeinträchtigt, dass mein Haargummi sich ausgerechnet diesen Moment aussuchte, um sich von meinem Zopf zu verabschieden.

»*Buon giorno*«, entgegnete Fabio. Dann fiel er mit einem wahren italienischen Wortschwall über mich her.

»Ich kann leider kein Italienisch«, sagte ich, dankbar für die Ablenkung. Wenigstens hatte er mich nicht gefragt, was zum Teufel ich überhaupt um diese Tageszeit hier zu suchen hatte. »Bloß ein paar Brocken«, setzte ich rasch hinzu. »Aber nichts Richtiges.« Ich zwang mich zu einem sonnigen Lächeln. »Was haben Sie gerade eben gesagt?«

»Ich hab gefragt, was Sie um diese Tageszeit hier zu suchen haben.«

»Äh … ach ja?«

»Für mich sah das gerade ganz so aus, als ob Sie sich da versteckt hätten.«

»Uups«, sagte ich betroffen, »sah das echt so aus?« Ich blickte verzweifelt hinter mich, auf die zerrupften Blumenranken, als wäre dort eine plausible Begründung zu finden, wieso ich eben noch da unten gehockt hatte. »Ich ... ähm ... ich hab ... mir war was runtergefallen, und da hab ich mich gebückt und es gesucht.«

»Was denn?« Er musterte mich scharf. »Vielleicht kann ich suchen helfen?«

Ich äugte über die Steinmauer zur Terrasse, doch die Baronin und die Trainerin hatten mit ihrer Frühgymnastik aufgehört und waren im Haus verschwunden, vermutlich zu einem gesunden Frühstück, das sich beide redlich verdient hatten. Ich selbst verspürte mit einem Mal ebenfalls Hunger. Mein Magen knurrte leise, als wollte er mir bestätigen, dass mein Gefühl mich nicht getrogen hatte. Doch bevor ich zurückjoggen und nachsehen konnte, was sich von unseren mitgebrachten Vorräten für einen schnellen Morgenimbiss eignete, musste ich Fabio wohl oder übel erklären, was ich hier verloren hatte. Sofort fiel mir eine passende Lösung für mein Problem ein.

»Ko-Kontaktlinsen«, stieß ich hervor, während ich mich selbst zu meiner Improvisationsgabe beglückwünschte. »Das heißt, eine Kontaktlinse. Ich will damit sagen, es ist nur eine runtergefallen. Die andere hab ich ja noch.«

Das war wunderbar unverfänglich. Ständig sah man irgendwo Leute, die Kontaktlinsen verloren und hilflos über den Boden krabbelten, um sie wiederzufinden, bevor jemand darauf trat und sie unter dem Absatz zermalmte.

»So weit weg vom Weg?«

»Ich bin gejoggt und hatte ganz schön Schwung drauf. Da ist sie richtig losgeschossen.«

Seine Zweifel waren fast mit Händen zu greifen. Ich schluckte und überlegte, ob ich ihm einfach die profane Wahrheit sagen sollte. Dass ich nicht von ihm beim Lauschen und Glotzen ertappt werden wollte und mich deshalb so schmählich verkrochen hatte.

Zur Wahrheit ist es nie zu spät, ermahnte ich mich. Doch bevor ich den Mund aufmachen und ihm den wahren Grund für meine Anwesenheit nennen konnte, bückte er sich und fing an, am Fuß der Mauer nach meiner Kontaktlinse zu suchen. Ich betrachtete seine perfekt ausgebildete Rückenmuskulatur und überlegte dabei, wie es sich wohl anfühlen würde, wenn ich ihn da anfasste.

Er suchte und suchte und sah sehr gut dabei aus. Da er nichts finden würde, standen die Chancen nicht schlecht, dass er noch eine Weile weitermachen würde.

Doch er gab überraschend schnell auf. »Da ist nichts.«

»Vielleicht ist sie auch woanders hingefallen.«

Ich bewegte mich ein paar Schritte rückwärts und stolperte dabei über meine eigenen Füße. »Ich geh dann mal wieder. Zeit fürs Frühstück.«

»Aber Sie haben ja Ihre Kontaktlinse noch gar nicht wiedergefunden!«

»Macht nichts, ich hab genug davon zu Hause.« Ich wurde schneller, denn je weiter ich weg war, desto weniger Erklärungen konnte er von mir verlangen.

Schließlich fiel ich in Laufschritt und winkte ihm über die Schulter zu. »*Ciao*!«

Aus dem Brunch würde wohl nichts werden. Keine zehn Pferde würden mich dahin bringen!

Natürlich gingen wir doch. Valerie hätte mich geköpft, wenn ich mich geweigert hätte. Schon der Versuch eines Protestes wurde von ihr gnadenlos im Keim erstickt. Sie bestand sogar darauf, dass ich vor unserem Aufbruch meine Mutter anrief, um sie wegen der Plettenbergs zu interviewen. Da es im Ferienhaus meiner Eltern keinen Telefonanschluss gab und meine Eltern darüber hinaus bis heute nichts von den Segnungen des mobilen Telefonierens hielten, war ich gezwungen, von meinem Handy aus ins Festnetz nach Frankfurt anzurufen und damit meine D2-Rechnung in astronomische Höhen zu treiben.

Ich hatte gestern schon kurz angerufen, um Bescheid zu sagen, dass wir gut angekommen waren, und dieser zweite Anruf nach so kurzer Zeit versetzte Mama sofort in helle Aufregung. Sie dachte, es sei irgendwas passiert, und ich brauchte mindestens eine Minute, um ihr zu versichern, dass alles in Ordnung war. Danach erkundigte ich mich nach Fridolin, ich hatte gestern Abend vergessen, nach ihm zu fragen. Mit meinem Hamster sei alles in Ordnung, meinte Mama, aber dafür hätte Leo gestern zweimal bei ihnen angerufen, er hätte einen ziemlich frustrierten Eindruck gemacht. Ob ich die Sache mit ihm denn nicht ein für alle Mal geklärt hätte? Ich beruhigte sie und kam endlich zum eigentlichen Thema meines Anrufs, nämlich unseren adligen Nachbarn, den Plettenbergs.

»Ach Gott, ja«, sagte Mama, als ich sie danach fragte. »Die sind praktisch jedes Jahr runtergekommen. Immer so ziemlich zur selben Zeit wie wir. Und dann auch noch mal im Frühjahr. Normalerweise im März oder im April, aber manchmal auch im Mai. Und jetzt sind sie auch wieder unten, sagst du? Richte ihnen herzliche Grüße von mir und Papa aus.«

Dazu würde ich ihnen erst mal erklären müssen, wer ich überhaupt war. Gestern hatten weder die Baronin noch Heinz den Eindruck gemacht, dass sie mich wieder erkannten. Wie auch, nach all den Jahren? Damals hatte ich meist erfolgreich das Weite gesucht, wenn ich sie irgendwo am Horizont auftauchen sah.

»Frag sie, wieso der Neffe immer dabei ist«, zischte Valerie mir ins Ohr.

»Wieso fährt eigentlich der Neffe jedes Jahr mit?«, fragte ich meine Mutter.

»Keine Ahnung, Papa und ich haben uns das auch schon oft gefragt. Sie ist ja alles andere als kontaktfreudig, er übernimmt meist das Reden. Er muss sie sehr gern haben, denke ich.«

Wahrscheinlich eher ihr Geld, überlegte ich.

»Ist sie sehr reich?«, fragte ich.

»O ja. Sie hat mehrere Villen in Hamburg, zwei davon sogar direkt an der Außenalster. Und wenn ich richtig informiert bin, wird eines Tages alles ihr Neffe erben.«

»Was macht er denn beruflich?«

»Ich weiß nicht. Ich glaube, irgendwas Künstlerisches. Warte mal … Er hat mal was davon gesagt, dass er Hammond-Orgel spielt …«

Das reichte mir fürs Erste. Ich bedankte mich bei meiner Mutter und beendete das Gespräch.

Ich wandte mich an Valerie, die mich erwartungsvoll anstarrte. »Okay, also hier ist die Ausbeute dieses Anrufs: Im Hauptberuf ist er Erbschleicher, und in seiner Freizeit spielt er Orgel.«

Valerie reagierte eingeschnappt. »Du möchtest ihn mir

wohl mit allen Mitteln madig machen, oder?« Sie ließ mich stehen und ging ins Bad, um zu duschen.

Ich zog meine verschwitzten Sachen aus und überlegte unterdessen, was ich zum Brunch anziehen sollte. Ich entschied mich für ein rohseidenes Sommerkleid, das kurz genug war, um meine Beine zur Geltung zu bringen, und edel genug, um adligen Ansprüchen zu genügen.

Valerie würde garantiert für die nächste Stunde das Bad blockieren, also blieb mir noch etwas Zeit zum Arbeiten. Ich warf meinen Laptop an und tippte rasch meine Eindrücke von der gestrigen Fahrt ins Unreine, außerdem eine Beschreibung von den Sehenswürdigkeiten Pesaros, eine bunte Mischung aus Dingen, die ich selbst gesehen oder im Reiseführer gelesen hatte. Was das anging, hatte ich es längst aufgegeben, allzu authentisch sein zu wollen. Die Leute, die für Reiseführer schrieben, hatten schließlich wesentlich mehr Zeit und Geld für ihre Recherchen zur Verfügung, da käme ich mit meinen bescheidenen Bemühungen in hundert Jahren nicht hin. Außerdem hatten sie einen wesentlich besseren Stil als ich. Ich konnte natürlich nicht einfach alles abschreiben, aber ebenso wenig konnte ich mir nur in zehn Tagen alles selbst anschauen. Die eigentliche Kunst bestand in der richtigen Auswahl. Mit anderen Worten: ein paar wichtige Dinge abklappern, den Rest abkupfern. Und sich nicht dabei erwischen lassen. Mittlerweile hatte ich darin eine recht gute Fertigkeit entwickelt. Hildegard wäre sowieso nie etwas aufgefallen, aber bei Hans-Georg musste ich mich vorsehen. Er las meine Berichte mit akribischer Gründlichkeit, und einmal, nach meinem Kreta-Artikel, hatte er kritisch angemerkt, ich hätte mich vielleicht vor meiner Reise ein bisschen zu gründlich mit dem Marco-Polo-Führer befasst, er hätte da eine Formulierung gefunden, die einer Passage in meinem Text fast wortwörtlich ähnelte. Seitdem sah ich mich noch mehr vor und hatte mich zu einer wahren Virtuosin der Synonyme entwickelt.

Wenn in drei unterschiedlichen Reiseführern übereinstimmend zu lesen stand, dass in der xy-Kirche ein phänomenales mittelalterliches Mosaik zu bewundern sei, das auf der Welt seinesgleichen suche, musste ich nicht unbedingt fünfzig Kilometer durch die staubtrockene Mittagshitze ins Landesinnere fahren, um mich persönlich davon zu überzeugen, dass diese Aussage zutraf.

Andere Dinge würde ich mir selbstredend mit eigenen Augen anschauen. Meine Liste stand längst fest, und ich würde sie in den nächsten Tagen abarbeiten.

Ich schloss mein Handy mit einem Verbindungskabel an den Laptop an und loggte mich kurz ins Internet ein, um Hildegard eine E-Mail zu schicken. Die Reisenotizen, die ich vorher getippt hatte, fügte ich als Anhang bei. Es war im Grunde keine Extraarbeit, machte aber Eindruck bei Hildegard. Jeder in der Redaktion wusste, dass sie manchmal unter Minderwertigkeitskomplexen litt, sei es nun wegen ihres Aussehens oder wegen ihres nicht gerade kometenhaften beruflichen Werdegangs. Es konnte nicht schaden, ihr ab und zu einen Eindruck von ihrer Wichtigkeit zu vermitteln, also schickte ich ihr regelmäßig von meinen Reisen E-Mails, aus denen hervorging, wie ungeheuer ernst ich ihre Aufträge nahm.

Nachdem Valerie das Bad geräumt hatte, konnte ich mich ebenfalls duschen und zurechtmachen. Als wir wenig später den Hügel zum Kastell der Baronin hinauf spazierten, erzählte ich ihr von der grenzenlos peinlichen Situation, in die ich heute früh geraten war.

»Du liebe Zeit! *Deshalb* hast du behauptet, dass du keine Lust hast, zu diesem Brunch zu gehen!«

Ich zuckte die Achseln. »Du kannst dir nicht vorstellen, wie peinlich es war!«

»Wenn du mich fragst, ist das kein schlechter Anfang.«

»Anfang von was?«

»Von einer viel versprechenden Geschichte.«

Es schien ihr voller Ernst zu sein. Ich fragte mich, was an der ganzen Sache viel versprechend sein sollte. Es war kein schlechter Anfang, damit hatte sie Recht – es war ein *katastrophaler* Anfang! Bis jetzt war ich diesem Mann ganze zwei Mal begegnet, und jedes Mal hatte ein Missgeschick das nächste nach sich gezogen. Bei dieser ganzen I-Ging-Sache war definitiv der Wurm drin, ganz abgesehen davon, dass er nicht der steinreiche Schlossbesitzer war, der er eigentlich der Vorhersage zufolge hätte sein müssen, sondern nur ein popeliger Privatbademeister.

Nicht, dass ich was gegen Bademeister hatte. Keineswegs. Sie gehörten einem überaus nützlichen, ja sogar unverzichtbar wichtigen Menschenschlag an. Außerdem sah er geradezu verboten gut aus, sogar noch viel besser als der Typ, den Valerie und ich uns vor Reisebeginn für mich ausgedacht hatten. Dass er Fabio hieß, einen Brilli im Ohr hatte und einen goldenen Ring trug (was das für ein Ding war, musste ich noch herausfinden!), war natürlich nichts weiter als eine Anhäufung höchst bemerkenswerter Zufälle, dergleichen kam eben vor. Genau wie ein Sechser im Lotto.

7. Kapitel

Wir waren angekommen. Das Portal des Gebäudes war vor einigen Jahren modernisiert worden. Neben der schweren, hölzernen Eingangstür befand sich eine ziemlich aufwändige Gegensprechanlage, und oben unter dem Dachvorsprung glaubte ich sogar eine Infrarotkamera ausmachen zu können. Vielleicht war es ja auch nur eine dieser Attrappen, aber ich glaubte es eher nicht, denn als Nächstes fielen mir die Gitter an den Fenstern auf. Anscheinend tat die Baronin nicht nur etwas für ihre Fitness, sondern auch für ihre Sicherheit.

Auf unser Läuten hin wurde die Tür geöffnet, und die Fitness-Trainerin nahm uns in Empfang.

Aus der Nähe betrachtet war sie noch hinreißender als heute Morgen beim Training. Das Haar trug sie jetzt offen, es fiel in wilden, malerischen Locken über ihren gertenschlanken Rücken. Sie hatte ihr Aerobic-Outfit gegen einen langen, fließenden Rock und ein himmelblaues Top mit Spaghettiträgern getauscht. Das Hemdchen war so weit ausgeschnitten, dass über die Vorzüge ihres Dekolletés kein Zweifel offen blieb. Sie hatte schätzungsweise Körbchengröße 85 A. Mindestens. Das heißt, sie hätte diese Körbchengröße gehabt, wenn sie einen BH getragen hätte. Sie trug keinen und sah auch nicht so aus, als bräuchte sie jemals einen.

Ihre vollen, rosa geschminkten Lippen verzogen sich

zu einem strahlenden Lächeln. »Hi, ihr müsst Jenny und Valerie sein. Ich bin Bibi.«

Während wir ihr durch eine ziemlich dunkle, holzgetäfelte Halle folgten, überlegte ich, dass es doch so etwas wie eine ausgleichende Gerechtigkeit auf der Welt geben musste. Bibi mochte zwar aussehen wie eine schwarzhaarige Pamela Anderson, aber dafür war sie mit einem ziemlich schlimmen Lispeln geschlagen.

»Kommt mit, hier geht's lang.« Sie runzelte kurz die Stirn. »Ihr habt doch nichts dagegen, wenn ich *Du* sage, oder? Ich kenn das halt nur so, vom Sport. Da sagen wir alle *Du*.«

Bibi führte uns in einen Speisesaal, in dem gut und gerne fünfzig Personen hätten tafeln können. Der Raum war nicht ganz so düster wie die Halle, aber besonders gemütlich war es auch nicht. Auch hier war alles mit dunkler Eiche getäfelt, bis auf die Stelle, wo ein meterhoher, kahler Kamin für noch mehr Tristheit sorgte. An den Wänden hingen ein paar jahrhundertealte Ölschinken, die sich farblich kaum von dem Holz dahinter abhoben. Die ganze Atmosphäre wirkte denkbar skurril. Ein unendlich langer Esstisch beherrschte die Szenerie. Die wenigen Leute, die an dem einen Ende Platz genommen hatten, verloren sich förmlich. Ich fühlte mich ein bisschen wie Alice im Wunderland, die auf die Teeparty des verrückten Märzhasen kommt.

Mit mir und Valerie waren sechs Personen zum Brunch erschienen: die Baronin, wieder in eine ihrer geblümten Scheußlichkeiten gehüllt und mit Schmuck verziert wie ein Weihnachtsbaum, neben ihr Heinz in einem teuren, cremefarbenen Leinenanzug, der für seinen schmächtig gebauten Körper eine Idee zu schlabbrig erschien. Außerdem Bibi, die sich eben an den Tisch setzte.

Rechts neben der Baronin saß ein Mann, den ich noch nie gesehen hatte. Es war schwer zu sagen, wie alt er war, vielleicht Mitte sechzig, vielleicht aber auch schon siebzig oder sogar älter. Er sah aus wie Maurice Chevalier zu seinen besten Zeiten. Fehlte nur noch der Strohhut. Seit wir den Raum betreten hatten, grinste er von einem Ohr bis zum anderen und machte keine Anstalten, damit aufzuhören. Als wir näher kamen, sprang er auf, kam um den Tisch herum und ging mit ausgestreckten Armen auf uns zu.

»Ah, wie wundervoll, dass isch Sie endlisch kennen lernen darf!«, rief er mit schwerem französischem Akzent. »Sie 'aben meine best' Freundin das Leben gerettet! Mein Name ist Henri Delatour!«

Er ergriff Valeries Hände und schüttelte sie, beide gleichzeitig.

Dann nahm er meine Rechte und verpasste mir einen formvollendeten Handkuss. Ich nahm jedenfalls an, dass er formvollendet war. Es war mein erster.

Heinz war ebenfalls aufgestanden, als wir hereingekommen waren. Artig schüttelte er uns die Hand, dann machte er Valerie und mich noch einmal reihum bekannt. Bei dieser Gelegenheit ließ er Valerie nicht aus den Augen. Das hing vermutlich zu einem nicht unbeträchtlichen Teil damit zusammen, wie sich ihr rotes Haar um ihr hübsches Gesicht lockte. Oder damit, dass der bernsteinfarbene Kaftan, den sie heute trug, ihren Busen sehr vorteilhaft zur Geltung brachte.

Heinz hampelte ein bisschen herum und wedelte mit den Händen, als wisse er nicht, wohin damit. Anscheinend hatte er eine ungeschickte Ader. Schon gestern am Strand war mir aufgefallen, dass er sich in diesem Punkt seit seiner Jugend kaum verändert hatte. Damals hatte ich mal von weitem gesehen, wie er vom Fahrrad gefallen war.

»Kommen Sie, bitte nehmen Sie doch Platz! Es wird gleich aufgetragen!«

Die Baronin gab keinen Ton von sich. Ich war nicht mal sicher, ob sie überhaupt mitgekriegt hatte, dass wir da waren. Wir setzten uns auf zwei der freien Stühle an dieser merkwürdigen Tafel und harrten der Dinge. Ich nahm nur am Rande wahr, dass das Porzellan und das Silber, mit dem der Tisch eingedeckt war, einem Museum zur Ehre gereicht hätten. Alles sah so antik aus, als sei es vor dreihundert Jahren aufgelegt und seitdem nicht mehr abgeräumt worden, höchstens zum Abstauben.

Aus dem Augenwinkel schielte ich durch die weit geöffnete Fenstertür die ganze Zeit nach der Person, die seit gestern bei mir schon zweimal für Aufregung gesorgt hatte. Fabio stand draußen auf der Terrasse und sprach leise in sein Handy. Er kehrte uns den Rücken zu – ein ausgesprochen delikater Anblick. Ich konnte feststellen, dass die Shorts, die er trug, ausgezeichnet saßen.

Leo hatte ebenfalls einen ebenmäßigen, durchtrainierten Körper; er ging oft ins Fitnessstudio und fuhr außerdem Mountainbike, um sich in Form zu halten. An seiner Muskulatur gab es nichts auszusetzen. Was diesen Punkt betraf, war unmöglich zu sagen, welcher von beiden Männern besser gebaut war. Was ich jedoch ohne weiteres sagen konnte, war Folgendes: Fabios Körper machte mich definitiv mehr an. In dieser Form hatte ich es bis jetzt bei noch keinem Mann erlebt.

Der Teufel mochte wissen, woran das lag. Ich hatte bis jetzt nur ein paar Sätze mit ihm gewechselt, die Hälfte davon kaum mehr als sinnloses Gestammel, jedenfalls so weit es *meine* Äußerungen betraf. Wie konnte es da sein, dass ich, um es mal profan auszudrücken, so scharf auf diesen Typen war?

Er beendete das Gespräch, schob das Handy in die Hosentasche und kam ins Haus. Ohne zu zögern, ging er zuerst zu Valerie und dann zu mir, um uns zu begrüßen. Als er meine Hand nahm, durchlief es mich wie bei einem schwachen elektrischen Schlag.

Au Mann, dachte ich mit leiser Beklommenheit. Das hatte ich mir nicht nur eingebildet! Ob er auch was gespürt hatte?

Er ließ sich jedenfalls nichts anmerken, sondern setzte sich auf den Platz neben mir, was ich insgeheim gehofft hatte. Dabei streifte sein Arm meine Schulter, und wieder überlief mich ein leiser Schauer. Hier war etwas im Gange, so viel war klar. Und zwar etwas ziemlich Animalisches! Wenn ich es Valerie erzählte, würde sie vermutlich triumphierend behaupten, dass es am I-Ging liege, aber soweit ich das beurteilen konnte, lag es eher an den Hormonen. Und zwar an meinen. Wie er da so neben mir saß, fast Haut an Haut und so appetitlich und attraktiv, hätte ich gar zu gern die Hand ausgestreckt und ihn berührt. Etwa da, wo der Saum seiner Bermudas endete und der stramme Oberschenkel anfing …

Zum Glück wurde in diesem Moment das Essen aufgetragen. Zwei Dienstmädchen mit klassischen Servierschürzchen brachten Kaffee, Milch und Tee sowie diverse Platten mit heißen und kalten Köstlichkeiten, die sie auf einer großen Anrichte an der Wand abstellten.

Doch ich hatte kein Auge für Käse, Wurst und Rühreier. Nicht mal für Hummer, Lachs und Shrimps. Leicht verstört überlegte ich, ob ich wohl im Begriff war, zu einer triebgesteuerten Idiotin zu mutieren. Schließlich hatte ich erst neulich einen wirklich kapitalen Fehler begangen, indem ich Knall auf Fall Leos Heiratsantrag zugestimmt hatte. Damals allerdings hatte sich die Konfusion mehr in meinem Kopf abgespielt. Diesmal waren eindeutig andere Körperregionen betroffen. Während ich überlegte, was mir dieser Unterschied wohl sagen wollte, griff ich fahrig nach einem Kerzenleuchter, der in meiner Nähe herumstand, und fummelte ziellos daran herum. Die Kerze ruschte aus der Halterung und fiel auf den Tisch, und bei meinem Versuch, sie aufzufangen, stieß ich gegen Fabios Hand, die blitzartig vorgeschossen kam, ebenfalls, um die gefährdete Kerze zu erwischen.

Weder er noch ich schafften es, die Kerze zu schnappen, sie entglitt uns und kollerte über den Tisch. Doch mein Versuch hatte zur Folge, dass meine Hand gegen eine Blumendekoration prallte, und zwar mit solcher Verve, dass das ganze bunte Gebinde quer über den Tisch schoss, direkt auf den erstaunt aufgerissenen Mund der Baronin zu. Bevor ihr das Gesteck um die Ohren fliegen konnte, griff Fabio abermals ein. Er reckte sich über den Tisch und kriegte das Geschoss zu fassen, doch leider stieß er dabei gegen mich, was mich erneut aus dem Gleichgewicht brachte. Bei dem Versuch, mich irgendwo festzuhalten, nahm ich mit dem Ellbogen die

Kaffeekanne mit, die eines der beiden Dienstmädchen gerade vor uns abgestellt hatte. Die Kanne fiel krachend um, und ihr Inhalt ergoss sich über eine wagenradgroße Platte sündhaft teurer Hummerviertel. Und über mein Kleid, das sich binnen eines Sekundenbruchteils von elfenbeinweiß zu kaffeebraun-gefleckt verfärbte.

»Uups«, sagte ich perplex.

Peinlich berührt senkte ich die Blicke auf meinen Schoß, doch dort war nichts außer einer ziemlich großen Kaffeepfütze. Ich konnte noch von Glück sagen, dass der Kaffee nicht zu heiß gewesen war. Verbrannt hatte ich mich nicht. Dafür war das Kleid rettungslos ruiniert. Ich konnte es nur mit der Hand waschen, und die Flecken würden nie wieder rausgehen. Es hatte fast hundert Euro gekostet. Ich hatte es mir extra für diesen Urlaub gekauft. Für besondere Anlässe, so wie diesen.

Immerhin hatte Fabio die Blumen gerettet, die waren bestimmt auch nicht ganz billig gewesen. Ich merkte, wie hysterisches Gelächter in mir hochgluckste. Das war nicht mehr normal! Jedes Mal, wenn ich mit diesem Mann näher in Kontakt geriet, passierte irgendein Desaster! Ob das auch in meinem I-Ging gestanden hatte? Vielleicht hätten wir es uns sorgfältiger durchlesen sollen!

»Oh, das tut mir Leid«, sagte Fabio.

»Kann doch jedem passieren«, erwiderte ich, was mir irgendwie bekannt vorkam. »Entschuldigen Sie mich bitte.« Ich stand auf und machte mich auf die Suche nach einem Badezimmer. Ich fand auf Anhieb unweit des Eingangs eine Art Gästeklo, das im Verhältnis zu den übrigen Dimensionen des Hauses überraschend klein und normal wirkte. Wahrscheinlich war es erst vor ein paar Jahren eingebaut worden.

Mit ein paar angefeuchteten Gästehandtüchern versuchte ich, wenigstens die gröbsten Flecken aus dem Kleid zu rubbeln, doch natürlich hatte es keinen Zweck. Ich ging zurück, mit der Absicht, mich kurzzeitig bei meiner Gastgeberin zu entschuldigen, vielleicht für zwanzig Minuten. So lange würde ich schätzungsweise brauchen, um zu unserem Haus zu flitzen, mich umzuziehen und wieder herzukommen. Und Letzteres hatte ich fest vor. Dieser Mann hatte etwas an sich, das ich unbedingt näher ergründen musste. Um nichts in der Welt wollte ich mir entgehen lassen, was als Nächstes passierte.

Doch ich war nicht im Geringsten auf das vorbereitet, was dann tatsächlich geschah.

Auf meinem Weg zum Speisesaal hörte ich Fabios Stimme, sie kam aus einem Raum neben der Toilette. Die Tür war nur angelehnt, ich konnte deutlich hören, was er sagte. Diesmal gab es auch keine Probleme mit dem Verstehen, denn er sprach Deutsch. Anscheinend telefonierte er mit jemandem, denn zwischendurch machte er Pausen, ohne dass ich eine andere Stimme hörte. Ich hätte mich diskret zurückziehen sollen, schließlich ging es mich überhaupt nichts an, mit wem oder über was er telefonierte. Es gab kaum was Schlimmeres, als an fremden Türen zu horchen. Das war unterste Schublade. Mieser ging's kaum.

Ohne das geringste Schamgefühl schlich ich mich näher an die offene Tür und lauschte.

»Das ist ziemlich kompliziert«, hörte ich ihn sagen. »Und es wird jeden Tag komplizierter. Mittlerweile artet das zu einer richtigen Party aus.«

Ich stutzte. Welche Party?

Er machte eine kurze Pause, offensichtlich, um seinem Gesprächspartner am anderen Ende der Telefonleitung zuzuhören, dann redete er weiter. »Jetzt haben wir hier Bibi, Henri und Heinz.«

Pause.

»Ja, Heinz muss ich mitzählen. Ich weiß nicht hundertprozentig, was ich von ihm halten soll. Kann sein, dass er sich dämlicher anstellt, als er ist. Aber er klebt an der Alten wie ein Kaugummi.«

Ich hielt unwillkürlich die Luft an. Du liebe Zeit, worüber sprach der Kerl denn da die ganze Zeit?

Doch schon redete er weiter. Ich spitzte die Ohren, um ja nichts zu verpassen.

»Logisch, das sehe ich genau so. Ich muss sehen, wie ich ihn fern halte. Und alle anderen, die in der Nähe sind, auch. Sonst … Ich bin auf alles eingestellt. Zum Beispiel ein paar Schlaftabletten morgens in den Kaffee oder abends in den Sherry. Oder, wenn es hart auf hart kommt, eventuell ein Schlag auf den Schädel. Methoden gibt's ja wie Sand am Meer.«

O Gott, dachte ich entsetzt. Schlagartig war mir alles klar: Er wollte die Baronin ausrauben! Und gerade eben überlegte er gemeinsam mit seinem Komplizen, wie er es am besten anstellte. Welche Hindernisse aus dem Weg zu räumen waren! Wie er sich Zeugen vom Hals schaffen konnte!

Falls ich noch Zweifel an seinen perfiden Absichten gehabt hatte, so wurden diese bei seinen nächsten Worten zerstreut.

»Ein Problem sind meiner Meinung nach auch die Frauen, die gestern hier aufgekreuzt sind. Vor allem die eine kommt mir ziemlich merkwürdig vor. Heute früh hab ich sie dabei erwischt, wie sie hier die Lage peilte.«

Erneute Pause, dann: »Sie hat den Schmuck kaum aus den Augen gelassen.« Kurzes Lachen. »Nein, das war keine Einbildung. Wenn du gesehen hättest, wie gierig sie sogar meinen Ring angestarrt hat, wüsstest du, was ich meine.«

Entrüstet sog ich die Luft ein. Was bildete dieser Kerl sich ein? Wie redete er denn über mich? Wenn das nicht der Gipfel der Unverschämtheit war!

Mittlerweile war mir ganz übel vor Aufregung. Dieser Gangster entblödete sich nicht, mich und Valerie für Konkurrenten zu halten! Am liebsten hätte ich mich entmaterialisiert, um mir diesen Mist nicht länger anhören zu müssen, doch dazu war es zu spät. Hier wurde ein Verbrechen ausgeheckt, und ich war die Einzige, die davon wusste! Wer außer mir sollte diesen miesen Plan vereiteln?

Fabio hatte mit dem Reden aufgehört, und einen Moment lang glaubte ich, dass er das Gespräch beendet hatte, doch dann fuhr er in verändertem, fast zärtlichem Tonfall fort: »Ja, Liebes, ich weiß, dass wir spätestens nächsten Mittwoch das Geld brauchen. Und ich kriege es, keine Sorge. Alles wird klappen. Keine Sorge, ich lass mir von niemandem in die Suppe spucken. Ich mache jeden fertig, der das versucht.«

Wenn irgend möglich, wurde mir noch schlechter. Sein Komplize war eine Frau! Seine Geliebte! Was sie wohl mit dem Geld vorhatten, das die Juwelen ihnen einbringen würden?

Fabio senkte die Stimme, ich konnte kaum noch etwas verstehen, aber nicht nur, weil er plötzlich leiser redete. Sprach er etwa auf einmal Italienisch? Es hörte sich ganz danach an.

Bei dem Versuch, mein Ohr näher an die angelehnte Tür zu praktizieren, stieß ich mit dem Kopf dagegen. Fest genug, um sie in Bewegung zu versetzen. Mit schwachem Knarren schwang sie nach innen auf, und ich blickte in ein altmodisch eingerichtetes Arbeitszimmer. Fabio stand neben einem Bücherschrank, das Handy noch am Ohr. Als er mich sah, brach er mitten im Satz ab – er hatte tatsächlich zum Schluss Italienisch gesprochen – und starrte mich an.

»Verzeihung«, brachte ich piepsig heraus, »ich suche das Badezimmer. Ich war schon im ganzen Haus und finde es einfach nicht.«

Sein Blick war undeutbar, doch ich glaubte gesehen zu haben, dass seine Augen sich für einen Sekundenbruchteil zu argwöhnischen Schlitzen verengt hatten.

»Es ist gleich nebenan.«

»Danke«, hauchte ich. Und verschwand mit Lichtgeschwindigkeit abermals auf dem Klo. Dort starrte ich mein hochrotes Gesicht im Spiegel an und versuchte, das rasende Hämmern meines Herzens zu beruhigen.

Lieber Himmel, welcher Gaunerei war ich hier auf der Spur?! Ich rekapitulierte meine bisherigen Erkenntnisse. Erstens: Ich hatte es mit einem veritablen Juwelendieb zu tun! Zweitens: Er hatte sich als Bademeister bei der ahnungslosen Baronin eingeschlichen. Drittens: Er würde die nächstbeste Gelegenheit ausnutzen, um der armen Alten ihre Preziosen zu entwenden! Viertens: Irgendwelche Störenfriede würde er aus dem Weg räumen und dabei nicht zimperlich vorgehen.

Ich presste die Faust auf mein immer noch heftig pochendes Herz. Was sollte ich jetzt tun? Zur Polizei gehen? Nein, beantwortete ich mir sofort meine Frage selbst. Völlig sinnlos. Ich hatte ja keinerlei Beweise. Er würde einfach alles abstreiten. Oder mich als Verrückte hinstellen. Oder schlicht behaupten, dass *ich* diejenige sei, die Übles im Schilde führte. Davon war er ja ohnehin überzeugt und würde es also bei den Behörden sehr glaubwürdig vortragen können. Sogar in fließendem Italienisch, wogegen ich nur solche Wendungen beherrschte wie *Il conto, per favore* oder *Scusi, non parlo italiano*. Möglicherweise brachte ich ihn damit sogar erst auf die Idee, mich als Sündenbock zu aktivieren, indem er seinen Coup durchzog und ihn gleich im Anschluss mir in die Schuhe schob! Und ehe ich mich versah, säße ich im Knast und müsste die Aufseher mit Sex bestechen, um mit meinem Anwalt telefonieren zu dürfen (so etwas kam vor, ich hatte neulich erst einen Thriller gesehen, in dem die Heldin wochenlang unschuldig in einem ausländischen Kerker verrottete!).

Meine Kleinmädchen-Ambitionen brachen sich unvermittelt und mit aller Macht Bahn. Plötzlich steckte ich mitten in einer Intrige, nach der sogar James Bond sich alle Finger geleckt hätte. In dieser Situation war meine ganze kriminalistische Kombinationsgabe gefragt! Kein Zweifel, ich würde etwas unternehmen müssen.

Unversehens fühlte ich mich wie die Akteurin in einem Hitchcock-Film. Natürlich in dem Oscar-gekrönten Werk *To Catch A Thief*, zu Deutsch *Über den Dächern von Nizza*. Der ganze Film lebt von dem Katz-und-Maus-Spiel zwischen John Robie alias Cary Crant und Frances Stevens alias Grace Kelly – wer ist die Katze, wer die Maus …?

In meinem Fall war es natürlich klar. Die Katze war Fabio, und wie es aussah, konnte sie das Mausen nicht lassen.

Jemand musste ihm einen Strich durch die Rechnung machen, und da ich offensichtlich die einzige Person war, die von seinen Absichten wusste, würde ich wohl dieser Jemand sein müssen. Fragte sich nur, wie ich vorgehen sollte.

Ich drehte das kalte Wasser an, beugte mich über das Waschbecken und kühlte mein erhitztes Gesicht. Es war ganz einfach. Ich musste nur das tun, was jede vernünftige Geheimagentin in meiner Situation getan hätte.

Einen guten Plan aushecken.

8. Kapitel

Mein Bedürfnis, mit Valerie über diese Ungeheuerlichkeit zu sprechen, war übermächtig. Es kam gar nicht infrage, dass ich Zeit damit verschwendete, mich umzuziehen. Ich ging so, wie ich war, zurück in den Speisesaal und setzte mich stumm und innerlich zitternd auf meinen Platz. Fabio war noch nicht wieder da, was mir im Augenblick nur recht war. Ich hatte den Verdacht, dass ich momentan noch nicht in der Lage war, die Coole zu geben.

Ich neigte mich zu Valerie und zischte: »Komm, wir gehen.«

Sie warf mir einen überraschten Blick zu. Dann schüttelte sie unmerklich den Kopf. Anscheinend hatte sie keine Lust, diese Stätte der Gastlichkeit zu verlassen. Ich verdrehte flehend die Augen und wies mit dem Kinn zur Tür. Doch da just in diesem Moment Fabio hereinkam, fasste Valerie meine stumme Botschaft falsch auf.

»Keine Sorge, du siehst auch in einem dreckigen Kleid gut aus«, flüsterte sie.

Fabio setzte sich neben mich. Die Sauerei, die unser Gerangel vorhin hier hinterlassen hatte, war zwischenzeitlich beseitigt worden. Der Hummer war verschwunden, dafür war neuer Kaffee aufgetaucht.

Fabio ergriff die Kanne. »Kann ich Ihnen einschenken?«

»Nein, danke.«

»Ich finde, wir sollten alle *Du* sagen«, lispelte Bibi. Überlaut fragte sie die Baronin: »Was meinst du, Agnes?«

Aha, die Baronin hieß also Agnes. Gut zu wissen, schließlich war sie eben zu meiner Schutzbefohlenen avanciert.

»Ihr könnt mich nennen, wie ihr wollt«, erklärte sie mürrisch. »Hauptsache, es pumpt mich keiner an.«

»Ich bin Bibi«, meinte Bibi überflüssigerweise.

»Isch 'eiße 'enri«, erklärte Henri strahlend.

»Heinz«, sagte Heinz.

»Valerie«, sagte Valerie.

»Jenny.« Mit süffisantem Lächeln wandte ich mich meinem Tischnachbarn zu. Er erwiderte meinen Blick unverwandt. »Fabio«, erklärte er in gedehntem Tonfall.

Ein leiser Schauer lief mir über den Rücken. Ich sagte mir, dass es das schiere Grauen war, aber damit log ich mir in die Tasche. Seine Stimme war der pure Sex, so einfach war das. Er war ein Dieb, aber komischerweise schien das den animalischen Teil in mir kein bisschen zu stören.

»Du kommst mir irgendwie bekannt vor, Jenny«, meinte Heinz. »Kann es sein, dass wir uns schon mal irgendwo gesehen haben?«

Ich wollte es gerade bejahen, doch dann verkniff ich es mir. Ein diffuses Gefühl hielt mich davon ab, mich als alte Urlaubsbekannte zu outen. »Ich kann mich nicht erinnern, sorry.«

»Was macht ihr denn eigentlich hier?«, fragte Bibi.

»Urlaub«, sagte Valerie.

»Arbeiten«, sagte ich fast gleichzeitig, was mir einen bohrenden Blick von Fabio eintrug.

»Welche Arbeit?«

»Ich schreibe einen Reisebericht über die italienische Adria. Für eine Zeitschrift.«

Heinz beugte sich eifrig vor. »Dann kennst du dich wohl gut hier aus.«

»Na ja, eigentlich …«

»Warst du schon oft hier?«

»So insgesamt vielleicht ein Dutzend Mal, aber …«

Ich wollte gerade sagen, dass dieses Dutzend sich zwischen meinem ersten und meinem dreizehnten Lebensjahr abgespielt hatte, doch Heinz kam mir mit seiner nächsten Bemerkung zuvor. »Tante Agnes könnte noch eine Reiseleiterin brauchen. Sie möchte gerne ein bisschen was von der Gegend sehen. Sonst fahre ich sie immer rum, aber in letzter Zeit ist sie mit diesem Arrangement nicht mehr so zufrieden. Wie ist es, hättest du nicht Lust?« Er hüstelte. »Gegen Bezahlung selbstverständlich.«

Ich schaute zu Agnes hinüber, doch die äußerte sich nicht dazu.

Natürlich war ich als Reiseführerin völlig ungeeignet. Von diesem Gewerbe verstand ich nicht das Geringste. Und über die Adria wusste ich nur das, was in meinem Reiseführer stand. Ich öffnete den Mund, um Heinz darüber zu informieren, doch dann blitzte ein kühner Gedanke in mir auf.

»Klingt interessant«, sagte ich.

Wieder ein Blick von Fabio, diesmal so eindringlich, dass ich es förmlich auf meiner Haut brennen fühlte. Ich ließ mir nichts anmerken.

Valerie räusperte sich, und ich trat ihr rasch unterm Tisch auf den Fuß, damit sie die Klappe hielt.

»Warum nicht«, meinte ich. »Zeit hätte ich genug dafür.«

»Au fein«, freute sich Bibi, »da sind wir ja jetzt eine richtig tolle Truppe!« In ihrem Überschwang lispelte sie, was das Zeug hielt. »Das wird bestimmt eine sssuper Zzzusammenarbeit!«

Ich war anderer Meinung, doch das behielt ich für mich. Die ganze Aufregung war mir auf den Magen geschlagen. Von dem Essen brachte ich nichts herunter.

Eine gute Stunde später brachen Valerie und ich auf. Wir hatten kaum das Haus verlassen, als sie auch schon mit hundert Fragen gleichzeitig über mich herfiel.

»Schsch.« Nervös blickte ich mich um. Es hätte mich nicht gewundert, wenn Fabio irgendwo hier lauerte, um uns auszukundschaften.

»Lass uns erst ein Stück laufen, dann erzähl ich dir alles.«

Wir gingen zwanzig Meter, dann hielt sie es nicht mehr aus. »Wieso hast du diesen blöden Job angenommen? Spinnst du?«

Ich spähte über die Schulter, aber Fabio war nirgends zu entdecken. »Na gut«, sagte ich. »Du wirst es nicht glauben, ich glaub es ja selber kaum, aber jedes Wort ist wahr. Und bitte unterbrich mich nicht.«

Das tat sie natürlich doch, mindestens ein halbes Dutzend Mal. Still war sie erst, als ich mit meiner Erzählung fertig war.

»Gell, das haut dich um.«

Sie nickte überwältigt. Dann sagte sie das Einzige, was ihr zu dieser unglaublichen Begebenheit einfiel: »Wow.«

Wir marschierten eine Weile stumm nebeneinander her. Schließlich meinte sie: »Wir hätten es wissen müssen. Schließlich stand es in deinem I-Ging.« Bedeutungsvoll blickte sie mich an.

»Das kapier ich jetzt nicht.«

»Doch!«, sagte sie eifrig. »*Gold und Juwelen trägt der Mann vom Turm.* Bloß, dass ein kleines Wörtchen fehlt. Vielleicht ist das aber auch bei der Übersetzung aus dem Chinesischen verloren gegangen, die deutsche Fassung, mit der ich arbeite, ist ja so uralt.«

»Welches Wort?«

»*Weg*. Er trägt die Juwelen weg.«

Ich prustete laut heraus. »Klar. Er trägt sie weg. Val, du rettest mir echt mal wieder den Tag. Danke.« Ich hätte nicht gedacht, dass mir nach den erschütternden Erfahrungen von vorhin so bald wieder zum Lachen zumute sein würde.

»Es ist nicht direkt lustig«, meinte Valerie leicht pikiert. »Und überhaupt – wie soll das laufen? Wie hast du dir das alles vorgestellt? Was hast du mit Heinz vorhin im Arbeitszimmer besprochen? Was hat er gesagt?«

»Dass er bar und im Voraus zahlt. Der Urlaub von denen dauert bis nächste Woche. Aber das Wichtigste ist, dass wir hier einziehen sollen.«

»Warum?«

»Heinz hat gesagt, dass Agnes es nicht ausstehen kann, hinter ihrem Personal herzulaufen, also will sie, dass wir in ihrer Nähe bleiben.«

»Wieso *wir*?«

»Er wollte wissen, ob du auch mitkommst. Da hab ich gesagt, klar, du bist meine persönliche Assistentin.«

Valerie krauste die Stirn. »Krieg ich da auch Geld?«

»Shit, danach hab ich gar nicht gefragt. Hab ich vergessen.«

»Hol das auf jeden Fall nach.«

»Mal gucken. Wir sollten das nicht überspannen. Es ist ja nicht mal für eine Woche. Nur bis nächsten Mittwoch. Das wirst du ja wohl aushalten. Außerdem hast du damit gleichzeitig einen Grund, dich mit Heinz zu befassen.«

»Wer sagt, dass ich das will?«

»Ich. Und erzähl mir jetzt bloß nicht, dass du daran kein Interesse hast. Ich hab genau gesehen, welche Blicke du ihm zugeworfen hast.«

Eines musste man Valerie lassen: Im richtigen Moment konnte sie sich auch mal geschlagen geben. Sie versuchte gar nicht erst, es abzustreiten.

Wir hatten unser Haus erreicht und gingen hinein – im Grunde nur, um zu packen. Laut Heinz wollte Agnes gleich heute den ersten Ausflug in die Umgebung machen. Ich sollte bis heute Nachmittag eine Besichtigungsroute für drei bis vier Stunden ausarbeiten. Mein Dasein als weiblicher James Bond hatte einen ziemlich rasanten Anfang genommen.

Wenn ich es recht bedachte, hätte sich mein Vorhaben gar nicht besser anlassen können. Die Baronin hatte zufällig einen Job zu vergeben, der meine ständige Anwesenheit erforderte. Fabio sollte sich wundern. Ich hatte nicht vor, die Juwelen auch nur eine Sekunde aus den Augen zu lassen. Dass ich Valerie als meine persönliche Assistentin ausgegeben hatte, war weder Zufall noch Lüge. Ich brauchte sie zum Aufpassen. Vier Augen sahen mehr als zwei, und schließlich konnte ich nicht vierundzwanzig Stunden am Tag wach bleiben.

Abgesehen davon passte das Ganze sogar ganz gut zu dem eigentlichen Zweck meiner Reise. Ich musste sowieso die Gegend abklappern und mir Eindrücke verschaffen, was machte es da schon, wenn Agnes dabei war? Blieb nur noch zu klären, wie ich meine eklatante Unwissenheit kaschieren sollte. Schließlich hatte ich von Land und Leuten ungefähr so viel Ahnung wie ein Schwein vom Fliegen. Meine Erfahrung als Reiseleiterin ließ sich mit einem Wort exakt umschreiben: keine. Aber auch das würde ich noch hinkriegen. Ich hatte meine drei Reiseführer dabei und konnte in akuten Notfällen jederzeit per Laptop und Handy online gehen, um mich eingehender im Internet zu informieren.

»Wenn das mal gut geht«, meinte Valerie besorgt. Sie kramte in ihrem Koffer herum und förderte das I-Ging-Buch zu Tage. Dann holte sie drei Münzen aus ihrer Geldbörse und hielt sie mir hin. »Da. Sechsmal werfen, wie immer.«

»O nein«, protestierte ich. »Nicht schon wieder. Kein Hokuspokus mehr, ich hab die Nase voll davon.«

»In Ordnung, du bist durcheinander, da bringt es eh nix. Hektik verfälscht das ganze Ergebnis, das hat keinen Wert. Wenn, dann richtig. Wir machen es später, wenn du ruhiger geworden bist. In der Zwischenzeit erstelle ich schon mal dein Horoskop.«

»Du hast doch letzte Woche erst eins gemacht.«

»Es gibt vielleicht wesentliche neue Aspekte, die ich bis jetzt noch nicht richtig einordnen konnte.« Sie setzte sich mit ihrem astrologischen Handbuch an den Esstisch und vertiefte sich in höhere Weisheiten, während ich mich duschen und umziehen ging.

Kurz nach zwei Uhr mittags brachen wir mit kleinem Gepäck auf. Valerie hatte darauf bestanden, dass ich mein neues Freundschaftsarmband aus Moosachat trug, das sie mir letztes Jahr zum Geburtstag geschenkt hatte. Da ich im Sternzeichen Zwillinge geboren bin, entfaltete es bei mir angeblich besondere Schutzkräfte. Valerie hatte einen gigantischen sternförmigen Rosenquarz um den Hals baumeln, der sich aufs Scheußlichste mit ihrer Haarfarbe biss. Anscheinend war unser beider aktuelles Horoskop nicht gerade berauschend.

Während wir in der sengenden Mittagshitze bergauf stiefelten, fasste sie ihre neuesten Erkenntnisse zusammen, doch von ihren Ausführungen über Aspekte und widrige Konstellationen im soundso vielten Quadranten blieb nichts bei mir hängen. Mir gingen andere Probleme im Kopf herum. Dabei erwies es sich als überaus praktisch, dass ich mein Handgepäck in einem Rucksack verstaut hatte, denn dadurch hatte ich beide Hände frei, die ich dringend zum Festhalten und Umblättern meines Reiseführers benötigte. Noch vor einer Stunde war ich davon überzeugt gewesen, dass ich mich problemlos als Reiseführerin aufspielen konnte, doch ein genauerer Blick auf die Adria-Karte mit den unzähligen dort eingezeichneten Besichtigungstouren hatte dann doch massive Zweifel in mir aufkommen lassen. Agnes mochte zwar eine schrullige alte Person sein, aber dumm wirkte sie nicht. Es konnte gut sein, dass mein neuer Job schon heute Abend Schnee von gestern war.

Zum Glück war die Auswahl für einen Nachmittagstrip von vornherein begrenzt. Es kam eine Tour nach Urbino infrage, laut Reiseführer eine fast vollständig erhaltene Renaissancestadt mit vielen Kunstschätzen und lauter romantischen Ecken. Und dem Geburtshaus von Raffael. Doch für den ersten Ausflug schwebte mir etwas Anspruchsloseres vor, deshalb hatte ich mich auch sofort für die andere Alternative entschieden, nämlich eine Tour entlang der alten *Via Flaminia*, die vom benachbarten Städtchen Fano aus über Fossombrone und Furlo bis nach Cagli ins Landesinnere führte, unter dem Motto: Auf den Spuren der alten Römer.

Für morgen hatte ich mir auch schon etwas überlegt: eine Tagesfahrt kreuz und quer durch das Weinbaugebiet um Grottamare. Mit ausgiebiger Weinprobe natürlich, am besten vor der eigentlichen Besichtigungstour, dann würden meine Schnitzer hinterher sicher kaum noch auffallen.

Als wir beim Kastell ankamen, wurden wir wie schon am Vormittag von Bibi in Empfang genommen.

»Fein, dass ihr da seid! Hab schon auf euch gewartet! Agnes ist noch im Wasser.«

Bibi lotste uns zuerst durchs Haus und dann durch einen Hinterausgang hinaus in den Garten zu einem hypermodernen, funkelnagelneuen Swimmingpool, der azurblau in der Sonne leuchtete. Fabio stand am Beckenrand, in Badehose und Latschen. Ich schluckte und konnte die Blicke nicht von seinem nackten, bronzebraunen Oberkörper wenden.

»Klapp den Mund zu«, zischte Valerie mir zu. »Denk dran, dass er ein Verbrecher ist!«

Ich versuchte es ja, aber gewisse Teile meines Gehirns schienen sich jedes Mal in Wackelpudding zu verwandeln, wenn ich diesen Mann traf.

Er hatte uns nicht gesehen, da er vollauf damit beschäftigt war, Agnes Schwimmbewegungen zu begutachten. Ich hatte nicht den Eindruck, dass sie unbedingt Unterricht brauchte, sie bewegte sich sehr wendig und legte ein ziemliches Tempo vor, genau wie heute Morgen bei der Frühgymnastik.

»Wollt ihr erst auspacken oder erst was Kaltes trinken?«, fragte Bibi.

»Was trinken«, sagte Valerie.

»Ich hol euch was«, zirpte Bibi und verschwand im Haus.

Agnes hatte uns gesehen. Sie hievte ihren dürren Körper mitsamt all den darauf verteilten Karat aus dem Wasser, kam auf uns zu und marschierte dann ohne ein weiteres Wort an uns vorbei ins Haus.

Wir starrten ihr sprachlos hinterher.

»Meine Güte, die Frau hat Stil«, meinte Valerie. »Typische hanseatische Zurückhaltung, würde ich sagen.«

Heinz gesellte sich zu uns. Anscheinend hatte er die ganze Szene mitbekommen. Es war ihm schrecklich peinlich. Er trat von einem Fuß auf den anderen, es fehlte nicht viel, und er wäre in den Pool gefallen. »Sie meint es nicht so. Im Grunde ihres Herzens ist sie der liebste und beste Mensch. Nur – sie kann es nicht immer zeigen.« Er gab uns zur Begrüßung die Hand, wobei er, als Valerie an die Reihe kam, deutlich mehr herumhampelte als bei mir. Und dann, ich konnte es kaum glauben, zeigte er sogar ein Lächeln. Kurz, aber deutlich sichtbar. Mit Zähnen. Er hatte sie sich *nicht* regulieren lassen. Sein Überbiss war dramatisch.

Vermutlich hatte ich eine Spur zu intensiv hingestarrt, denn er blickte mich leicht irritiert an.

»Deine Tante ist wohl ziemlich sportlich?«, fragte ich, nur um etwas zu sagen.

Heinz nickte. »Sie will auch im Urlaub nicht auf ihre gewohnten Aktivitäten verzichten.«

Als Nächstes erfuhren wir, dass zu Agnes' gewohnten Aktivitäten nicht nur Aerobic in aller Herrgottsfrühe und Schwimmen am frühen Nachmittag gehörte, sondern außerdem noch Tango und Salsa und andere Tanzarten; das kam in der Regel nach dem abendlichen Strandspaziergang dran.

Ich ließ meine Blicke unauffällig zu Fabio wandern. Ob er Agnes auch im Tanzen unterrichtete?

»Fürs Tanzen ist Henri zuständig«, ergänzte Heinz.

Aha. Damit war auch diese Frage beantwortet.

9. Kapitel

Bibi kam mit den kalten Getränken zurück, und wir setzten uns in den Schatten einer blauweiß-gestreiften Markise auf die angrenzende Terrasse. Fabio blieb stehen, den Rücken gegen die Hauswand gelehnt. Er beobachtete uns wie ein Jäger das Wild, immer auf der Suche nach der besten Schussposition.

Ich beschloss, meinerseits einen kleinen Pfeil abzuschießen.

»Sie trägt ziemlich viel Schmuck beim Schwimmen«, sagte ich.

Heinz machte ein betrübtes Gesicht. »Das ist ein ganz wunder Punkt. Seit einer Weile legt sie den Schmuck niemals ab.«

»Nicht mal zum Schlafen?«

»Nicht mal zum Schlafen«, bestätigte Heinz. »Sie hat sich da an eine ziemlich alte Geschichte erinnert, und seitdem trägt sie die Juwelen ständig.«

»Hat sie Angst, dass man ihr die Sachen klaut?« Valerie blähte die Nasenflügel und schielte einen unbedachten Moment lang zu Fabio hinüber. Er kriegte es mit und bedachte sie mit scharfen Blicken. Ich hätte ihr am liebsten gegen das Schienbein getreten.

Rasch sagte ich: »Wieso trägt sie denn nun ständig den Schmuck?«

»Ach, das ist eine ganzzz romantische Geschichte«,

schwärmte Bibi. »Agnes hat den Schmuck von der größten Liebe ihres Lebens gekriegt, in ihrer Jugend. Der arme Mensch ist dann leider gestorben. Und sie hat ihm am Sterbebett geschworen, dass sie ihm zu Gedenken den Schmuck trägt.«

»Das ist wirklich romantisch«, sagte Valerie mit feuchten Augen.

Ich war ebenfalls gerührt. Diese butterweiche, seelenvolle Seite hätte ich an Agnes nie vermutet.

Fabio blickte auf die Uhr. »Agnes wird nicht mehr lange brauchen, wir werden in etwa einer halben Stunde aufbrechen. Wenn ihr noch auspacken oder euch frisch machen wollt …«

Ich blinzelte verblüfft. Hatte er gerade *wir* gesagt?

»Willst du etwa auch mitfahren?«, platzte ich heraus.

Er bedachte mich mit einem sardonischen Grinsen.

»Wir fahren zu dritt. Agnes, du und ich. Hast du etwa was dagegen?«

Ja!, hätte ich ihn am liebsten angebrüllt. Wie sollte ich unter den messerscharfen Sezierblicken dieses Einheimischen eine auch nur halbwegs glaubhafte Touristenführung zu Stande bringen? Na gut, er war nur ein halber Italiener, aber das war immer noch eine Hälfte zu viel! Und außerdem waren *beide* Hälften dieses Kerls davon überzeugt, dass ich eine ausgebuffte Betrügerin war. Falls er daran noch Zweifel haben sollte – die würden sich vermutlich spätestens dann verflüchtigen, wenn er meine erste Führung miterlebte!

Bibi begleitete Valerie und mich ins Obergeschoss zu unserem Zimmer.

»Besonders geräumig ist es nicht, aber meins ist noch kleiner«, sagte Bibi.

Ich fragte mich, wie das möglich sein sollte. Wenn Valerie und ich mitsamt unseren Taschen hier drinstanden, kriegten wir kaum die Tür zu. Das Zimmer war, wie unschwer zu erkennen war, ein klassischer Dienstbotenraum. Er war kaum größer als eine Besenkammer. Wenn man sich bücken wollte, um die Schuhe anzuziehen, knallte man garantiert irgendwo mit dem Hintern dagegen.

Das Mobiliar war von gediegener Scheußlichkeit: zwei knarrende, schmale Kastenbetten, ein riesiger, wuchtiger Kleiderschrank, eine wurmstichige Kommode. Alles in demselben tristen dunklen Holz wie die Speisezimmereinrichtung.

»Drüben bei der Treppe wär noch ein anderes freies Zimmer, aber das mieft unheimlich.«

»Da können wir uns ja direkt freuen«, meinte ich. »Ich meine, dass wir dieses Zimmer hier gekriegt haben.«

»Man gewöhnt sich dran«, sagte Bibi fröhlich. »Außerdem ist ja das Essen umsonst. Und die Kohle stimmt, und das Wetter auch.«

Ich schaute mich um. »Wo ist das Bad?«

»Auf dem Gang, schräg gegenüber, wir teilen es uns.«

»Wo schlafen die anderen?«, wollte Valerie wissen

»Agnes hat zwei Zimmer, am Ende des Gangs. Sie hat natürlich ihr eigenes Bad. Heinz schläft rechts davon, das Zimmer von Fabio ist auf der linken Seite.«

»Hat er etwa ein eigenes Zimmer?«, fragte ich empört.

»Wer? Heinz? Der hat sogar zwei, wie Agnes.«

»Nein, dieser *Bademeister*.« Ich spie das Wort förmlich hervor.

Bibi machte kugelrunde Augen. »Magst du ihn nicht? Und dabei ist er doch echt süßßß!«

Ich musste an Bibis Worte denken, als ich kurz darauf mit Agnes und Fabio auf den Spuren der Römer unterwegs war. Wir saßen in einem angeberisch großen Daimler, den Fabio steuerte. Agnes saß neben ihm, ich hinter ihr auf der Rückbank, von wo aus ich eine ungehinderte Aussicht auf seine kräftigen Unterarme und seine sensibel wirkenden Hände am Lenkrad hatte. Irgendwohin musste ich ja schließlich schauen, oder nicht? Und es war wirklich ein lohnenswerter Anblick. Ich vergaß ständig, dass ich es mit einem Schurken zu tun hatte.

Immerhin begutachtete ich zwischendurch auch den Schmuck. Er war ja sozusagen direkt vor meiner Nasenspitze. Das ganze Ensemble bestand, wie ich inzwischen festgestellt hatte, aus einem Collier mit zahlreichen, abnorm großen, tropfenförmig geschliffenen Brillanten von außergewöhnlicher Klarheit, ferner zwei breiten, nicht minder lupenrein wirkenden Armbändern und last, but not least, drei riesigen, mehrkarätigen Ringen. Allein einer dieser Ringe dürfte gut und gerne ein paar hunderttausend Euro wert sein.

Während ich noch überlegte, was das ganze Zeug wohl zusammen kosten würde, wenn man es irgendwo kaufen müsste, spürte ich Fabios scharfen Blick im Innenspiegel. Ich tat so, als hätte ich ganz plötzlich etwas Interessantes an meinen Fingernägeln entdeckt. Und nach einer Weile schaute ich einfach aus dem Fenster.

Am liebsten hätte ich allerdings meine Nase in den Reiseführer gesteckt, um nicht aus dem Konzept zu kommen, doch das musste ich mir für die nächsten paar Stunden wohl oder übel verkneifen. Ich hatte den Artikel über die Römertour so gut wie auswendig gelernt, das musste reichen. Die *Via Flaminia* begann in Fano, der nächstgrößeren Küstenstadt südlich von Pesaro.

Im Reiseführer stand dazu, dass dort ein Augustusbogen und Mauerreste an die römische Epoche erinnerten, doch leider hatte der Autor vergessen, wo genau die Ruinen zu finden waren, deshalb hätte ich diese Sehenswürdigkeit dezent unterschlagen – wenn wir nicht zufällig dran vorbeigefahren wären, weil sie direkt an unserer Route lag. Vor dieser historischen Kulisse passte es natürlich ganz ausgezeichnet, dass ich genau an der Stelle damit anfangen konnte, meinen auswendig gelernten Einführungsmonolog herunterzuleiern, den ich noch heute Abend unter Einfügung gelungener Synonyme abwandeln und in meinen Laptop tippen würde. Abschnitt eins meiner Adriareportage für *Meine Gesundheit*!

Wir stiegen aus, und ich machte ein paar Fotos, während ich bescheiden, aber kenntnisreich zum Besten gab, wie die Römer Ende des dritten Jahrhunderts nach Christus bei Sassoferrato eine Horde von Galliern, Etruskern und Umbriern besiegt hatten, die damals in dieser Gegend hausten. Um die eroberten Gebiete an Rom anzubinden, wurde dann unter Caius Flaminius mit dem Bau einer Straße begonnen – der *Via Flaminia*.

Agnes hörte meinen Ausführungen ungerührt zu, sie stellte keine Fragen, auch nicht, als wir weiterfuhren. Die gute Baronin. Schweigsam wie immer. Ich gestattete mir ein erleichtertes Aufatmen, weil sie anscheinend nicht vorhatte, plötzlich ihre Gewohnheiten zu ändern.

Der Anfang war kinderleicht, das Glück schien mir hold. Und es schien auf diese Art weiterzugehen. Zwischen einem Nest namens Martino del Piano und dem nächsten Kaff, das Fossombrone hieß, gab es ein römisches Forum. Ich hatte vorsorglich nichts davon erwähnt, für den Fall, dass es irgendwo hinter einem Erdwall oder einem Bauernhof versteckt war. Auf keinen Fall wollte ich mir vor Agnes oder Fabio die Blöße geben, mich erst durchfragen zu müssen, schon gar nicht mit meinem miesen Italienisch.

Doch meine Befürchtungen waren völlig unbegründet. Vor dem Ortseingang prangte ein deutlich sichtbares gelbes Schild, auf dem *Area Archeologica* stand. So fanden wir problemlos zum *Forum Sempronii*, das ich ebenfalls fotografierte und dann ganz lässig zu berichten wusste, dass das Pflaster auf dem dort freigelegten Teilstück der *Via Flaminia* echt antik war.

Danach ging es ein Stück weit auf der Schnellstraße weiter, anschließend wieder über eine schmale Landstraße, mitten durch die hoch aufragenden Berge, die dort eine beeindruckende Schlucht bildeten, die *Gola di Furlo*, von der ich aus dem offenen Seitenfenster heraus ebenfalls ein paar Schnappschüsse machte

Wenig später mündete die Straße in einen engen Tunnel, der *Galleria di Furlo*, die im Jahre 76 nach Christus unter Vespasian erbaut worden war. Beiläufig wartete ich mit Zahlen über Länge, Breite und Höhe des Tunnels auf, aber auch das schien Agnes nicht weiter zu beeindrucken.

Doch ihr Desinteresse schien sogar noch schlimmer zu sein, als ich gedacht hatte. Als wir am anderen Ende der Schlucht angekommen waren, schlief sie wie ein Stein.

»Du liebe Zeit«, sagte ich betroffen. »War ich so langweilig?«

Fabio warf mir einen Blick im Rückspiegel zu und lachte herzlich. Doch er hörte sofort wieder damit auf. Ich hatte den Eindruck, dass er sich über sich selbst ärgerte.

»Was machen wir jetzt?«, flüsterte ich.

»Kaffee trinken gehen«, antwortete er lakonisch. »Sie schläft nicht lange, vielleicht eine Viertelstunde. Ich kenne das schon. In der Zeit will sie nicht gestört werden. Aber sie will natürlich auch nichts von der Tour verpassen. Also machen wir hier Pause.«

Er parkte den Wagen vor einer kleinen Bar, und wir stiegen aus. Sofort merkte ich, dass ich dringend zur Toilette musste, doch ich verkniff es mir mühsam, während ich mich innerlich verfluchte.

Wieso hatte ich auch vor meinem Aufbruch auf der Terrasse noch ein riesiges volles Glas Fruchtsaft getrunken? Warum war ich hinterher nicht noch rasch zur Toilette gegangen? Jetzt konnte ich es unmöglich wagen! Agnes, allein und schlafend! Und Fabio, zu allem entschlossen, weil er bis nächsten Mittwoch unbedingt das Geld brauchte! (Wozu???)

Wir stellten uns an die Theke und bestellten Cappuccino. Dann warteten wir schweigend, bis er gebracht wurde.

Ich spürte Fabios Blicke von der Seite. Es machte mich nervös, wenn er mich anschaute, ich konnte nichts dagegen tun. Außerdem musste ich jetzt noch dringender als vorhin. Inbrünstig wünschte ich mir, dass ihn ebenfalls ein dringendes Bedürfnis überkäme, dann könnte ich gleichzeitig rasch verschwinden. Doch er schien eine Blase aus Stahl zu haben.

Als der Cappuccino gebracht wurde, nippte ich wohlweislich nur in mikroskopisch kleinen Schlucken am Schaum. Gerade so viel, dass es so aussah, als würde ich trinken.

»Der Cappuccino ist sehr gut hier«, sagte er.

»Finde ich auch.«

»Du trinkst ja gar nicht richtig.«

Ich pustete in den Schaum. »Er ist noch zu heiß.«

»Jenny«, sagte er plötzlich nachdenklich, mit diesem betörenden, kaum merklichen italienischen Akzent. »Das kommt von Jennifer, oder?«

Ich nickte widerstrebend.

»Ein schöner Name. Wie sind deine Eltern darauf gekommen, dich so zu nennen?«

»Meine Mutter war ein Fan der Artus-Sage.«

»Und am meisten hatte es ihr die Geschichte von Sir Lancelot und Guinevra angetan«, ergänzte Fabio lächelnd.

Ich war überrascht. Für einen Bademeister war er ziemlich gebildet. Aber er trug ja auch einen Ring, der überhaupt nicht zu einem Bademeister passte.

Das lag natürlich daran, dass er gar kein Bademeister war!

Wie hatte ich das auch nur für einen einzigen Moment vergessen können, ich Idiotin!

Ich räusperte mich. »Was ist das eigentlich für ein Ring, den du da trägst?«

Er betrachtete seine Hand und drehte den Ring hin und her. »Ach, den hab ich geerbt.«

Ich glaubte ihm kein Wort – außer, man setzte *erben* als Synonym für *klauen* ein.

Ich beugte mich ein Stück näher, bis ich die Gravur erkennen konnte – und war überrascht.

»Sieht so ähnlich aus wie ein Ring, den ich einmal an einem Bekannten gesehen habe.«

An Leo, um genau zu sein. Der hatte mal zwei Semester in den U.S.A. studiert. Jeder zweite Student trug dort irgendwelche Universitäts-Protzringe, das gehörte zum guten Ton, damit jeder sehen konnte, aus welcher Eliteanstalt man kam.

Leo hatte erzählt, dass er seinen Berkeley-Ring auch noch eine Zeit lang in Deutschland getragen hatte, aber nur so lange, bis er den ersten Antrag bekommen hatte – von einem Typen, der die Frechheit besessen hatte, ihn für schwul zu halten.

Kein Mensch würde auf die Idee kommen, Fabio für schwul zu halten. Außerdem hatte er eine Freundin, ich hatte ja selbst gehört, wie er am Telefon mit ihr rumgesäuselt hatte.

Aber er war sicher auch nicht der Typ Angeber, der einen solchen Ring tragen würde, nur weil er aus 999-Gold war. Er trug ihn, weil er für ihn dasselbe war wie für alle anderen Träger solcher Ringe: ein Symbol der Zugehörigkeit.

»Von welcher Uni stammt er?«, fragte ich.

»Princeton«, antwortete Fabio. Er hatte geantwortet, bevor er nachdenken konnte. Ich sah ihm an, dass er sich am liebsten deswegen die Zunge abgebissen hätte. Aha. Er war also ein Princeton-Absolvent. Nicht übel für einen Gauner. Andererseits – für einen Juwelendieb ersten Ranges war natürlich eine möglichst breit gefächerte Bildung von Vorteil. Man musste ja nur an John Robie alias Cary Grant denken. Ein wahrer Gentleman-Gangster!

Fabio war sicherlich kein Gentleman. Schon deshalb

nicht, weil er meine niedersten weiblichen Instinkte ansprach. Mir wurde ja schon warm, wenn er mich nur anschaute! So wie jetzt.

»Du hast einen italienischen Nachnamen«, sagte er.

Wie er das wohl wieder rausgekriegt hatte? Ich hatte nicht mal Agnes gesagt, wie ich hieß, aus Sorge, dass sie mich dann vielleicht doch noch wiedererkannt hätte.

Dann fiel mir ein, dass an meinem Rucksack ein Namensschildchen hing, noch von meiner letzten Flugreise. Ich war zu faul gewesen, es wieder abzumachen.

»Mein Großvater stammt aus dieser Gegend«, sagte ich. Und schon erwischte ich mich dabei, wie ich ihm die wunderschöne Geschichte von Anna und Fabio Costello erzählte.

»Kein Mensch kann sich vorstellen, wie die beiden sich geliebt haben«, schloss ich mit leidenschaftlicher Stimme. »Sie haben schließlich doch noch zusammengefunden, gegen alle Konventionen – weil das Schicksal sie füreinander bestimmt hatte!«

Der Fabio an meiner Seite musterte mich mit undeutbaren Blicken. »Ich glaube, du bist eine sehr bemerkenswerte Frau«, meinte er. »Und eine sehr hübsche noch dazu. Hat dir schon mal jemand gesagt, dass du eine Haut wie feines Porzellan hast?«

Ich spürte, wie glühende Hitze in meine Wangen stieg. Im Spiegel hinter der Bar war deutlich zu erkennen, dass ich nicht wie Porzellan, sondern eher wie ein Feuermelder aussah.

Fabio entging es ebenso wenig wie mir. Er zog ein wenig ungläubig die Brauen hoch, dann grinste er flüchtig, als wäre ihm gerade ein netter Witz eingefallen. »Du hast deinen Cappuccino ja gar nicht getrunken.«

Ich tat so, als würde ich einen Schluck nehmen.

»Ach, jetzt schmeckt er mir nicht mehr, er ist kalt geworden.«

Fabio zog sein Portemonnaie aus der Hosentasche, nahm einen Geldschein heraus und warf ihn auf die Theke.

»Dann kann's ja jetzt weitergehen.«

In diesem Augenblick war ich sicher, dass meine Blase kurz vorm Platzen stand. Doch wieder war das Glück mir hold. Agnes war aufgewacht und aus dem Wagen gestiegen. Sie marschierte stracks und ohne ein einziges Wort der Erklärung zur Damentoilette. Ich hätte sie – ausnahmsweise – küssen mögen!

Stattdessen erzählte ich ihr beim Händewaschen noch ein paar Dinge, die ich vorhin vergessen hatte, unter anderem, dass diese Gegend bekannt war für eine besondere Rarität, nämlich die weiße Trüffel, die hier gedieh.

»Hier gibt es sogar organisierte Touristentouren mit Hunden. Zum Trüffelausgraben, meine ich.«

Sie schnaubte nur durch die Nase, trocknete sich die Hände ab und ging nach draußen.

»Mensch, ist die tough«, murmelte ich. Einen Moment lang war ich versucht, ihr zu sagen, welche Laus sie sich mit Fabio in den Pelz gesetzt hatte. Doch diesem Impuls widerstand ich sofort. Schließlich arbeitete ich gerade erst ein paar Stunden für Agnes, und Fabio war womöglich schon seit Wochen in ihren Diensten. Sicherlich hatte er alles getan, um sich bei der Alten einzuschleimen. Ich musste ja sogar selbst zugeben, dass er als Bademeister und als Chauffeur eine erstklassige Figur machte.

Wenig später ging die Tour weiter, nach Cagli, zur

letzten Etappe vor der Rückfahrt. In dem Nest, ehedem ein wichtiges römisches *Municipium*, gab es ebenfalls altes Gemäuer zu bestaunen. Ich knipste es von allen Seiten und erzählte, was ich darüber wusste.

Das archäologische Museum, letzter Punkt unserer heutigen Besichtigungstour, hatte allerdings gerade seine Pforten geschlossen. Ich frohlockte innerlich. Wie gut, dass Agnes unterwegs geschlafen hatte! Ohne diese Pause hätte ich wohl oder übel noch wie angekündigt den Rundgang durch das Museum dranhängen müssen. Der blieb mir jetzt erspart.

Über die Schnellstraße fuhren wir anschließend zurück nach Pesaro.

Als wir beim Kastell ankamen, war es kurz nach halb acht. Agnes zog sich sofort in ihre Gemächer zurück, wohin ich ihr schlecht folgen konnte. Also machte ich mich auf die Suche nach Valerie und fand sie am Pool, wo sie im Badeanzug auf einer Liege lag und müßig in ihrem I-Ging-Handbuch blätterte. Besonders besorgt schaute sie nicht drein, im Gegenteil. Sie hatte den dicken Rosenquarz abgelegt und stattdessen einen dezenten, sehr hübschen Anhänger aus Amethyst umgehängt, ebenfalls ein Ausgleichsstein für den Widder.

Sie blickte strahlend auf, als sie mich sah. »Hallo, Jen. Hat alles gut geklappt?«

Ich nickte und ließ mich erschöpft auf den Liegestuhl neben ihr fallen.

»Ich hab wahnsinnigen Hunger, ich könnte einen ganzen Ochsen fressen.«

»Dinner gibt's um acht.«

»Oh«, stöhnte ich entsetzt.

»Du kannst dir vorher was in der Küche holen, hab ich vorhin auch gemacht.«

Ich schaute mich argwöhnisch nach allen Seiten um, doch von den übrigen Bewohnern des Hauses war momentan niemand zu sehen. »Was hast du rausgekriegt?«

Wir hatten uns vor meiner Abfahrt heute Nachmittag darauf verständigt, dass sie während der Zeit ihres »Innendienstes« Augen und Ohren aufsperren sollte, um möglichst viel über die anderen hier in Erfahrung zu bringen. Vor allem natürlich über eine gewisse Person, die sich auf Juwelendiebstahl spezialisiert hatte.

Valerie klappte das Buch zu und schaute sich ebenfalls um, dann flüsterte sie: »Er ist geschieden, aber es war nicht seine Schuld. Seine Frau hat Dinge von ihm verlangt, die er ihr nicht geben konnte.«

Sofort wurde ich von glühender Neugier gepackt.

»Welche Dinge? Schmuck? Schnelle Autos? Weltreisen?«

»Nein, nicht solche Dinge. Sachen, die man im Bett tut.«

Ich hielt die Luft an. »Echt? Was denn für Sachen?«

Valerie beugte sich erregt vor. »Sie wollte ihn auspeitschen. Regelmäßig. Das hat ihn überfordert. Auf Dauer war es einfach zu viel für ihn.«

Ich war zutiefst erschüttert. Fabio, verheiratet mit einer Domina?

»Das ist der Hammer!«, sagte ich.

»Ja, das hab ich auch gedacht, als ich's gehört hab! Bei der Scheidung hat sie ihm total das Fell über die Ohren gezogen, sie hat ihm nicht einen müden Cent gelassen.«

»Und wer hat dir davon erzählt?«

»Na, er selber natürlich. Wir hatten ein sehr ausführliches Gespräch. Er hat völlig ohne Scheu mit mir darüber geredet.«

Befremdet blickte ich sie an. »Sekunde mal, wann soll denn das gewesen sein? Er war doch die ganze Zeit mit mir und Agnes unterwegs!«

Sie musterte mich verständnislos. »Na, ich rede natürlich von Heinz.«

Ich stöhnte entnervt auf. »Meine Güte, das kann nicht wahr sein! Was interessiert mich dieser Typ?«

Sie war eingeschnappt. »*Mich* interessiert er zufällig sehr.«

»Anscheinend hast du total vergessen, wozu wir überhaupt hier sind!«

»Keine Sorge, ich denk andauernd dran. Deshalb hab ich ja auch den ganzen Nachmittag damit verplempert, alle möglichen Leute auszuquetschen.«

»Erzähl.«

Sie hatte tatsächlich ganze Arbeit geleistet, wie ich gleich darauf erfuhr. Bloß, dass eben die Geschichte mit Heinz die Aufwühlendste von allen gewesen war, sie beschäftigte sich pausenlos damit, seit sie von seiner unglaublichen Vergangenheit gehört hatte. Deshalb hatte sie mir auch gleich als Erstes davon erzählen müssen. Die Details, die sie über die übrigen Personen erfahren hatte, waren im Vergleich dazu langweilig.

Bibi, die Fitness-Trainerin, war seit drei Monaten bei Agnes angestellt, allerdings auf Teilzeitbasis, sprich lediglich für die regelmäßige Frühgymnastik. Den übrigen Tag arbeitete sie, wie sollte es anders sein, in einem Fitnessstudio. Sie hatte allerdings kurzfristig dort gekündigt, weil sie sich Knall auf Fall entschlossen hatte, ganz hier zu bleiben und sich einen Job als Sportanimateurin in einer Ferienanlage zu suchen, wenn die Baronin nach Deutschland zurückfuhr.

Der Tanzlehrer Henri unterrichtete Agnes schon eine ganze Weile. Seit einem halben Jahr kam er täglich vor dem Abendessen, und zwar immer exakt für eine Stunde. Wie Bibi und ich war er für den Adria-Urlaub auf Honorarbasis ganztägig engagiert worden, ohne allerdings mehr Arbeit zu haben als sonst.

Fabio hingegen war erst vor einer Woche hier aufgekreuzt, genau an dem Tag, als die Baronin ihren diesjährigen Sommerurlaub begonnen hatte.

»Heinz hat gesagt, dass der Pool ganz neu ist, gerade erst eingebaut. Zu Hause haben sie keinen.«

»Deshalb ein Schwimmlehrer«, meinte ich.

»Und Chauffeur«, bestätigte Valerie. »Heinz hat gesagt, dass Agnes ihn für einen miserablen Fahrer hält.«

»Er fährt ausgezeichnet«, widersprach ich.

»Ich meine Heinz.«

»Oh.«

»Er ist manchmal ein bisschen ungeschickt, er kann nichts dafür.«

Mir fiel wieder ein, was Fabio dazu gesagt hatte, als ich ihn bei seinem Gespräch im Arbeitszimmer belauscht hatte. *Kann sein, dass er sich dämlicher anstellt, als er ist.*

Über Fabio wusste Valerie zu meinem größten Leidwesen sonst nichts mehr zu berichten. Weder Heinz noch Bibi besaßen irgendwelche Informationen über sein Privatleben. Das wunderte mich nicht sonderlich. Jemand mit seinem beruflichen Hintergrund würde natürlich dafür sorgen, dass er mit einer glänzenden, über jeden Zweifel erhabenen Vita aufwarten konnte.

Valerie hatte noch mehr Neuigkeiten erfahren, lauter Dinge, die zwar hochinteressant, aber für unseren Fall nicht gerade von Wichtigkeit waren. Doch da ich einem guten Klatsch niemals abgeneigt war, hörte ich voller Spannung zu, was sie zu erzählen hatte.

»Ich hab mich auch mit Bibi unterhalten. Die Ärmste, sie hat's nicht leicht!«

Bibi hatte, wie ich hörte, einen schrecklich brutalen Freund namens Berthold, der immer mal wieder nähere Bekanntschaft mit der Justiz machte. Wenn er nicht gerade im Knast saß, klaute er Autos oder raubte Geschäfte und Banken aus oder brach Leuten, die ihm blöd kamen, die Nase. Bibi war ihm zweimal blöd gekommen, indem sie versucht hatte, mit ihm Schluss zu machen. Erst gestern hatte sie es ein drittes Mal versucht, allerdings telefonisch, weil sie nicht scharf auf weitere Veilchen oder Rippenprellungen war. Berthold hatte allerdings am Telefon erklärt, aufgeschoben sei nicht aufgehoben, und da er zufällig bei gemeinsamen Bekannten in Erfahrung gebracht hatte, wo Bibi sich zurzeit aufhielt, lebte die arme Kleine seitdem in schrecklicher Angst.

»Über den Franzosen hab ich auch was rausgekriegt«, sagte Valerie mit leuchtenden Augen.

Henri Delatour war, wie sie von Bibi unter dem Siegel der Verschwiegenheit erfahren hatte, ein notorischer Spieler. Er hatte schon alles versetzt, was er besaß, um seinem Laster zu frönen. Seit er hier war, hatte Bibi ihn schon zweimal völlig verstört mitten in der Nacht nach Hause kommen sehen. Beim zweiten Mal hatte sie ihn gefragt, was los sei, und da war er weinend zusammengebrochen, mit der Behauptung, man hätte ihn ausgeraubt. Gleichzeitig hatte er sie um fünfhundert Euro angepumpt. Natürlich hatte sie ihm nichts gegeben, weil sie vorher von der Köchin erfahren hatte, dass er alles beim Kartenspiel verzockte. Und weil sie ihm sowieso nichts hätte geben können. Schon deshalb nicht, weil sie selbst total blank war, da Berthold erst kürzlich frisch aus dem Knast gekommen war und ihr auf der Stelle jeden einzelnen Euro abgeknöpft hatte, den sie zu der Zeit noch besessen hatte.

»Weiß Agnes davon?«, fragte ich, gegen meinen Willen fasziniert. Du liebe Zeit, hatten sich hier schräge Typen versammelt!

»Keine Ahnung. Ich denke eher nicht. Woher sollte sie es auch wissen? Sie stellt ja nie irgendwelche Fragen.«

Ich stand auf und reckte mich. »Ich hol mir rasch was zu essen, dann zieh ich mich um. Bin gleich wieder da.«

»Du brauchst dich nicht zu beeilen, ich schwimm noch 'ne Runde. Das Wasser ist herrlich.«

Darauf konnte ich verzichten. Mein Bedarf an Wasser in allzu komprimierter Form war seit gestern gedeckt. Und Schwimmbecken jeder Art waren mir ohnehin seit jeher suspekt. Ich hatte mich schon in der Schule immer erfolgreich vor dem Schwimmunterricht gedrückt. Ein paar Züge konnte ich problemlos zurücklegen, aber nur, wenn ich wusste, dass ich Grund unter den Füßen hatte. Anderenfalls ging ich sofort unter. Es war so eine Art physikalisches Naturgesetz. Schwimmen konnte ich nur dort, wo ich auch stehen konnte. Woanders nicht. Im Laufe der Jahre hatte ich es aufgegeben, darüber nachzudenken, sondern es als gegeben hingenommen.

10. Kapitel

Die Küche nebst anderen Wirtschaftsräumen befand sich in einem Seitentrakt des Hauses. Ich musste nur meiner Nase folgen, denn es roch bereits köstlich nach Essen.

Die beiden Serviermädchen von heute Morgen und eine dralle, weiß bekittelte Köchin waren damit beschäftigt, das Abendessen zuzubereiten. Der Geschmack der Baronin in Fragen des persönlichen Stils mochte grauenvoll sein, aber eins musste man ihr lassen: Sie sorgte für gutes Essen.

Ich machte wohl einen ziemlich verhungerten Eindruck, denn die Köchin reichte mir sofort einen Teller, auf dem ein riesiges Stück *Bruschetta* sowie eine nicht minder gigantische Scheibe Käse lagen, außerdem ein paar einlegte Oliven. Ich packte den Käse und die Oliven aufs Brot, bedankte mich und ließ den Teller stehen. Schon auf dem Weg zur Treppe begann ich zu futtern. In Windeseile biss ich drei-, vier-, fünfmal von dem Brot ab. Schließlich hatte ich seit dem frühen Morgen nichts zwischen die Kiemen gekommen. Von dem tollen Brunch hatte ich ja nichts abgekriegt.

»Mmh, die kochen echt klasse hier«, murmelte ich mit vollem Mund. Es war wirklich köstlich! Die Kombination aus scharf gewürztem Brot, pikanten Oliven und mildem Käse war eine himmlische Delikatesse!

Dergleichen brachten wirklich nur die Italiener zu Stande!

Genießerisch schloss ich die Augen. Und prallte prompt gegen eine harte Männerbrust.

Zwei Hände packten mich bei den Oberarmen und hielten mich fest.

»Vorsicht«, sagte Fabio.

Ich prustete einen Mund voll Brotkrümel, Olivenmatsch und Käsebröckchen auf seinen nackten Oberkörper.

»Hoppla«, meinte er nachsichtig.

»Oh, das tut mir Leid«, sagte ich. Das heißt, ich meinte es. Mein Mund war noch zu voll, es kam nur ein ziemlich erstickt klingendes Matschgeräusch heraus.

»Was hast du denn noch vor dem Abendessen für Pläne?«, fragte er. »Ich meine, außer essen?«

Seine Stimme war todernst, doch ich sah das amüsierte Funkeln in seinen Augen.

Ich schluckte krampfartig alles auf einmal runter und fragte mich, wieso ich eigentlich jedes Mal diese peinlichen Zwischenfälle erlebte, wenn ich mit ihm zusammentraf.

Er trug wieder seinen kleidsamsten Look: Badehose und Schlappen. Anscheinend plante er, vor dem Essen noch mal schwimmen zu gehen.

Das traf sich gut. Wenn er schwamm, konnte er Agnes nicht beklauen. Ich begann mich sowieso allmählich zu fragen, wie er sich seinen Coup vorstellte. Hier schwirrten ja ständig Leute herum. Er konnte unmöglich planen, alle gleichzeitig aus dem Weg zu räumen, nicht mal mit Unmengen von Schlaftabletten oder Schlägen auf den Kopf. So naiv konnte er nicht sein. Viel eher konnte ich mir vorstellen, dass er es auf einem der Ausflüge durchziehen wollte. Dann musste er nur eine Person außer Gefecht setzen: mich. Diese Aussicht gefiel mir nicht sonderlich.

Mir fiel ein, dass ich seine Frage noch nicht beantwortet hatte. Er musterte mich immer noch, mit deutlich herablassender Belustigung, wie ich fand. Allmählich gewann ich den Eindruck, dass er anfing, mich in eine gewisse Schublade zu stecken, auf der außen ein großes Schild mit der Aufschrift *Barbie* klebte. Anscheinend hatte er seine Meinung über mich seit heute Morgen gründlich revidiert. Nichts an seinem breiten Grinsen und seinem fröhlichen Zwinkern deutete darauf hin, dass er mich noch für gefährlich hielt. Ich konnte förmlich hören, was er dachte: blond, blöd und trampelig.

Es war höchste Zeit, andere Seiten aufzuziehen!

Ich legte ein rauchiges Timbre in meine Stimme. »Vielleicht kommt das darauf an, was *du* vorhast.« Während ich diese eindeutig zweideutige Bemerkung machte, schaute ich ihm direkt ins Gesicht und hatte die Genugtuung, seine Kinnlade herabfallen zu sehen. Doch er war nicht umsonst ein mit allen Wassern gewaschener Ganove. Er fing sich rasch, und plötzlich stand ein Ausdruck in seinen Augen, der nicht zu missdeuten war.

»Soll ich aus deiner Äußerung schließen, dass wir vielleicht gemeinsame Interessen haben?« Dabei betrachtete er mich mit Blicken, die man selbst bei völlig unvoreingenommener Betrachtungsweise nur als lüstern bezeichnen konnte. Seine Stimme schien mich förmlich zu streicheln, und wieder überlief mich dieser kleine, elektrisierende Schauer, den ich nun schon so gut kannte.

Doch dann wurde mir auf einmal klar, wie doppeldeutig sein letzter Satz war. *Gemeinsame Interessen* – meinte er damit Sex oder Brillis?

Beides, wie ich bei seinen nächsten Worten begriff. »Süße.« Er legte seine Hand unter mein Kinn und fuhr mit der Kuppe seines Daumens über meine Oberlippe. Sehr sanft, sehr erotisch. »Mach keinen Fehler. Lass die Finger davon. Glaub mir, du würdest es bereuen.«

Mein Herz schlug einen Trommelwirbel. Mir wurde heiß und kalt zugleich. Voller Nervosität leckte ich mir über die Lippen. Blöderweise hatte ich völlig vergessen, dass da noch sein Daumen war. Ich leckte ihn ab. Aus Versehen, versteht sich. Hypnotisiert vor lauter Peinlichkeit starrte ich Fabio an. Der wiederum hatte seine Hand von meinem Kinn weggenommen und blickte einigermaßen perplex auf seinen Daumen.

Dann wandte er sich abrupt ab und ließ mich stehen. Ich schaute ihm mit offenem Mund hinterher.

Nach diesem kleinen Zwischenspiel überlegte ich, ob ich einen Fehler gemacht hatte. Vielleicht wäre es besser gewesen, Fabio in seinen Barbie-Vorurteilen zu bestärken, statt mich plötzlich als raffinierte *Femme fatale* mit undurchschaubaren Zielen zu gebärden. Doch in einer Aufwallung von Trotz unterdrückte ich diese Bedenken. Er sollte ruhig glauben, dass ich in seiner Liga spielte! Dann überlegte er es sich vielleicht dreimal, ob er während einer unserer Besichtungstouren die Juwelen mopste!

Auf dem Weg zu meinem und Valeries Kämmerchen begegnete ich Agnes, die aus ihrem Zimmer kam. Sie trug ein pflaumenblaues, weit schwingendes Kleid im

Stil der Fünfzigerjahre. Bei näherem Hinsehen war allerdings zu erkennen, dass es aus den Fünfzigerjahren *stammte*. Eine echte Rarität. Wahrscheinlich hätte sie dafür auf einem Nostalgiebasar ein hübsches Sümmchen abstauben können, wenn es nicht so durchdringend nach Mottenpulver gerochen hätte. Bevor sie wie immer wortlos an mir vorbeirauschen konnte, stellte ich mich ihr in den Weg.

»Wegen morgen«, begann ich. »Ich hätte da zwei Tagestouren zur Auswahl. Einmal eine Weintour oder eine schöne lange Bergwanderung.«

Sie hatte keine Meinung dazu, nur ihr übliches Schnauben und den grimmigen Blick, den ich inzwischen schon kannte. Und schon war sie weg. Damit war die Sache entschieden. Morgen würde es Wein geben. Danach würde ich weitersehen. Vielleicht ließ sie sich ja doch noch für die Bergwanderung erwärmen. Da brauchte ich nicht so viel zu erklären.

Meine größte Sorge galt Besichtigungszielen wie Ravenna oder Venedig. In den größeren Städten würde ich auf jeden Fall mein Waterloo erleben. Ich sah mich schon dort mit aufgeklapptem, restlos zerfleddertem Stadtplan umherirren, völlig außerstande, auch nur eine einzige der dort eingezeichneten Sehenswürdigkeiten zu finden. Vorsorglich beschloss ich, alles nur Erdenkliche zu tun, um eine Tour dorthin so lange wie möglich hinauszuschieben.

Plötzlich schallte Musik durchs Haus. Von unten ertönten rauschende Tangoklänge. Aha, das war Monsieur Henris Einsatz, wenn mich nicht alles täuschte.

Ich duschte in Windeseile, zog mich rasch um und ging wieder nach unten, wo ich der Musik folgte. Sie kam aus einem großen Salon, in dem die Möbel zur Seite geräumt waren, sodass in der Mitte eine Tanzfläche frei war. Ich lugte durch den Türspalt. Henri und Agnes stolzierten im Klammergriff übers Parkett und schauten dabei drein, als hätten sie nur noch ein paar Tage zu leben.

»Die tanzzzen gut, oder?«, fragte Bibi über meine Schulter. Sie hatte sich ebenfalls schon für das Dinner umgezogen. Zu ihrem Minirock trug sie wieder ein praktisch nicht vorhandenes Top, diesmal in Grün.

»Ich versteh nicht viel davon. Aber sie sehen nicht besonders happy dabei aus.«

»Das ist der klassische Tangoblick«, klärte Bibi mich auf. »Total streng. Lachen muss man nur bei den anderen Tänzen. Das wird sogar gewertet. Zählt zum allgemeinen Ausdruck.«

Henri, der einen dunkelblauen Anzug trug, schleuderte Agnes über seinen Arm nach hinten. Es sah aus, als wollte er ihr das Kreuz brechen. Doch sie erholte sich sofort wieder von dieser Attacke und vollführte ein paar schmissige Drehungen.

»Find ich toll, wenn alte Leute noch so gut in Form sind«, meinte Bibi. »Wie alt bist du eigentlich?«

»Fast dreißig«, sagte ich.

»Dafür siehst du echt noch toll aus. Ich hätte dich jetzt für höchstens achtundzwanzig gehalten.«

»Danke«, murmelte ich.

»Henri ist schon neunundsechzig, aber er hat sich auch gut gehalten.«

»Vielleicht hält ihn sein Laster jung«, brummte ich.

Bibi wurde rot. »Valerie hat's dir erzählt, oder? Na ja, wieso sollst du es nicht wissen, dann kannst du dich wenigstens vorsehen. Wenn er erst mit dieser Handküsserei anfängt, musst du dich auf alles gefasst machen.«

»Du meinst, auf *alles*?«

Bibi kicherte. »Nein, er will nicht deinen Körper. Nur dein Geld.«

»Das stört mich nicht. Ich hab keins dabei.«

»War euer Ausflug heute schön?«, fragte Bibi.

Ich zuckte die Achseln. »Ganz nett. Wenn du willst und wenn Agnes nichts dagegen hat, kannst du ja das nächste Mal mitfahren.« Natürlich bot ich ihr das nicht nur aus reiner Sympathie an. Es konnte nicht schaden, wenn noch jemand auf Agnes aufpasste, solange wir unterwegs waren. Zum Beispiel, wenn ich mal wieder dringend aufs Klo musste.

Sie strahlte mich an. »Das wär toll! Danke schön! Auf die Dauer ist es echt langweilig, wenn man den ganzen Tag nur rumhängt.«

Ich hatte von dem zackigen Gestakse im Salon genug gesehen. Die beiden würden mindestens noch eine halbe Stunde tanzen, da blieb mir noch ein bisschen Zeit zum Arbeiten. Ich entschuldigte mich bei Bibi und ging wieder nach oben, wo ich rasch eine Zusammenfassung der heutigen Römertour in meinen Laptop tippte. Es ging mir wunderbar flüssig von der Hand. Anscheinend ergab vorheriges Auswendiglernen des Reiseführers zusammen mit einer anschließenden Besichtigung eine unschlagbare Kombination. Anstatt mir über passende Synonyme den Kopf zu zerbrechen, verfasste ich einen ganz eigenständigen Text. Ich war begeistert. Er las sich, als stammte er aus einem mir völlig unbekannten Reiseführer!

Mir blieb noch Zeit, eine E-Mail an Hildegard zu schicken (Liebe Hildegard, wie du siehst, war ich auch heute wieder sehr fleißig, ich hoffe, mein erster Entwurf findet deinen Beifall). Anschließend sandte ich noch via Internet eine nette SMS an Luise. Meine Kollegin war verrückt nach SMS. Sie tat keinen Schritt ohne ihr Handy, damit sie ja keine Botschaft verpasste. Hauptsächlich erwartete sie SMS von ihrem Lover, doch da dieser verheiratet war, konnte es geschehen, dass er manchmal tagelang nichts von sich hören ließ. Luise schwankte dann regelmäßig zwischen Heul- und Wutanfällen, doch sobald eine SMS kam – es konnte ruhig auch eine von jemand anderem sein – ging es ihr sofort wieder besser. Ich verwendete meinen ganzen Ehrgeiz darauf, so viel Information wie möglich in die verfügbaren 160 Zeichen zu packen und kam schließlich auf *Hi Luise! Super Wetter, tolle Gegend, heiße Typen! Die Adria ist wirklich 'ne Reise wert! Bin hier nicht nur alten Römern auf der Spur! Ganz liebe Grüße, Jenny.*

Nach kurzem Nachdenken hängte ich noch eine zweite SMS an:

Wohne seit heute auf tollem Schloss bei echter, steinreicher Baronin mit Riesenklunkern! Büfett und Pool sind traumhaft! Service inklusive! Überall Personal!

Anschließend packte ich mein Equipment wieder zusammen und ging erneut nach unten. Gerade passend zum Dinner. Die anderen hatten sich bereits im Speisesaal versammelt. Henri und Agnes waren noch in ihrem Tanzlook, sie wirkten leicht verschwitzt, aber nicht im Geringsten erschöpft.

Bisher wusste ich nicht so recht, was ich von Agnes halten sollte. Sie war eine mürrische alte Person, die kaum die Zähne auseinander kriegte. Ihr Sinn für Humor schien beklagenswert unterentwickelt zu sein. Sie ließ sich in Aerobic, Schwimmen und Tanzen unterrichten, ohne dass es ihr den geringsten Spaß zu machen schien. Und sie legte niemals ihren Schmuck ab. Wenn sie irgendwas sagte, klang es ziemlich gehässig, doch die meiste Zeit über wirkte sie fast autistisch. Wenn ich eine zusammenfassende Beurteilung über sie hätte abgeben müssen, würde ich sie schlicht als schrullige alte Schachtel bezeichnen.

Henri zeigte wieder sein typisches Maurice-Chevalier-Grinsen, das noch gut fünf Zentimeter breiter wurde, als er mich sah. Er ließ es sich nicht nehmen, auch diesmal einen Kuss auf meinen Handrücken zu hauchen. Ich begann, mir ein paar nette Formulierungen zurechtzulegen, etwa in dem Stil: *Sorry, Henri, normalerweise sehr gern, aber leider bin ich selber zurzeit völlig blank.*

Heinz trug wieder einen ziemlich teuren Anzug. Sein Geschmack war jedenfalls um Klassen besser als der seiner Tante. Dafür war es mit seinen Fähigkeiten als Charmeur nicht besonders weit her. Er hampelte unablässig herum, meist in unmittelbarer Nähe von Valerie, und ihr schienen seine Aufmerksamkeiten tatsächlich zu gefallen. Ich verstand die Welt nicht mehr. Valerie hatte nie ein besonderes Händchen gehabt, was die Auswahl ihrer Männer betraf, doch sie hatten immer ziemlich gut ausgesehen. Normalerweise mochte sie große, breit gebaute Typen mit starkem Bartwuchs und tiefer Stimme. Heinz stach durch völliges Fehlen dieser Eigenschaften hervor. Ich überlegte, ob Valerie aus dieser Tatsache vielleicht gewisse Schlüsse zog, etwa indem sie glaubte, dass er schon deswegen ein Volltreffer sein müsse, weil er, in krassem Gegensatz zu den bisherigen Totalausfällen, aussah wie ein hasenzähniger Don Quichotte.

Fabio dagegen machte heute Abend wieder eine ausgezeichnete Figur. Den saloppen Aufzug hatte er gegen einen gut geschnittenen dunklen Anzug vertauscht. Sein schwarzes Haar war noch feucht vom Schwimmen oder vom Duschen, und er hatte sich frisch rasiert. So, wie er da neben dem unbenutzten Kamin stand, ein Glas mit irgendeinem Aperitif in der Rechten, traute man ihm ohne weiteres den Princeton-Abschluss zu. Was ihn wohl dazu getrieben haben mochte, sich aufs Klauen zu verlegen? Um an Geld zu kommen, hätte er auch einfach eine Bank ausrauben können. Doch dann fiel mir ein, dass die meisten Banken heutzutage nicht sonderlich viel Bargeld vorrätig hatten, jedenfalls nicht so viel, wie der Juwelenklau einbringen würde.

Während des Essens saß ich wieder neben Fabio. Ich war mir seiner Gegenwart überdeutlich bewusst, doch diesmal war noch etwas anderes im Spiel, das spürte ich genau. Es war eine Art zusätzliche Spannung. Die Luft zwischen uns war förmlich erotisch aufgeladen, und es ging keineswegs nur von mir aus. Das kleine Gefummel vorhin auf der Treppe schien etwas bei ihm ausgelöst zu haben, das vorher noch nicht da gewesen war. Oder jedenfalls nicht in diesem Maße. Ich fühlte, wie er mich von der Seite betrachtete, wie er jede meiner Bewegungen verfolgte. Das Essen war ausgezeichnet, aber ich konnte mich hinterher beim besten Willen nicht erinnern, was es gegeben hatte.

Nach dem Dessert gingen alle noch auf einen Drink raus in den Garten. Es war schon nach zehn, und es wehte eine angenehm laue Brise, in der sich der Duft von Blumen mit dem des Meeres mischte. Ich ließ mir von Heinz ein Glas Sherry geben und wanderte durch den nächtlichen Garten.

Die Dunkelheit wurde effektvoll von kleinen Rasenlaternen erhellt, die sich auch in der Wasseroberfläche des Pools widerspiegelten. Unweit der Mauer, die das Anwesen zum Hang hin begrenzte, ragten Zypressen in den nächtlichen Himmel. Wie stumme Wächter wiegten sie sich im Wind.

Die anderen waren drüben auf der Terrasse geblieben, wo sie redeten und lachten. Einmal glaubte ich sogar, Agnes etwas sagen zu hören.

»Es ist schön hier, nicht?«

Das hatte ich mir ganz sicher nicht eingebildet. Fabio hatte es irgendwie geschafft, sich anzuschleichen, ohne dass ich auch nur das leiseste Geräusch gehört hatte.

»Meine Güte, musst du mich so erschrecken?«, fuhr ich ihn atemlos an. »Du bist ja schlimmer als John Robie!«

Er hatte sich neben mich gestellt. Sein Gesicht lag im Schatten, doch ich konnte das schwache Funkeln seiner Augen sehen. »Wie kommst du ausgerechnet auf den?«

»Ich … uh … ich mag Hitchcock.«

»Tatsächlich«, sagte er gedehnt. »Ich glaube kaum, dass das ein Zufall ist, Jennifer Costello.«

»Zufälle gibt's so gut wie keine, da kannst du Valerie fragen.«

»Ich hab schon mitgekriegt, dass sie an die Macht der Sterne glaubt.«

»Und woran glaubst du?«, fragte ich neugierig.

»An die Kraft des gesunden Menschenverstandes.«

Daran glaubte ich normalerweise auch. Doch meiner schien sich just in diesem Moment restlos zu verflüchtigen, als Fabio sich näher zu mir beugte. »Manchmal glaube ich auch an andere Dinge«, flüsterte er nahe bei meinem Ohr. Zu nahe. Ich spürte nämlich seine Lippen an meinem Ohrläppchen. Doch anstatt einen entschlossenen Schritt zur Seite zu tun, hielt ich zitternd still, während er weitersprach.

»Ich glaube an die Magie des Augenblicks. An das Klopfen meines Herzens, wenn ich dich ansehe. Du bist zauberhaft, Jenny.«

»Oh«, machte ich schwach.

Und dann lag ich plötzlich in seinen Armen und ließ mich von ihm küssen, bis ich glaubte, den Verstand zu verlieren. Meine Knie gaben nach, und ich hätte mich zu Sirup aufgelöst und wäre an ihm entlang ins Gras getropft, wenn er mich nicht festgehalten hätte. Das war mir noch nie passiert. Nicht so schnell jedenfalls. Das war alles, woran ich im Moment denken konnte. Und natürlich daran, wie gut sich seine Lippen auf meinen anfühlten. Und seine Hände, die über meinen Rücken wanderten, auf meinen Hinterbacken liegen blieben und mich gegen ihn pressten, bis ich aufkeuchte. Wie hart und fest sein Körper war, besonders an der einen Stelle, auf die sich plötzlich mein ganzes Interesse konzentrierte. Ich griff nach unten, um mich zu vergewissern, dass da unmöglich so viel sein konnte, wie ich mir einbildete. Doch es war so viel. Oder sogar noch mehr. Ich fasste ihn schamlos an, während ich seine Zunge mit meiner bedrängte.

»Jenny!« Er schob mich rückwärts gegen den Stamm einer Pinie und begann, mir das Kleid auszuziehen. Mein Herz schlug laut wie Donner, doch es wurde übertönt vom Geräusch seines Stöhnens unmittelbar neben meinem Ohr.

»O Gott, Jenny, das ist … Du bist … Komm, lass mich. Ich muss … Wo ist der verdammte Reißverschluss von dem dämlichen Kleid?!« Er fand ihn nicht und schob mir kurzerhand das Kleid über die Hüften nach oben, dann zerrte er an meinem Slip und versuchte gleichzeitig, seine Hose aufzumachen. Ich half ihm dabei. Seine Hände wanderten zu meinen Brüsten und kneteten sie, während ich völlig ungehemmt an ihm herumfummelte. Dann schob er seinen Oberschenkel zwischen meine Knie und drängte meine Beine auseinander.

»Ja«, stieß ich hervor, während ich schon dabei war, ihn zur richtigen Stelle zu lotsen. »Ja!!!«

»Jen, ich weiß nicht, ob das eine so gute Idee ist. Okay, sehen kann man euch nicht von der Terrasse aus, insoweit habt ihr euch einen ganz guten Platz gesucht, aber ihr seid echt wahnsinnig laut.«

Wie der Blitz fuhren wir auseinander und starrten Valerie an, die zwei Meter hinter uns stand.

Fabio machte mit einer Bewegung, die so schnell war, dass man sie kaum mit den Augen verfolgen konnte, seinen Hosenstall wieder zu, dann warf er mir einen Blick zu, in dem schiere Fassungslosigkeit stand. Mehrere Sekunden verstrichen, in denen ich hastig mein Kleid herabzog und meinen Slip wieder in Form rückte.

»Es tut mir Leid«, sagte Fabio mit beherrschter Stimme. Dann drehte er sich um und ging.

»Mensch, was habt ihr denn hier für ein Ding abgezogen?«, flüsterte Valerie. In ihren Augen spiegelte sich blanke Sensationslust. »Mensch, hatte der 'nen Ständer, Wahnsinn! Wie küsst er denn so?«

Ich konnte sie nur wie ein Schaf anglotzen, noch immer ganz benommen vor Lust.

Valerie kam näher. »Ist es das, was ich glaube? Hast du jetzt deine Taktik geändert? Willst du dich bei ihm eventuell als Komplizin einschmeicheln? Ich dachte schon die ganze Zeit, dass das vielleicht eine gute Idee wäre! Auf dem Wege kannst du prima rauskriegen, wie und wann er es tun will!« Sie hielt inne. »Das willst du doch, oder?«

Ich räusperte mich entschieden und fand meine Stimme wieder. »Ja«, sagte ich heiser, »exakt das will ich.«

Genau genommen hatte ich das eben erst beschlossen, und zwar in dem Moment, als Valerie es ausgesprochen hatte. Die Idee war tatsächlich so bestechend genial, dass ich mich fragte, wieso ich nicht schon viel früher darauf gekommen war.

»Ich geh mal wieder zu den anderen«, erklärte Valerie. »Du solltest erst mal durchschnaufen, du siehst noch ziemlich zerrupft aus.«

Ich wartete eine Weile, bis ich sicher sein konnte, dass mir die Knie nicht mehr wackelten, dann ging ich zurück ins Haus. Um die anderen schlug ich einen weiten Bogen. Fabio war nirgends zu sehen. Anscheinend war er nach oben in sein Zimmer gegangen. Ich war stark versucht, bei ihm anzuklopfen und Phase zwei meines soeben gefassten, unmoralischen Plans einzuleiten, mit anderen Worten, genau da weiterzumachen, wo wir vorhin aufgehört hatten, doch dann verließ mich der Mut. Erstens hatte er gesagt, dass es ihm Leid täte. Und zweitens war morgen auch noch ein Tag. Und drittens war mir plötzlich siedend heiß eingefallen, dass ich um ein Haar Sex gehabt hätte, und zwar mitten im Garten, wo jeder es hören konnte.

Mit einem Gauner. Einem Gauner ohne Skrupel – und

ohne Gummi. Und was noch viel beschämender war: Ich hatte es tun wollen, weil ich scharf auf ihn war, nicht, um ihn besser aushorchen zu können. Auf diesen Einfall war ich ja erst hinterher gekommen, da gab's kein Vertun! Er hatte Gefühle in mir entfesselt, die mein Blut zum Kochen gebracht hatten. Und mein Denkvermögen auf den absoluten Nullpunkt.

11. Kapitel

Mutlos und ziemlich verstört ging ich ins Bett. Ich nahm meinen Reiseführer mit und vertiefte mich in die morgige Tour, doch es fiel mir schwer, Einzelheiten zu behalten. Alles schien in meinem Kopf durcheinander zu purzeln.

In dieser Nacht lag ich noch lange wach. Als ich dann doch endlich einschlief, wurde ich von grässlichen Albträumen gequält. Zuerst kam die übliche Hochzeitssequenz mit Leo, doch diesmal schaffte er es, mich in der Kirche einzuholen und mich zum Altar zurückzuschleppen, wo er mir den Ring ansteckte. Widerspruch war zwecklos. Danach musste ich mit ihm auf Hochzeitsreise gehen, an die Adria, wohin sonst. Das Honeymoon-Hotel war ein riesiger, düsterer Kasten, der frappierende Ähnlichkeit mit dem Plettenberg'schen Kastell hatte. Leo wollte den ganzen Tag mit mir knutschen, es war unerträglich. Er behauptete, es sei sein gutes Recht, schließlich seien wir jetzt Mann und Frau. Doch nicht nur das: Es waren alle versammelt, Agnes, Heinz, Henri, Bibi. Sie standen um uns herum und schauten uns zu. Sogar Fabio hatte sich in meinen Traum verirrt. Er stand in Badehose beim Pool und erklärte mir mit süffisantem Grinsen, dass ich es nicht besser verdient hätte.

Am nächsten Morgen wurde ich in aller Herrgottsfrühe von dem Geschrei wach, das Bibi auf der Terrasse veranstaltete. Die Aerobicstunde fand genau unter unserem Schlafzimmerfenster statt. Dieser Job brachte wirklich eine Menge Schikanen mit sich!

Valerie wälzte sich auf den Bauch und zog sich das Kissen über den Kopf. Ich versuchte dasselbe, doch ich konnte nicht mehr einschlafen, obwohl es noch nicht mal richtig hell draußen war. Ich gab mein Bestes: Ich konzentrierte mich auf meine Müdigkeit, versuchte, mich zu entspannen, doch es war nichts zu machen. Bibis Kampfschreie und die ohrenbetäubende Musik waren sogar durch das geschlossene Fenster hervorragend zu hören. Ich fühlte mich wie gerädert, doch an Schlaf war nicht mehr zu denken. Erbittert schaute ich auf die Uhr. Kurz nach sechs. Während ich mich aus dem Bett kämpfte, sagte ich mir, dass das frühe Aufstehen auch seine Vorteile hatte. Zum Beispiel gab es kein Gedränge bei der Benutzung des Bads – das im Übrigen ohnehin nicht zum längeren Verweilen einlud. Es war ähnlich eng und altertümlich wie unsere Schlafkammer.

Oder ich könnte noch aus dem Reiseführer lernen. Oder rasch eine Runde joggen.

Doch das Einzige, wonach mir der Sinn stand, war eine ordentliche Tasse heißer Kaffee. Ich zog mich an, ging nach unten in den Speisesaal und fand dort tatsächlich Tassen und eine Thermoskanne, die irgendeine vorausschauende Seele bereitgestellt hatte. Ich bediente mich und ging dann mit meiner Tasse nach draußen.

Bibi winkte mir fröhlich zu. »Du kannst mitmachen! Komm doch rüber!«

»Nein, danke«, sagte ich höflich, während ich schleunigst den Rückzug antrat. Ich trank meine Tasse leer und ging in die Halle, unschlüssig, was ich als Nächstes tun sollte. Vielleicht doch noch mal ins Bett?

Dann hörte ich Fabios Stimme aus dem Arbeitszimmer, und meine Füße trugen mich wie von allein zu der Tür, damit ich besser lauschen konnte.

Doch diesmal hatte ich Pech. Das ganze Gespräch wurde von Anfang bis Ende in Italienisch geführt. Trotzdem blieb ich stehen, das Ohr an der Tür, in der Hoffnung, dass er vielleicht doch noch ein paar Takte Deutsch sprechen würde.

»Das gehört sich nicht«, sagte eine schnarrende Stimme hinter mir.

Mit einem erschrockenen Quietschen fuhr ich herum. Und fand mich Auge in Auge mit Agnes wieder, die in ihrem viel zu weiten graubraunen Trainingsanzug keinen Meter von mir entfernt Stellung bezogen hatte.

»Oh«, machte ich schwächlich. »Ich … Ich meine, ich habe … ich wollte … Ich dachte …«

Doch sie hatte anscheinend gar nicht vor, mich zur Rechenschaft zu ziehen, denn schon hatte sie sich umgedreht und war im Stechschritt zur Treppe geeilt.

Anstatt meinen verräterischen Horchposten aufzugeben, blieb ich schafsdämlich stehen, wo ich war, und versuchte aus meiner Arbeitgeberin schlau zu werden. Jeder normale Mensch hätte mich zur Rede gestellt. Oder mich kommentarlos rausgeschmissen.

»Das soll noch einer kapieren«, murmelte ich.

»Du hast tatsächlich ein paar ziemlich schlechte Angewohnheiten«, sagte Fabio. Ich prallte erschrocken zurück, doch zum Abhauen war es definitiv zu spät. Er stand in der nun weit geöffneten Tür zum Arbeitszimmer, die Arme vor der Brust verschränkt.

»Was meinst du damit?«, fragte ich, vergeblich um Scheinheiligkeit bemüht.

»Dass du schon wieder gelauscht hast.« Er betrachtete mich von Kopf bis Fuß. »Das scheint zu deinen Lieblingsbeschäftigungen zu gehören.«

Ich spürte, wie ich knallrot anlief. »Das war ein Versehen. Ich hörte jemand Italienisch sprechen, und da dachte ich, hier drin treibt sich ein Fremder rum. Na ja, und da bin ich halt stehen geblieben. Ich hab deine Stimme eben nicht gleich erkannt, weil du sonst immer Deutsch sprichst.« Nicht schlecht improvisiert, fand ich. Doch Fabio war offenbar anderer Ansicht. »Wenn du auf diesem Gebiet Karriere machen willst, musst du noch viel üben.«

»Ich weiß gar nicht, was du meinst«, behauptete ich bockig.

»Wie wär es damit?«, fragte er. Dann fasste er mich bei den Händen, zog mich in das Zimmer hinein, kickte mit dem Fuß die Tür ins Schloss und drängte mich gegen die Wand.

»Wir sind gestern Abend unterbrochen worden«, sagte er gegen meine Lippen. Er küsste mich kurz, aber sanft, dann hörte er wieder auf. Doch er ließ mich nicht los.

Bleib cool, befahl ich mir. Diesmal würde ich es richtig machen. Auf keinen Fall durfte ich mich zu irgendwelchen unerwünschten Gefühlen hinreißen lassen. Ich musste ihm ordentlich einheizen, das ja. Aber ich selbst durfte nur so tun als ob. Schließlich musste ich einen kühlen Kopf bewahren, damit ich nicht vergaß, ihm Informationen zu entlocken, sobald die Leidenschaft ihn um den Verstand gebracht hatte.

Ein paar Sekunden lang klappte es ganz gut, jedenfalls, solange er nur dastand und mir in die Augen sah, beide Hände um mein Gesicht gelegt. Er sah mich an.

»Jenny, Jenny«, sagte er in nachdenklichem Tonfall. »Wenn ich nur wüsste, wer du bist und was du vorhast!«

»Das wüsste ich von dir auch gern«, gab ich inbrünstig zurück. Zögernd hob ich die Hand und streichelte seine Brust. »Du kannst es mir ruhig sagen. Schau, ich weiß genau, dass du nicht bloß ein einfacher Bademeister bist. Mir ist völlig klar, warum du hier bist. Sicher ist das eine enorme … ähm, Doppelbelastung für dich, dieses Rollenspiel. Hast du schon mal überlegt, diese Belastung mit jemandem zu teilen, vielleicht mit jemandem … zusammenzuarbeiten?« Ich versuchte, meine Stimme so rauchig-verführerisch wie möglich klingen zu lassen. »Du kannst mir ruhig alles erzählen. Ich versprech dir auch, dass ich es niemandem verra …«

Das letzte Wort wurde von seinen Lippen erstickt, die sich mit betäubender, ausgesuchter Langsamkeit auf meinen Mund legten und ihn zu einem Kuss öffneten, der heißer war als alles, was ich mir bis dato hatte vorstellen können. Und genau in diesem Moment verflüchtigten sich meine guten Vorsätze von vorhin, sie schmolzen dahin unter der Glut des Hochofens, in den ich mich binnen Augenblicken verwandelte.

Ich war rettungslos verloren, doch ich bemerkte nichts davon, nicht einmal dann, als er kurz aufhörte und mich intensiv anschaute.

»Jenny«, flüsterte er sanft. »Du bist so unglaublich süß! Was hast du vor? Sag es mir!«

Und dann küsste er mich erneut, bis mir schwindlig wurde und meine Pulse hämmerten.

Er hörte abermals auf und blickte mir in die Augen. »Komm, sag es mir, mein Engel!«

Der Klang seiner wunderbar betörenden Stimme ging mir durch und durch. Aufgewühlt vor lauter Erregung erwiderte ich seinen Blick und stammelte: »Ich will mit dir ins Bett!«

Es kam mir für einen Augenblick so vor, als wirkte er irritiert.

»O ja, das auch, ich will ja dasselbe, mein Schatz.« Noch ein glühender Kuss, während er gleichzeitig meine Brustwarzen mit seinen Fingerspitzen massierte. Gerade, als ich glaubte, es keine Sekunde länger aushalten zu können, ohne ihm die Kleider vom Leib zu reißen, fragte er dicht an meinem Mund: »Und was ist mit den Juwelen?«

Nur ganz allmählich drang seine letzte Frage durch den lustvollen Nebel, der mich einhüllte. »Wa-was?«, stotterte ich.

»Die Juwelen. Bist du scharf darauf, Jenny? Komm, du kannst es mir ruhig sagen, ich erzähl's bestimmt nicht weiter!«

Jetzt hatte ich es kapiert! Die Erkenntnis kam zwar spät, dafür aber umso nachhaltiger! Der Kerl hatte versucht, mich nach allen Regeln der Kunst zu verführen – und zwar mit der alleinigen Absicht, mich auszuhorchen!

Rasend vor Zorn stieß ich ihn von mir. »Du Mistkerl! Was fällt dir ein?«

Er war nicht minder wütend. »Dasselbe könnte ich dich fragen!«

Einen Moment lang wusste ich beim besten Willen nicht, was er meinte, doch dann durchfuhr es mich siedend heiß: Er hatte mich durchschaut! Er hatte sofort kapiert, was ich mit meiner Verführungsnummer bezweckt hatte! Und dann hatte er ganz einfach den Spieß umgedreht.

Ich konnte es ihm nicht mal übel nehmen.

»Ich hab keine Ahnung, wovon du redest«, behauptete ich mit schwankender Stimme.

Darauf gab er keine Antwort. Sein Gesichtsausdruck war undurchdringlich. Er trat einen Schritt von mir zurück und wandte sich ab.

»Ich geh dann mal besser«, sagte ich lahm.

»Ja, tu das. So schnell und so weit weg wie möglich.« Er fuhr sich mit beiden Händen durch sein Haar, bis es nach allen Seiten vom Kopf abstand. Dadurch sah er plötzlich aus wie ein unartiger Junge, was aber seine Attraktivität kein bisschen minderte.

Ich hatte die Klinke schon in der Hand, als er mit leiser Stimme sagte: »Jenny Costello, sieh dich vor. Ich kann auch ganz anders.«

Ich schluckte und schaute über die Schulter. Auf einmal hatte er nichts mehr von einem Jungen an sich. Er sah sehr groß und sehr bedrohlich aus. Ich beeilte mich, aus seinem Dunstkreis zu verschwinden.

»Womit wohl bewiesen wäre, dass er erstens supergut küssen kann und dass du zweitens total auf den Kerl abfährst«, murmelte Valerie dumpf in ihr Kopfkissen. Sie lag im Bett und war noch nicht richtig wach. Ich hatte ihr von meinem beschämenden Debakel erzählt.

»Dann wär da noch drittens«, sagte ich verbittert. »Er

glaubt, dass er unheimlich clever ist. Jedenfalls viel cleverer als ich.«

»Vielleicht ist er das ja.«

Ich gab einen unterdrückten Laut der Empörung von mir. »Das ist nicht dein Ernst! Wessen Freundin bist du eigentlich?«

»Deine. Na schön, du bist schlauer als er. Dann beweis es ihm halt!«

»Das hab ich vor«, erklärte ich grimmig. Und das hatte ich wirklich! Was bildete dieser Kerl sich eigentlich ein? Nur, weil er küssen konnte wie Romeo persönlich, glaubte er, mich ohne jeden Aufwand einfach einwickeln zu können! *No, Sir*! Nicht mit mir! Ich würde es ihm schon zeigen, diesem Möchtegern-Don-Juan!

Valerie drehte mir ihr verschlafenes Gesicht zu. Ihr Haar sah aus wie ein verfilzter rötlicher Heiligenschein. »Vielleicht ist er ja wirklich eine Nummer zu groß für dich. Warum können wir nicht einfach zur Polizei gehen? Oder Agnes vor dem Kerl warnen?«

»Vergiss die Polizei, darüber hab ich mir schon den Kopf zerbrochen, es hätte keinen Zweck, glaub mir.«

Geduldig erklärte ich ihr, warum es völlig sinnlos war, die Polizei einschalten zu wollen.

»Und was ist mit Agnes?«

Ich wiegte den Kopf. »Du hast Recht, es wäre eventuell einen Versuch wert. Wenn ich sie das nächste Mal allein sehe, werde ich ihr erzählen, was ich gehört habe. Dann kann sie wenigstens ihre Schlüsse daraus ziehen.«

»Ja, tu das.« Sie schob sich das Kissen über den Kopf. »Und jetzt will ich noch 'ne Runde pennen.«

»Vergiss nicht, heute noch die Ohren aufzusperren.

Frag Heinz, ob Fabio irgendwelche Referenzen hatte. Ob er was Privates über ihn weiß. Hörst du?«

Doch Valerie war schon wieder eingeschlafen. Ein Blick auf meine Armbanduhr zeigte mir, dass es bereits kurz vor acht war.

Eilig ging ich nach unten. Bibi hatte ihre Ankündigung wahr gemacht und wollte sich uns auf der heutigen Tour anschließen. Mir konnte es nur recht sein. Alles war mir recht, was mich von Fabio ablenkte. Und von der Erinnerung an das, was wir gestern Abend und heute Morgen getan hatten.

Die von meinem Reiseführer empfohlene Route führte durch eine Hügellandschaft südlich von Grottamare, sodass wir vor Beginn der eigentlichen Tour noch ein ganzes Stück fahren mussten. Agnes nutzte die Zeit zu einem Morgenschläfchen, und ich hätte ebenfalls gern noch eine Weile vor mich hingedöst, doch Bibi plapperte pausenlos vor sich hin, ein endlos auf- und abplätschernder Redestrom, der mir außer einem Nicken oder einem kurzen *Ja* oder *Nein* nichts abverlangte, mich aber gleichwohl am Einschlafen hinderte. Ebenso wie die Blicke, die mir ab und zu im Innenspiegel von Fabio zuteil wurden. Ich war immer noch wütend, dass ich mich derartig von ihm hatte einseifen lassen. Bei nächster Gelegenheit würde ich ihm beibringen, dass man mir nicht so leicht den Schneid abkaufen konnte!

Nach einer reichlichen Stunde Fahrtzeit über die *Autostrada* entlang der Küste erreichten wir Grottamare, von wo aus die Tour weiter ins Landesinnere ging.

Lustlos gab ich mein angelerntes Wissen zum Besten. »Wir fahren hier durch eine liebliche Hügelwelt, wo

Montepulciano- und Sangiovese-Trauben angebaut werden.«

»Was machen die denn daraus?«, wollte Bibi wissen.

»Was meinst du damit?«

»Na, welchen Wein. Chianti oder Asti oder was?«

»Äh … einen ganz bekannten Rotwein«, sagte ich vorsichtig.

Ein amüsierter Blick aus dem Innenspiegel.

»Ach so«, sagte Bibi.

Ich atmete erleichtert auf. Zu früh, wie sich gleich herausstellen sollte.

»Und wie heißt die Sorte?«, fragte Bibi.

Ich starrte sie blicklos an. Gerade eben hatte ich es noch gewusst. Es war irgendwas mit *Rosso*, daran konnte ich mich noch erinnern.

»*Rosso Piceno*«, sagte Fabio.

Ich starrte ihn an und hatte dabei das Gefühl, soeben mindestens fünfzig Zentimeter geschrumpft zu sein. Mein Vorhaben, ihm klar zu machen, dass er bei weitem nicht so clever war, wie er sich einbildete, ließ sich alles andere als erfolgreich an.

Wir kamen zügig voran. Ich hatte nicht übertrieben, Fabio war wirklich ein ausgezeichneter Fahrer. Am Steuer war er ebenso souverän wie beim Küssen. Die schmale Landstraße wand sich hügelaufwärts bis zum ersten Zwischenziel unserer Tour, dem Städtchen Ripatransone, einem Ort mit weit zurückreichender Vergangenheit. In vorchristlicher Zeit war die Gegend von Picenern besiedelt, doch auch im Mittelalter hatte die Stadt eine Blütezeit erlebt. Wenigstens diese Einzelheiten wusste ich noch, und ich erzählte rasch davon, bevor es mir wieder entfallen konnte.

Wir hielten am Rande der Altstadt an, stiegen aus und spazierten an uralten Palazzi vorbei, bis ich zu meiner Erleichterung eines der Schilder fand, die auf die berühmteste Sehenswürdigkeit Ripatransones hinwiesen.

»Das hier ist die engste Gasse in ganz Italien«, sagte ich, so stolz, als hätte ich sie selbst erfunden. »Gerade mal dreiundvierzig Zentimeter breit.«

»Du liebe Zeit«, sagte Bibi, »kommt man da überhaupt durch?«

Ich fotografierte den Spalt, dann quetschte ich mich probehalber in die kaum schulterbreite Öffnung, die zwischen zwei Häuserzeilen hindurchführte. »Bisschen eng, aber es geht.«

Die Weiterfahrt führte uns wieder bergab, durch Weinberge und *Calanchi*, eigenartig kahle, zerfurchte Erhebungen und in mehrere reizvoll gelegene Städtchen an dieser Weinroute, in denen wir anhielten und die lokalen Attraktionen abklapperten. Und regelmäßig in den lokalen Weinschänken kleine Kostproben verkonsumierten. Mittlerweile kannte ich mich nicht mehr besonders gut aus, doch das störte spätestens nach der zweiten Weinverkostung niemanden mehr, höchstens vielleicht Fabio, doch der muckste sich kaum. Er trank keinen Tropfen, weil er ja fahren musste, trottete schweigend hinter uns her, ohne erkennen zu lassen, was er dachte.

Dafür waren Bibi und ich in prächtiger Laune. Auch Agnes schien ganz gut drauf zu sein, obwohl sie stumm wie ein Fisch war und bei unseren Besichtigungsspaziergängen reichlich Schlagseite aufwies. Immerhin verzeichnete ich es als bedeutenden Fortschritt, dass sie gelegentlich kicherte.

Großspurig erzählte ich auswendig gelernte und frei erfundene Anekdoten über alles, was ich aus dem Reiseführer wiederzuerkennen glaubte. Bibi hing bewundernd an meinen Lippen.

»Mein Gott, weißt du viel!«

»Ach, nicht der Rede wert«, sagte ich bescheiden, aber sehr beschwingt. Die fünf oder sechs winzigen Gläschen machten sich bemerkbar, aber das lag natürlich daran, dass ich bis auf das kärgliche zweite Frühstück, zu dem wir in Offida angehalten hatten, heute noch nichts Vernünftiges zu mir genommen hatte. War ich dabei, vielleicht ein wenig die Orientierung zu verlieren? Ich blieb immer wieder stehen und zückte meine Kamera, doch ich gewann zunehmend den Eindruck, dass alle Motive verwackelt aussahen, und zwar schon vor dem Knipsen.

»Fabio, du darfst uns jetzt zum Wagen zurückführen«, sagte ich schließlich gnädig. »Wir fahren dann weiter nach Porto d'Ascoli.«

»Wir *sind* in Porto d'Ascoli.« Er schulterte die Tüten mit den Weinflaschen, die ich in der letzten Bar gekauft hatte. Es waren ziemlich viele; eine für meine Eltern, eine für Frau Hölzlein, eine für die Redaktion, eine für Valerie, eine für mich …

»Oh. Äh … Ja dann …« Ich furchte grübelnd die Stirn. Wie hieß das Kaff noch gleich, das als Nächstes kam?

»Wie wär's mit Grottamare?«, meinte er in nachsichtigem Ton.

»Gut«, sagte ich herablassend. »Da können wir dann auch was essen.«

Wir fuhren weiter und landeten ohne mein Zutun nach einer Weile in einem rustikalen *Ristorante* an einer zauberhaften *Piazza,* wo nicht nur ein superbes Dinner serviert wurde, sondern auch hervorragender Wein ausgeschenkt wurde.

»Wow«, sagte Bibi. »Das ist echt cool hier!«

Ich blickte mich um. »Ja, wirklich toll. Muss ganz neu sein. Kenn ich gar nicht.«

»Es ist die *Osteria dell'Arancio* und steht in deinem Reiseführer als Höhepunkt dieses Tagesausflugs«, meinte Fabio. Ein schwaches Grinsen kräuselte seine Mundwinkel.

»Oh.« Ich erinnerte mich wieder und spürte, wie ich rot wurde, doch dann beschloss ich, mich für den Rest des Tages nicht mehr über Typen aufzuregen, die um jeden Preis schlauer sein wollten als alle Frauen in ihrer näheren Umgebung.

Das Essen war nicht gerade billig, dafür aber erstklassig. Es gab ein köstliches Menü mit fünf Gängen, und es wurden dazu drei verschiedene Weine gereicht, ein roter, ein weißer und ein Dessertwein.

Von der letzten Sorte trank ich zwei Gläser, weil dieser Wein wirklich ungemein lecker war. Auch Agnes und Bibi zechten wacker mit.

Der Rest des Abends blieb mir nur bruchstückhaft in Erinnerung. Ich weiß noch, dass Bibi während des Nachtischs zur Toilette ging und nicht wiederkam und dass Fabio mich nach einer Weile aufforderte, nach ihr zu sehen.

Ich starrte ihn nur listig an und schüttelte den Kopf. »Geh d-doch selber nachgucken.«

»Sie ist auf der Damentoilette.«

»Logisch, wo sonst? Da muss ich auch gleich mal hin, aber erst, w-wenn sie wiederkommt.«

»Warum kannst du nicht jetzt gehen, Jenny?«

»Weil du dann mit Agnes allein wärst.« Ich blinzelte ihn schelmisch an. »Ich *weiß*, dass du gerne mit Agnes allein sein willst! Das wär dir am liebsten, dann müsstest du keine Angst haben, dass ich dir in die Suppe spucke, stimmt's?«

»Wobei?«

»Na, *dabei*!« Ich zeigte auf das monströse Collier.

Agnes, die ihre Nase tief in ihren Dessertwein getunkt hatte, blickte mit trüben Augen auf. Ihre Juwelen funkelten prachtvoll im Licht der Deckenbeleuchtung. Wieder fühlte ich mich an das Kasperletheater meiner Kindheit erinnert. Sie sah aus wie die alte Hexe, die der schönen Prinzessin ihren Schmuck gestohlen hat.

Plötzlich stand sie ohne ein Wort auf und ging ebenfalls in Richtung Damentoiletten. Ich erhob mich und folgte ihr mit leichtem Torkeln, dankbar für die Gelegenheit, auf die ich schon den ganzen Tag gewartet hatte.

Über dem Waschbecken hing eine Frau, die sich mit beiden Händen Unmengen kaltes Wasser ins Gesicht schöpfte. Erst beim zweiten Hinsehen erkannte ich, dass es Bibi war.

Ich beugte mich über sie. »Was ist los?«

»Der Wein«, stöhnte sie.

Ich legte ihr mitfühlend die Hand auf die Schulter. »War er schlecht?«

»Nein. Zzzu gut. Gott, ist mir übel!«

Darum konnte ich mich jetzt nicht kümmern. Ich richtete mich wieder auf und straffte mich. Aus dem Spiegel über dem Waschbecken blickte mir ein flachshaariges Unschuldslamm mit großen himmelblauen Augen und hochroten Bäckchen entgegen, und für einen Moment lang bekam ich einen ungefähren Eindruck davon, was Fabio zu der Annahme verleitete, ich könne ihm im knallharten Gewerbe des Berufsverbrechertums nicht das Wasser reichen.

Erzürnt streckte ich mir selbst die Zunge raus und wandte mich ab.

Agnes war in einer der Kabinen verschwunden und hatte sich eingeschlossen, sie musste mir also zuhören, ob sie wollte oder nicht. Diesmal konnte sie nicht einfach abhauen. Deshalb konnte ich endlich das tun, was ich mir vorgenommen hatte: ihr die Augen über einen gewissen Bademeister öffnen.

Ich bezog Stellung vor der Kabinentür. »Es geht um F-Fabio«, begann ich mit schwerer Zunge. Meine Güte, ich hatte wirklich ein paar Schlucke zu viel intus! Aber das würde mich nicht davon abhalten, ihr klar zu machen, was hier für ein mieses Spiel lief!

»In Wahrheit ist er wie John Robie«, vertraute ich ihr an. »Ich meine natürlich, wie Cary Grant. Er ist die Katze, verstehst du?« Irgendwie hatte ich das Gefühl, mich bei der Einleitung geringfügig verheddert zu haben. Ich hickste und suchte nach einem neuen Ansatz.

»Er ist ein Gentlemandieb und will nur d-das eine«, fuhr ich nuschelnd fort.

Bibis pitschnasses Gesicht tauchte neben meiner Schulter auf. »Wasss will er denn?«

Ich dachte nach. Ja, was wollte er?

»Deinen Körper?«, fragte Bibi.

»Ich glaube ja. Aber er will auch die Ju-Juwelen.«

»Wirklich?« Bibi gähnte. »Ich muss ins Bett. Bis nachher.« Mit staksigen Schritten ging sie zurück ins Lokal.

Umso besser. Jetzt war ich mit Agnes allein.

»Agnes?«, flüsterte ich verschwörerisch. »Er will dich beklauen! Er braucht das Geld, und zwar bis nächsten Mittwoch! Ich hab es selbst gehört! Am Telefon! Du d-darfst ihm nicht über den Weg trauen! Keinen Zentimeter! So, jetzt weißt du alles!«

Damit hatte ich alles gesagt, was es zu sagen gab. Meine Aufgabe war erfüllt. Agnes war gewarnt. Hochzufrieden mit mir selbst kehrte ich ebenfalls an unseren Tisch zurück, nur um dort verdutzt festzustellen, dass Agnes neben Fabio saß und an ihrem Dessertwein süffelte. Ich blinzelte ein paar Mal, doch als ich damit fertig war, saß sie immer noch da. Irgendetwas war hier gründlich aus dem Ruder gelaufen, doch ich kam nicht gleich darauf, woran das lag. Dann fiel mir ein, dass ich vergessen hatte, auf die Toilette zu gehen. *Das* war es! Erleichtert kehrte ich um und holte das Versäumnis nach. Doch auch danach blieb das bohrende Gefühl, etwas Wesentliches übersehen zu haben.

12. Kapitel

Es fiel mir erst am nächsten Morgen wieder ein. Ich wachte mit einem gigantischen Kater auf. Zu meiner Überraschung war es fast zehn Uhr. Anscheinend war ich so blau gewesen, dass nicht mal die trommelfellsprengende Aerobicstunde meinen rauschbedingten Tiefschlaf hatte unterbrechen können. Erst später erfuhr ich, dass die heutige Stunde ausgefallen war, weil Agnes unter einer leichten Migräne litt, was sich gut traf, da zufällig auch Bibi nicht ganz auf der Höhe war. Sie musste sich bei dem gestrigen Ausflug eine Magenverstimmung zugezogen haben und hütete bis zum frühen Nachmittag das Bett.

Ich selbst litt unter einem handfesten Katzenjammer, wobei ich es nicht unbedingt als Zufall betrachtete, dass die Terminologie an besagte Filmfigur erinnerte, über die ich gestern Abend so eifrig vor einer geschlossenen Toilettentür schwadroniert hatte. Schwer zu sagen, ob zu der Zeit überhaupt jemand auf dem Klo gesessen hatte, doch Agnes war es ganz sicher nicht gewesen. Dämlicher hätte ich es wahrhaftig nicht anstellen können!

Nach einer Dusche fühlte ich mich geringfügig besser. Zumindest so sehr, dass ich es schaffte, ohne allzu lautes Stöhnen nach unten zu gehen und, angetan mit einer riesigen Sonnenbrille, nach Valerie zu suchen.

Sie war, wie nicht anders zu erwarten, draußen im Garten. Dort traf ich auch – bis auf Bibi und Agnes, die beide zu dem Zeitpunkt noch unpässlich waren – die anderen Hausbewohner an.

Heinz, im üblichen cremeweißen Deauville-Look, wanderte durch den Garten und rezitierte dabei aus einem Gedichtband, ein Szenario, das mich an irgendeinen alten französischen Film erinnerte, dessen Titel mir nicht mehr einfiel.

In seiner unmittelbaren Nähe lehnte Valerie an einer Pinie und lauschte seiner Stimme. Sie trug ihren schönsten Kaftan, ein regenbogenfarbenes, hauchdünnes Seidenfähnchen, unter dem sich die Formen ihres Körpers deutlich abzeichneten.

Fabio war im Wasser und schwamm eine Bahn nach der anderen. Und er machte seine Sache gut, das konnte sogar ich als notorische Nichtschwimmerin beurteilen. Sollte er je als Juwelendieb arbeitslos werden, würde er als Bademeister immer ein sicheres Auskommen haben, daran bestand kein Zweifel.

Henri saß unter der Markise an dem großen, weiß lackierten Gartentisch und legte Patiencen. Einmal ein Zocker, immer ein Zocker.

Und höflich war er außerdem. Als er meiner ansichtig wurde, knipste er sein Tausend-Watt-Grinsen an und sprang auf. »*Bonjour*, Mademoiselle! Isch 'offe, Sie 'aben gut geschlafen! Und geht es Ihnen gut 'eut Morgen?«

»Danke, ich kann nicht klagen«, log ich, während ich an ihm vorbeiging, um mich auf einen der Liegestühle fallen zu lassen. Von dort aus winkte ich Valerie matt zu. Sie strahlte mich an und winkte zurück, bevor sie sich wieder in hingebungsvoller Pose Heinz zuwandte. Dieser karnickelzähnige Adelsspross schien es ihr tatsächlich angetan zu haben. Ich würde später einmal ein ernstes Wort mit ihr reden müssen, um zu ergründen, wieso sie bei der Auswahl ihrer Männer immer gleich so ins Extrem verfallen musste.

Dann stieg Fabio aus dem Pool, und sofort bekam das Wort *extrem* für mich eine ganz neue Bedeutung. Zum Beispiel in Verbindung mit extremer Atemnot. Oder extremem Herzklopfen. Es war wie Botticellis Geburt der Venus, nur dass es hier ein Adonis war, der den Fluten entstieg. Mein Kater war vergessen. Ich hatte nur noch Augen für diesen Mann. Seine Brust war glatt und nass und braun, sein Bauch herrlich flach und muskulös. Seine Beine hätten einem Mittelstürmer alle Ehre gemacht.

Er nahm sich von einer der Liegen ein bereit liegendes Handtuch und begann, all diese Herrlichkeiten gemächlich abzurubbeln. Am liebsten hätte ich ihm dabei geholfen. Als hätte er meine Gedanken gelesen, kam er auf mich zu. »Morgen, Jenny. Wie geht's?«

»Danke, gut«, sagte ich heiser.

»Kann ich mich zu dir setzen?«

»Klar.«

Er streckte sich auf der Liege neben mir aus, das Gesicht mir zugewandt.

»Ich habe über uns nachgedacht.«

»Und?«, fragte ich, gespannt, was als Nächstes kam.

»Ich finde, wir zwei haben einfach auf dem falschen Fuß angefangen.«

»In welcher Beziehung?«, fragte ich vorsichtig.

»In so ziemlich jeder.«

Das fand ich nun gerade nicht. Vor allem unsere kleinen Knutschereien hatten meiner Ansicht nach durchaus viel versprechend begonnen.

Anscheinend war er ganz groß im Gedankenraten, denn er grinste schräg. »*Das* meinte ich eigentlich nicht. Aber ich gebe zu, dass wir auf diesem Gebiet recht gut harmonieren.«

»Woher willst du wissen, dass ich gerade *daran* gedacht habe?«, meinte ich patzig.

Er warf den Kopf zurück und lachte laut. Kleine Wassertropfen liefen aus seinen nassen Haaren über seine Wangen. »In deinem Gesicht kann man lesen wie in einem offenen Buch, wusstest du das nicht?«

Ich war zutiefst gekränkt. »Wenn das stimmt, dann erzähl mir doch, was du sonst noch so alles gelesen hast!«

»Zum Beispiel, dass du meinen Körper toll findest.«

»Du leidest an maßloser Selbstüberschätzung«, wies ich ihn erbost zurecht.

»Manchmal.« Er kniff mir ein Auge zu. »Aber das ändert nichts an den Tatsachen. Du bist ein ziemlich lüsternes Geschöpf, Jenny. Und deinen Körper finde ich übrigens auch toll.«

Ich schwieg hoheitsvoll. Auf diese plumpe Anmache würde ich nicht einsteigen. Für wen hielt er sich eigentlich?

In seinen kobaltblauen Augen irrlichterte es. Er lächelte immer noch, diesmal fast liebevoll. »Jenny, ich möchte dir einen Vorschlag machen.«

»Nur zu, es herrscht ja Redefreiheit.«

»Lass uns von vorne anfangen.«

»Wie meinst du das?«

»Lass uns mit dem Lügen aufhören.«

Ich starrte ihn an. »Ist das dein Ernst?«

Er nickte. »Du weißt, warum ich hier bin. Das liegt auf der Hand. Es hätte keinen Sinn, es abstreiten zu wollen.«

Fassungslos starrte ich ihn an. »Du … ähm, du gibst es zu, dass du wegen der Juwelen hier bist?«

»Sicher«, sagte er leichthin. »Allein deswegen. Und du bist auch deswegen hier, nicht wahr?«

»Ähm … ich?«

Ein Lächeln huschte über sein Gesicht. »Jenny, ich sagte dir ja schon, du kannst dich schlecht verstellen. Du warst von Anfang an hinter dem Schmuck her. Du lässt Agnes den ganzen Tag nicht aus den Augen. Du spionierst hier rum, wo du nur kannst. Du lauschst. Du lügst. Du trägst keine Kontaktlinsen. Und alles, was du über die Adria weißt, stammt aus ein und demselben Reiseführer.« Er senkte die Stimme. »Ich muss dir sagen, dass die Art, wie du dich hier eingeschlichen hast, ziemlich plump war, aber immerhin warst du damit erfolgreich. Bis jetzt, wohlgemerkt. Fragt sich nur, wie es weitergeht. Für dich und für mich. Weißt du, für mich hängt vom erfolgreichen Ausgang dieses Jobs sehr, sehr viel ab.«

Mein Mund war plötzlich strohtrocken. »Ich weiß«, krächzte ich.

»Deshalb wirst du vielleicht auch verstehen, dass ich nicht einfach tatenlos zusehen kannst, wie du den Schmuck klaust.«

Das leuchtete unbedingt ein. Er wollte ihn ja für sich selber. Und für seine Gangsterbraut. Letzteres hatte ich für einen Moment vergessen, weil er so blaue Augen hatte und so umwerfend lächeln konnte. Aber ab sofort galt es wieder, auf der Hut zu sein. Jetzt mehr denn je, hatte er doch gerade eben alle seine Karten auf den Tisch gelegt!

Für mich erst recht ein Grund, mein eigenes Blatt mit äußerster Vorsicht auszuspielen! Es kam natürlich nicht infrage, dass ich mich ebenfalls outete. Ich konnte mir lebhaft vorstellen, wie er reagieren würde, wenn ich ihm erklärte, dass ich ihm den Schmuck überhaupt nicht streitig machen, sondern einfach nur dafür sorgen wollte, dass er ihn nicht klaute. Er würde versuchen, mich irgendwie in die Pfanne zu hauen. Mich auszubooten. Dafür sorgen, dass ich endlosen Ärger bekam.

Und tatsächlich, es kam gleich im nächsten Satz.

»In Anbetracht der Dinge könnte ich natürlich einfach die Polizei informieren.«

»Dass du auf diese miese Idee kommen würdest, hab ich erwartet! Klar, wenn einem sonst nichts einfällt, muss man andere diffamieren!« Wütend funkelte ich ihn an. »Aber nebenbei bemerkt, ich könnte dasselbe machen. Ich meine, einfach zur Polizei gehen und dich anschwärzen!«

»Das könntest du ja versuchen«, meinte er in süffisantem Ton. »Fragt sich nur, wem sie eher glauben.«

Ich knirschte mit den Zähnen, doch Fabio lächelte nur milde. »Nur die Ruhe. Ich sehe im Moment keinen Grund zu solchen Maßnahmen. Noch hast du ja nichts getan. Und wenn es nach mir geht, wird es auch nicht dazu kommen. Weil ich es nämlich verhindern werde.« Er betrachtete mich mit einem ekelhaft überlegenen Lächeln. »Ich halte dich für eine absolute Anfängerin. Du hast auf diesem Gebiet noch nicht allzu viel Erfahrung, stimmt's?«

»Wenn du wüsstest!«, trumpfte ich auf. »Ich hab schon mehr Juwelen geklaut, als du in deinem ganzen Leben auf einem Haufen gesehen hast!«

»Das bezweifle ich doch sehr. Und überhaupt: Es ist mir schleierhaft, dass eine so süße junge Frau wie du diesen Mist nötig hat! Na schön, du stehst wahrscheinlich auf dem Standpunkt, dass die Versicherung sowieso für alles aufkommen wird, aber das ändert nichts daran, dass es eine ziemlich miese Sache ist.«

Ich errötete vor Freude über das unerwartete Kompliment, doch dann wurde mir klar, was sein letzter Satz außerdem noch beinhaltete.

»Was heißt hier *Mist* und *miese Sache*!«, fauchte ich ihn an.

Ausgerechnet er musste den Moralapostel rauskehren!

Er wirkte irritiert. »Ich sage nur, was ich darüber denke. Was dir *jeder* darüber sagen würde!«

»In dem speziellen Fall solltest du aber aus nahe liegenden Gründen deine Meinung besser für dich behalten!«, fuhr ich ihn an.

Fabio fuhr sich gereizt durch das feuchte Haar. »Na schön, lassen wir das. Wir streiten schon wieder. Genau das will ich aber nicht.«

»Ich auch nicht«, erklärte ich ungnädig.

»Dann müssen wir uns irgendwie einigen.«

»Und wie soll das gehen?«

»Du musst die Finger davon lassen«, meinte er.

Damit er selbst freie Bahn hatte! Das konnte ihm so passen!

»Kommt nicht infrage«, erklärte ich sofort.

»Ist das dein letztes Wort?« Er sah plötzlich so aus, als würde er das sehr bedauern. Möglicherweise glaubte er, dass nun doch andere Schritte nötig seien, um mich von meinem angeblich geplanten Juwelenklau abzuhalten.

Etwa eine Diffamierung meiner Person bei der Polizei. Hier war vielleicht doch ein wenig Fingerspitzengefühl gefragt!

»Sagen wir … ich denke darüber nach«, erklärte ich vage. »Du musst einsehen, dass ich viel Zeit und Mühe investiert habe. Von den Auslagen ganz zu schweigen.«

»Vielleicht können wir das regeln«, schlug er friedfertig vor.

Ich zog ungläubig die Brauen hoch. »Du meinst, du würdest mir was geben? Vor oder nachdem du den Job erledigt hast?«

»Hinterher«, sagte er sofort.

Ich lachte höhnisch. »Nachdem du mit dem ganzen Zeug abgehauen bist, wie?«

»Was das angeht, musst du mir schon vertrauen.«

»Dass ich nicht lache.« Ich merkte, dass wir im Begriff waren, schon wieder den schönsten Streit anzufangen. Mein Schädel brummte, von dieser Unterhaltung und vom vielen Alkohol. Doch plötzlich blitzte in meinem katergeplagten Hirn ein genialer Gedanke auf.

»Nehmen wir mal an, ich wäre grundsätzlich bereit, die Sache aufzugeben …«

Fabio blickte mich hoffnungsvoll an. »Ja?«

»Dann möchte ich wenigstens meine Kenntnisse erweitern.« Ich gab mich zerknirscht. »Du hast Recht, ich bin noch Anfängerin. Dass heißt, ich muss noch viel lernen. Zum Beispiel von dir. Ich nehme an, du bist ein Profi auf diesem Gebiet.«

»Na ja, sicher gibt es Bessere …«

Ich fiel ihm ins Wort. »Wenn ja, sind die jedenfalls nicht hier. Okay, ich lasse es sein. Versprochen. Aber dafür musst du mir versprechen, dass du mich über die

Schulter sehen lässt. Bei allem, was du tust. Ich will, dass du mich Schritt für Schritt einweihst. Mich an deiner Taktik teilhaben lässt. Damit ich weiß, wie ich es beim nächsten Mal besser mache.«

Fabio starrte mich an. »Ich kann nicht glauben, was ich da höre.«

Ich lächelte kühl. »Mach nicht den Fehler, mich für ein Unschuldslamm zu halten, okay? Ich bin vielleicht unerfahren, aber ich kann trotzdem versuchen, dir den Job zu vermasseln, vergiss das nicht. Wenn ich darauf verzichte, bist du derjenige, der davon profitiert. Als Gegenleistung erwarte ich lediglich, dass du mir deine Methoden erläuterst. Und mir vor allem genau sagst, was du wann machst. Also, wie ist es?«

Ich hielt die Luft an. Wenn er auf diesen Deal einging, würde ich jeden seiner Schritte im Voraus kennen – und rechtzeitig verhindern können, dass er sie in die Tat umsetzte!

»Du musst verrückt sein, wenn du glaubst, dass ich das tue«, sagte er verächtlich. Ohne ein weiteres Wort stand er auf und ließ mich allein.

Der übrige Tag verstrich ohne weitere Vorkommnisse. Die Besichtigungstour, die ich ursprünglich für heute eingeplant hatte, wurde auf den nächsten Tag verschoben.

Valerie und Heinz brachen am Nachmittag gemeinsam zu einem ausgedehnten Strandspaziergang auf. Ungefähr um dieselbe Zeit tauchte Agnes aus ihren Gemächern auf, um bei Fabio eine verspätete Schwimmstunde zu nehmen. Ich schaute ihnen eine Weile von meinem Liegestuhl aus zu, doch mir verging bald die

Lust, als ich sah, wie giftig die Blicke waren, die Fabio mir zuwarf. Der Kerl hatte es nötig! Redete davon, noch mal ganz neu anzufangen, und er selbst wollte mir nicht das kleinste Zugeständnis machen!

Irgendwann stand ich auf und ging ins Haus. Die schlechte Stimmung schlug mir aufs Gemüt. Außerdem war es auf Dauer viel zu heiß draußen, sogar im Schatten. Fabio würde sich an diesem Nachmittag ganz sicher nicht an Agnes' Juwelen vergreifen, jedenfalls nicht, solange Henri ständig in der Nähe war. Der Franzose hockte die ganze Zeit unter der Markise und ließ Agnes nicht aus den Augen.

Langsam verspürte ich Hunger. Nach dem Aufstehen hatte ich nichts gegessen, weil ich meinem Magen diesen Kraftakt nach dem gestrigen Alkoholexzess noch nicht zugetraut hatte.

Ich holte mir in der Küche einen kleinen Imbiss, ähnlich wie der von gestern. Auf der Treppe traf ich Bibi, die nicht nur immer noch leicht verkatert, sondern auch ziemlich verheult aussah.

»Was ist los?«

»Ach, nichts.«

Ich wollte schon an ihr vorbeigehen, als sie unvermittelt aufschluchzte. »Ich hab solche Angst!«

Ich war betroffen. »Wovor?«

»Wovor?«

»Vor Berthold!«

»Das ist dein Freund, oder?«

Sie nickte niedergeschlagen. »Er ist so ein Schwein! Der schreckt vor nichts zurück!«

»Hier brauchst du dich doch nicht vor ihm zu fürchten!«

Doch da irrte ich mich, wie ich als Nächstes erfuhr. Berthold hatte nämlich nicht nur diese Adresse rausgekriegt, sondern war auch schon auf dem Weg hierher.

Ich beruhigte sie. »Der kann dir doch hier nichts anhaben. Dafür sind viel zu viele Leute um dich rum!«

»Meinst du?«

»Ganz sicher. Und drei davon sind gestandene Männer.«

Sie schaute leicht zweifelnd drein; trotzdem schien ihr ein wenig wohler zu sein. »Du bist echt eine gute Freundin«, sagte sie dankbar. »Aber vor Berthold muss man sich in Acht nehmen.«

»Wir passen schon auf dich auf.«

Bibi war nicht überzeugt. »Kann sein, dass er mitten in der Nacht auf der Matte steht. Der lässt sich von keiner Alarmanlage aufhalten, glaub mir!« Sie rang die Hände. »Und wenn der dann erst sieht, dass hier was zu holen ist …«

»Wie meinst du das?«

»Na, das Haus, der Schmuck … Das schreit doch richtig nach viel Geld!«

»Ich hab schon nettere Häuser gesehen«, widersprach ich. »Und mach dir mal um den Schmuck keine Gedanken. Wenn Berthold sich da irgendwelche Schwachheiten einbilden sollte, muss er früher aufstehen. Da werden andere ihm schon auf die Finger klopfen.«

»Was meinst du denn damit?«

»Ach, nichts weiter«, behauptete ich.

Zum Abendessen schienen sowohl Bibi als auch Agnes wieder auf der Höhe zu sein, jedenfalls sprachen beide ausgiebig dem köstlichen Dinner zu. Agnes gab während des Essens kein einziges Wort von sich. Langsam begann ich mich zu fragen, ob hier nicht von vornherein jeder Versuch, sie über die perfiden Machenschaften ihres Chauffeurs und Bademeisters aufklären zu wollen, zum Scheitern verurteilt wäre. Sie wirkte nicht so, als würde sie auch nur im Geringsten Anteil an ihrer Umgebung nehmen, und es schien damit eher schlimmer statt besser zu werden. Lag es an ihrem Alter, oder war sie schon immer so kontaktscheu gewesen?

Mittlerweile war ich mir auch gar nicht mehr so sicher, ob ich sie wirklich vor Fabio warnen wollte. Während des ganzen Essens saß er stumm und in sich gekehrt neben mir, und dennoch war ich mir jede einzelne Sekunde lang seiner Anwesenheit schmerzlich bewusst.

Einmal blickte er mich direkt an. »Noch Wein?«

»Bitte, ja.«

Mit formvollendeter Höflichkeit schenkte er mir nach, nur um sich gleich darauf wieder schweigsam seinem Teller zuzuwenden.

Es nagte an mir, dass wir keine Einigung erzielt hatten, und ich musste mir eingestehen, dass ich allmählich Gefühle für diesen Mann entwickelte, die alles andere als angemessen waren. Zumindest, wenn man seine Rolle in diesem Spiel bedachte. Doch je länger ich mich damit beschäftigte, umso mehr spürte ich, wie in meinem Inneren etwas nachgeben wollte. Nicht, dass meine Einstellung zu seinem Vorhaben sich geändert hätte, das gewiss nicht. Aber ich wollte ihn nun nicht länger austricksen oder ihm die Tour vermasseln, jedenfalls nicht auf eine Weise, die ihm mehr als nötig geschadet hätte. Wer wusste denn schon, warum er auf die schiefe Bahn geraten war! Vielleicht hatte er ja gute Gründe dafür! Möglicherweise war das Ganze einfach nur ein Schritt der Verzweiflung, ein Plan, der aus einer schrecklichen Notlage heraus entstanden war!

Kaum hatte ich diesen Gedanken angedacht, reifte in meiner Vorstellung ein erschreckend echt wirkendes Szenario: Jemand, den er sehr liebte – vielleicht die Frau, mit der er telefoniert hatte –, litt an einer furchtbaren, seltenen Krankheit. Nur die kostspielige Operation durch einen namhaften amerikanischen Spezialisten konnte die Heilung bringen! Doch woher die Mittel dafür nehmen, wenn nicht stehlen? Und hatte er nicht selbst am Telefon gesagt, dass er unbedingt bis Mittwoch das Geld brauchte? Vielleicht war für diesen Tag der Untersuchungstermin bei dem Arzt angesetzt! Die Zeit drängte! Kein Wunder, dass er sich nicht damit aufhalten wollte, mir einen Einblick in seine Vorgehensweise zu vermitteln!

Ich warf Fabio einen verstohlenen Blick von der Seite zu. Zugegeben, besonders verhärmt oder unter Druck sah er nicht aus, auch nicht wie jemand, der restlos mit den Nerven fertig war. Aber das konnte täuschen. Schließlich war er ein Mann, der seinen Gesichtsausdruck hervorragend kontrollieren konnte. Im Gegensatz zu mir.

Doch er konnte nicht so schlecht sein, wie es sein Plan vermuten ließ! Das wusste ich ganz einfach! Plötzlich war ich völlig sicher, dass die schiere Verzweiflung ihn zu diesem Diebstahl trieb! Spontan beschloss ich, nochmals mit ihm zu reden. Vielleicht ließ sich ja für seine Situation, egal, welche es war, eine andere Lösung finden! Ich atmete tief durch.

Fabio hob eine Braue. »Ist dir nicht gut?«

»Doch, doch. Alles in Ordnung.«

»Keine Kopfschmerzen mehr?«, rief Valerie scherzend quer über den Tisch. Sie und Heinz machten einen aufgeräumten Eindruck, anscheinend war der Ausflug an den Strand zu beider Zufriedenheit verlaufen.

Henri dagegen wirkte leicht angeschlagen. Während des Essens zeigte er kein einziges Mal sein öliges Maurice-Chevalier-Grinsen. Vielleicht hatte er zu viel Sonne abbekommen.

Als wir nach dem Dessert wieder einen Absacker im Garten zu uns nahmen, stellte er sich neben mich. »Isch freue misch, dass es Ihnen gut geht.«

»Ich mich auch«, sagte ich geistesabwesend. Ich hatte gerade meinen zweiten Sherry getrunken und schloss die Augen. Obwohl an diesem Tag nichts Besonderes gelaufen war, fühlte ich mich ziemlich abgespannt. Nur mal einen Moment ausruhen …

Ich lehnte mich gegen einen Baumstamm. Irgendwo hörte ich die anderen reden, die Stimmen plätscherten an mir vorbei und waren auf einmal weit weg. Aus den Büschen drang das liebliche Zirpen der Zikaden. Es klang wie in einem schönen, mediterranen Traum. Ah, die Adria! Laue Sommernächte unter Palmen und Zypressen … Ein sternenfunkelnder Himmel … Jetzt ein bisschen schlafen …

»Isch tanze eigentlisch schrecklisch ungern«, vertraute Henri mir flüsternd an.

»Hm«, machte ich höflich.

Ich war wirklich sehr müde, wie ich auf einmal feststellte. Zu müde!

»Isch wollt' diese' Beruf nie lernen. Mein' Mutter 'at misch dazu gezwungen. Isch wär' viel lieber Croupier geworden. Isch liebe diese Atmosphär', mit die viele

Geld, und diese ganze schöne Frauen mit die wunderbare Schmuck …«

Das war mein Stichwort, schlagartig zu mir zu kommen. Irgendwas stimmte hier nicht! Ich zwang mich dazu, die Augen zu öffnen, und holte tief Luft, während ich mich umschaute. Wo war Fabio? Vorhin hatte ich ihn noch gesehen. Er konnte nicht weit weg sein. Und wo, zum Teufel, steckte Agnes? Alarmiert blickte ich mich abermals um. Außer Henri und mir und all diesen zirpenden Zikaden war niemand mehr im Garten!

»Mir geht es nischt so gut«, erklärte Henri. Trübselig schnüffelte er an seinem Cognac.

»Fein«, meinte ich zerstreut, immer noch von lähmender Mattigkeit befallen. Agnes war nirgends zu sehen. Gerade eben hatte sie noch direkt an der altersschwarzen Kredenz im Speisesaal gestanden, um sich dort ein Glas Sherry eingießen zu lassen, genau wie ich. Und danach war sie wie alle anderen hinaus in den Garten gegangen. Jetzt war niemand mehr hier!

13. Kapitel

Alle meine Sinne schalteten auf Alarm.

»Isch war gestern in Rimini«, erzählte Henri niedergeschlagen. »Da ist mir was Schrecklisches passiert …«

»Fein.« Mit wackligen Knien setzte ich mich in Bewegung, obwohl es mir so vorkam, als könnte ich keine drei Schritte weit laufen. Aber irgendwie ging es. Der Fußboden schien mir entgegenzukommen, doch es gelang mir, mich an der Wand abzustützen, während ich ins Haus torkelte.

»Isch bin beraubt worden«, rief Henri mir nach, doch darauf bekam er keine Antwort mehr.

Mühsam zog ich mich am Geländer die Treppe hoch, Stufe für Stufe. Als ich auf halber Höhe war, hörte ich ein polterndes Geräusch aus dem Obergeschoss. Ich kämpfte gegen die wachsende Müdigkeit und versuchte, schneller nach oben zu kommen, in der schrecklichen Erwartung, Agnes irgendwo liegen zu sehen, Fabio über sie gebeugt und am Verschluss ihres Colliers herumfummelnd, wild entschlossen, die Sache endlich durchzuziehen.

Das Geräusch war aus Agnes' Badezimmer gekommen. Stolpernd und schlingernd rannte ich hin und stieß die angelehnte Tür auf. Und gab einen Ausruf der Erleichterung von mir. Agnes war mitnichten niedergeschlagen und ausgeraubt worden; sie stand mitten im

Badezimmer – das, wie ich mit einem Blick bemerkte, übrigens mit sehr viel mehr Geschmack und Eleganz eingerichtet war als das Waschkabuff, das Valerie und ich uns teilten – , zu ihren Füßen ein Sammelsurium an Fläschchen und Döschen. Agnes hielt eine leere Kulturtasche in der Hand, und zwar so, dass ich ohne große Probleme den nahe liegenden Schluss ziehen konnte: Eben gerade hatte sich noch ihre gesamte Reiseapotheke in der Tasche befunden, jetzt lag alles auf dem Fußboden. Der ganze Kram war ihr herausgerutscht und runtergefallen. Anscheinend hatte sie etwas einnehmen wollen. Ob sie es mit dem Magen hatte? Sie sah ziemlich grün um die Nasenspitze aus. Doch vielleicht lag das auch an der Beleuchtung. Oder daran, dass ich nicht mehr so besonders gut sehen konnte, weil mir ständig die Augen zufielen.

Ich sackte am Türrahmen entlang abwärts und setzte mich auf die kalten Bodenfliesen. Tiefe Benommenheit hatte sich meiner bemächtigt.

Agnes starrte mich unter hochgezogenen Brauen an, es schien, als erwartete sie irgendeine Erklärung, warum ich hier in ihrem Badezimmer auf dem Fußboden hockte.

»Ich bin echt müde«, murmelte ich.

»Was ist los mit dir?«

Erstaunt blickte ich zu Agnes auf. Seit wann konnte sie so viel auf einmal reden, und dann auch noch in Frageform? Und seit wann hatte sie eine so tiefe, volltönende Stimme?

Doch dann erkannte ich, dass nicht Agnes die Frage gestellt hatte, sondern Fabio. Er ragte neben mir auf wie ein Turm.

»Hihi«, kicherte ich, kaum noch imstande, die Augen offen zu halten. »Der Mann vom Turm ist da! Willst sie wegtragen, hm?«

»Wen?«

»Nicht wen. Sondern w-was. Die J ...« Ich musste mehrmals aufstoßen und brachte den Rest nicht heraus, obwohl ich es redlich versuchte.

»Was ist los mit dir? Hast du wieder mal zu viel getrunken?«

»Müde«, lallte ich kaum hörbar. »Hatte die letzten Nächte zu wenig Sch-Schlaf. M-muss dringend was dagegen unternehmen.«

Und das tat ich dann auch. Im nächsten Moment schlief ich ein. Jedenfalls nehme ich an, dass ich einschlief, denn das Letzte, an das ich mich im Rückblick erinnerte, war Fabios grimmiges Gesicht.

Die Nacht war von babarischen und zugleich pikanten Träumen erfüllt. In einem davon war ich Jane, die von einem gesichtslosen, aber überaus kräftigen Tarzan durch den Dschungel geschleppt wurde. »Du bist so stark«, hauchte ich entzückt, während Wellen der Hitze mich durchfluteten. Vor allem gewisse Teile meiner weiblichen Anatomie.

»Mensch, hast du dir die Nase begossen«, kam die gebrummte Erwiderung.

Ich wusste nicht, was er meinte. Mir blieb auch keine Zeit, darüber nachzudenken, denn die Reise ging rasant voran, wir schwangen von Liane zu Liane.

»Wohin bringst du mich? In deine Höhle?«

»Wohl eher ins Bett«, lautete die Antwort. Mhm, hatte dieser Dschungel-Adonis eine tolle Stimme!

»Was machen wir da?«, wollte ich schüchtern wissen.

Er gab keine Antwort, sondern ließ mich auf ein knarrendes Lager plumpsen. Erwartungsvoll blinzelnd schaute ich zu ihm hoch, doch die Sonne, die hinter den Lianen über seiner Hütte stand, blendete mich.

»Hm, ich sollte dich wohl rasch ausziehen, in den Sachen kannst du unmöglich schlafen.«

Nach Schlafen stand mir nicht direkt der Sinn, aber ich war zu feinfühlig, ihn darauf hinzuweisen. Außerdem war das auch gar nicht nötig, denn seine Leidenschaft ließ nichts zu wünschen übrig. Jedenfalls schloss ich das aus der Eile, mit der er mir die Sachen vom Leib riss.

Ein Moment der Stille, dann: »Gott, bist du schön!«

»Ja«, murmelte ich. Mir schwirrte der Kopf, und ein Schauer der Lust durchrieselte mich, als er meine Brust berührte. »Fass mich an!«

Tarzan gab ein Brummen von sich. »Liebend gerne. Aber nicht heute Nacht.«

Dann warf er eine Strohmatte über mich. »Schlaf gut.«

Waren wir schon fertig? Anscheinend ja, denn ich sah und hörte nichts mehr von ihm. Im nächsten Augenblick wurde auch die Sonne ausgeknipst.

Als ich wieder zu mir kam, war es helllichter Tag. Ich lag in meinem Bett und hatte den Eindruck, etwas Wichtiges verschlafen zu haben.

Stöhnend kämpfte ich mich hoch und schob die Strohmatte zur Seite, die sich bei näherem Hinsehen als ziemlich kratziges Leinenlaken entpuppte.

Auch die übrige Realität riss mich nicht vom Hocker. Meine Zunge fühlte sich an wie ein Klumpen verbrauchtes Schmirgelpapier. Der Kopf brummte mir wie nach einer durchzechten Nacht, obwohl ich genau wusste, dass ich gestern außer zwei Gläsern Wein zum Abendessen und zwei kleinen Sherry hinterher nichts getrunken hatte.

Valerie, heute ganz in Flieder, beugte sich über mich. »Meine Güte, du musst ja gestern schwer was geschluckt haben! War mir gar nicht aufgefallen!«

Ich presste mir die Fäuste vor die schmerzenden Augen. »Mach das Licht aus.«

»Ist gar nicht an. Wir haben halb elf. Die Sonne scheint.«

»Gott, fühl ich mich elend! Was ist passiert?«

»Du hast wohl einen über den Durst getrunken.«

Ich schüttelte den Kopf. »Auf keinen Fall. Drei, vier Gläser, mehr nicht.«

Schweigen. Ich zwang mich, die Hände von den Augen zu nehmen und Valerie anzusehen.

Sie hatte die Stirn in ungläubige Falten gelegt.

Ich holte Luft. »Glaubst du mir nicht?«

Sie wiegte den Kopf. »Na ja, du hast Urlaub, und warum solltest du nicht ab und zu mal ein Gläschen ...«

»Ich hab aber nichts getrunken«, widersprach ich erzürnt.

Sie schien es immer noch nicht so recht glauben zu wollen, doch sie sagte nichts mehr.

»Was war denn überhaupt los?«, fragte ich verstört. »Ich meine, wie bin ich ins Bett gekommen?« Meine Stimme wurde schriller. »Und was ist mit Agnes? Geht es ihr gut?«

Valerie zuckte die Achseln. »Aber ja, sie ist unten beim Pool, mit Fabio. Gestern Abend hatte sie wohl eine kleine Magenverstimmung, aber heute früh ging's wieder. Aerobic hat sie ausfallen lassen, doch zum Schwimmen war sie wieder fit.«

»Hat sie ihre Juwelen noch an?«

»Jeden einzelnen Klunker. Jedenfalls hatte sie das vorhin, vor fünf Minuten, als ich sie zuletzt gesehen hab.«

Ich setzte mich auf, mühsam die aufkommenden Schwindelgefühle bezwingend.

»Erzähl mir, was gestern Abend los war! Fang damit an, wie wir alle nach dem Essen in den Garten gegangen sind!«

»Aber du warst doch dabei!«

»Egal. Mach schon.«

Sie schaute irritiert drein, gehorchte aber. »Wir sind alle rausgegangen. Heinz und ich haben uns an den Tisch gesetzt und geredet. Er spielt übrigens wirklich Orgel, heute Abend will er uns was vorspielen.« Valeries Augen glänzten vor Eifer. »Er ist ein glänzender Unterhalter, belesen, gebildet, feinfühlig und dabei jeder Zoll ein echter Gentleman! Wenn ich mir vorstelle, wie seine Frau ihn mit ihrer Domina-Masche über all die Jahre fertig gemacht hat! Sie heißt übrigens Hannelore und hat sich von der Scheidungsabfindung eine Busenvergrößerung und eine Fettabsaugung finanziert. Außerdem hat sie sich schon zweimal liften lassen, obwohl sie erst einundvierzig ist. Sie ist ein bisschen älter als Heinz, aber er meinte, dass das …«

»Das reicht«, unterbrach ich sie ungeduldig. »Wie ging's weiter? Was hat Fabio draußen gemacht?«

Valerie dachte kurz nach. »Fabio … Warte … Ja, genau. Der ist rüber zum Pool gegangen und hat die Abdeckung überprüft. Als ich das nächste Mal hingeschaut hab, war er weg.«

»Wie, weg?«

»Na, weg halt. Ich nehme an, dass er ins Haus gegangen ist.«

»Und Agnes?«

»Die war auch nur kurz draußen, vielleicht fünf Minuten oder so. Ich glaube, sie ist mit Bibi zusammen reingegangen, die hab ich dann nämlich auch nicht mehr gesehen. Und du standest die ganze Zeit mit Henri drüben an der großen Zypresse und hast dich mit ihm unterhalten. Auch noch, als ich kurz danach mit Heinz weg bin, auf einen kleinen Spaziergang rund ums Haus. Ich fand noch, dass du ziemlich müde ausgesehen hast, und dachte, wieso unterhält sie sich mit diesem Eintänzer, wenn sie ihn doch so eindeutig für 'ne Schnarchnummer hält …«

Ich schnaubte ergrimmt. »Mensch, kapier doch endlich! Jemand hat mir was in meine Drinks gemischt!«

Valerie riss die Augen auf. »Echt? Glaubst du das wirklich?«

»Ich *weiß* es.«

Sie schluckte aufgeregt. »Meine Güte, du denkst, dass …« Sie stockte, noch nicht in der Lage, die nötigen Schlussfolgerungen auszusprechen. Ich tat es für sie.

»Klar, er hat sich gedacht, dass dieser Abend so gut wie jeder andere ist. Also dachte er sich, je früher, desto besser, bevor ich ihm doch noch die Tour vermassle. Denn von uns allen bin ich ja diejenige, die ihm noch am ehesten einen Strich durch die Rechnung machen könnte! Ergo hat er mir eine oder zwei Tabletten in den Wein gekrümelt, als ich nicht hingeschaut hab, und: *peng*!«

»Peng«, wiederholte Valerie. Sie war blass. Ohne ein

Wort bückte sie sich, zog ihre Reisetasche unterm Bett hervor und suchte ihr Astrologie-Handbuch heraus. Mit flatterndem Kaftan sprang sie auf und begann, hektisch zu blättern.

»Val, muss das jetzt sein?«, stöhnte ich.

»Ja«, erklärte sie verbissen. »Irgendwas muss ich übersehen haben.« Sie legte sich die Hand genau auf die Stelle an ihrem Körper, wo ihrer Ansicht nach das Zentrum der Gefühle saß: dicht unter ihren runden Brüsten. Sie hatte mir schon oft erklärt, dass *»da Chakra-mäßig alles zusammenläuft«*, doch diese Weisheit mit all ihren Implikationen würde sich mir vermutlich nie erschließen.

Ich seufzte ergeben und ließ mich zurückfallen.

»Erzähl mir noch rasch, wie ich ins Bett gekommen bin.«

Sie blickte widerwillig auf. »Fabio hat dich getragen. Ich bin gerade zufällig in diesem Augenblick hochgekommen, weil ich mein I-Ging-Buch holen wollte. Heinz meinte, er fände die Thematik wahnsinnig interessant, und da dachte ich …«

Ich ließ ihren Redestrom an mir vorbeiplätschern und versuchte, mich zu sammeln.

»Während Fabio dich ins Bett verfrachtet hat, hab ich nach Agnes geschaut«, erzählte Valerie. »Der Ärmsten ging's nicht so berauschend, sie hat sich übergeben.«

Ich kombinierte in Windeseile. »Vielleicht hat er ihr auch eine Ladung von diesem Zeug verpasst!«

Valerie wirkte betroffen. »Meinst du? Ich dachte, sie hätte was Verkehrtes gegessen!«

»Hat sie was gesagt?«

»Kein Wort. Ich hab die ganzen Medikamente aufgesammelt, die im Bad lagen, da war auch was gegen Magenbeschwerden dabei, das hab ich ihr gegeben. Bibi und ich haben sie dann ins Bett verfrachtet, die Köchin hat ihr 'ne Wärmflasche gemacht, Heinz hat sie eigenhändig zugedeckt … Wir haben uns alle um sie gekümmert. Ich hab sogar noch in der Nacht die Ohren offen gehalten, weil du ja gepennt hast wie eine Alkoholleiche.«

»Danke«, sagte ich erbittert.

»Mist, ich finde nichts«, sagte Valerie verärgert. Sie hatte sich wieder das Buch vorgenommen und blätterte frustriert darin herum. »Ich habe alle Jupiter- und Mars-Aspekte sorgfältig überprüft, ich kann überhaupt nichts Auffälliges entdecken! Männermäßig war diesmal alles im Lot, darauf hätte ich schwören können! Wieso habe ich bei dir die letzten Male derartig versagt, wenn doch bei mir alles stimmt? Mein I-Ging, mein Horoskop – das war noch nie so zutreffend wie diesmal! Warte, ich les dir mal vor, was das I-Ging über Heinz sagt …«

»Bitte nicht.« Ich hob matt die Hand. »Vielleicht solltest du aufhören, in den Sternen zu suchen, sondern dir stattdessen die Realität vornehmen.«

Sie blickte stirnrunzelnd auf. »Da ist vielleicht was dran. Ich muss dir übrigens noch was Wichtiges erzählen. Es gibt eine Versicherung für den Schmuck.«

»Woher weißt du das?«

»Von Heinz.«

Ich erinnerte mich, dass Fabio ebenfalls von einer Versicherung gesprochen hatte. Vermutlich war er davon überzeugt, dass niemand wirklich zu Schaden käme, wenn er den Schmuck klaute. Agnes würde einen Haufen Geld kriegen, und zwar von Leuten, die jede

Menge davon hatten und denen es auf ein paar Millionen mehr oder weniger überhaupt nicht ankam. Versicherungen waren ja bekanntlich so steinreich, dass sie gar nicht wussten, wohin mit ihrem Kapital, und in ihrer Verzweiflung, es unter die Leute zu bringen, sogar Banken aufkaufen mussten.

»Man hat übrigens schon mal versucht, ihr den Schmuck zu stehlen, vor zwei Monaten ungefähr.«

Verblüfft starrte ich sie an. »Wer denn?«

»Das hat man nicht rausgekriegt, es war zu dunkel. Jemand hat sie überfallen, bei ihr zu Hause in Hamburg, in ihrem Garten. Sie hat laut um Hilfe geschrien, und dann kam Heinz gerade noch rechtzeitig dazu und hat den Dieb in die Flucht geschlagen. Danach hat die Versicherung dann neue Sicherheitsauflagen gemacht.«

»Welche denn?«

»Keine Ahnung, danach hab ich nicht gefragt. Ich nehme an, die üblichen Vorsichtsmaßnahmen in solchen Fällen. Vielleicht ein höherer Zaun, eine Alarmanlage – dieser ganze Kram eben, der hier am Haus auch zu finden ist.«

Mit anderen Worten: Nichts, was einen zu allem entschlossenen Bademeister aufhalten würde!

»Wenn der Kerl das wirklich gemacht hat – ich meine, wenn er dich betäubt hat –, dann müssen wir dringend was unternehmen«, erklärte Valerie entschieden.

»Ich werde daran arbeiten.«

»Vielleicht sollte ich auch mal was unternehmen. Oder Heinz. Mal sehen, vielleicht rede ich mit ihm.«

»Lieber nicht. Er kommt mir nicht besonders kompetent vor.« Das mochte stimmen, doch in Wahrheit wollte ich nicht, dass Heinz in die Sache hineingezogen wurde.

Es hatte keinen Sinn, es länger zu leugnen: Mir missfiel die Vorstellung, dass Fabio Schwierigkeiten bekam. Das war natürlich lächerlich, vor allem, wenn man bedachte, dass der Kerl mir gestern was in den Wein getan hatte, um mich auszuknocken. Doch das wiederum war allein mein Problem, und ich wollte mich selbst darum kümmern.

»Er ist wirklich ein lieber Kerl.«

»Das finde ich nicht unbedingt«, meinte ich griesgrämig.

»Na ja. Er ist ziemlich schüchtern, aber nett.«

Aha. Anscheinend redeten wir wieder aneinander vorbei. Sie meinte Heinz, ich Fabio. In letzter Zeit war das häufiger vorgekommen, ein Beweis dafür, dass diese ganze Geschichte viel vertrackter war, als mir lieb sein konnte.

Valerie lächelte träumerisch. »Wenn er mal was bei mir versuchen würde … Ich glaube, ich würde nicht unbedingt Nein sagen.«

»Vielleicht nicht sofort«, schränkte ich ein. »Das ist ja dein Fehler.«

Ich schwang die Beine aus dem Bett und stemmte mich hoch.

Aus dem kleinen runden Spiegel, der aus Platzgründen an der Innenseite der Tür angebracht war, blickte mir ein schauriges, bleichgesichtiges Monstrum entgegen, das direkt aus *Nightmare on Elmstreet* zu stammen schien. Himmel, hatte ich je so abgrundtief hässlich ausgesehen? Nein, bestimmt nicht. Außer vielleicht am Tage nach meiner abgesagten Hochzeit, als ich vor lauter Erleichterung bis früh um fünf die Nacht durchgesumpft hatte, mit Valerie, Wodka und Erdbeerlime.

»Kannst du überhaupt aufstehen?«, wollte Valerie besorgt wissen. »Sollte ich nicht vielleicht besser einen Arzt rufen?«

»Nein, nein, es geht schon.«

Und tatsächlich, nach einer eiskalten Dusche und unzähligen Flüchen fühlte ich mich wieder so weit hergestellt, dass ich mich anziehen und nach unten gehen konnte, um die Lage zu sondieren.

Das Frühstücksbüfett war längst abgeräumt, doch mir war ohnehin nicht nach Essen zumute. Die Köchin schenkte mir in der Küche glühend heißen Kaffee ein und erzählte in gebrochenem Deutsch, dass die rothaarige Signorina (Valerie) und der *ragazzo* (Heinz?) in die Stadt gefahren seien. Außerdem erfuhr ich, dass die Köchin Maria hieß und aus Neapel stammte und dass sie als kleines Mädchen mal eine Statistenrolle in einem Sophia-Loren-Film gespielt hatte. Sonst wusste sie nichts zu berichten, außer dass sie Probleme mit der rechten Hüfte hatte, wenn sie zu lange am Herd stand.

Ich bedauerte sie gebührend und ging mit meiner Tasse Kaffee und einer Sonnenbrille auf der Nase nach draußen. Agnes war anscheinend gerade mit ihrer Schwimmstunde fertig; sie trug einen ziemlich schäbigen Frotteebademantel und saß mit Henri auf der Terrasse. Die beiden spielten so eine Art Siebzehn und Vier, und zwar um Geld. Auf dem Tisch stapelten sich die Zehn- und Fünfzig-Euro-Scheine, die meisten davon auf Agnes' Platz. Sie redeten nicht viel. Genau genommen redete nur Henri, er gab ab und zu etwas von sich, das wie merde, alors klang. Agnes keckerte zwischendurch bloß hämisch, anscheinend war sie ausgezeichnet drauf und hatte die gestrige Magenverstimmung gut verkraftet.

Henri sah mich, sprang auf und nahm Haltung an. »*Bonjour*, Mademoiselle, isch 'offe, es geht Ihnen wieder besser, nach dies' kleine bös' Sherry gestern Abend!« Er hüstelte und kniff mir ein Auge zu. Offenbar glaubte er wie alle anderen, dass ich gestern die Nase zu tief ins Glas gesteckt hatte. »'offentlisch sind Sie nach'er wieder fit, wenn Sie zu dem Ausflug aufbreschen.«

»Was für ein Ausflug?«, fragte ich Agnes.

Doch die Alte hatte offenbar gerade ein Superblatt gezogen, sie gab beim Ablegen ein zufriedenes Grunzen von sich und würdigte mich derweil keines Blickes.

»Was für ein Ausflug?«, insistierte ich.

Sie schaute hoch und musterte mich. »Du siehst aus wie eine Leiche«, krächzte sie unvermittelt.

Na toll, dachte ich.

Mehr hatte sie zu dem Thema anscheinend nicht zu sagen, wobei es verwunderlich war, dass sie überhaupt mal wieder etwas von sich gegeben hatte. Mit affenartiger Geschwindigkeit begann sie, die Karten neu zu mischen.

Achselzuckend ging ich ins Haus und setzte mich an den verwaisten Esstisch. Allmählich kam ich mir vor wie in einem Film von Roman Polanski, den ich vor vielen Jahren gesehen hatte. Er hieß *Was?,* mit Sydne Rome und Marcello Mastroianni in den Hauptrollen. In diesem Film trieben sich lauter merkwürdige, undurchschaubare Typen in einer Villa am Meer herum, und die arme Sydne kriegte die ganze Zeit so gut wie nichts zu essen. Zum Anziehen hatte sie auch nichts, weil ihr irgendwelche Rowdys die Klamotten geklaut hatten, sodass sie gezwungen war, den ganzen Film über mit nichts als einer Serviette bekleidet übers Set zu stolpern.

Ich fühlte mich hier ähnlich deplatziert. Na schön, ich hatte genug zum Anziehen, und über das Essen konnte ich mich auch nicht beschweren. Alles, was die Köchin hier auf den Tisch brachte, war wirklich exquisit. Nichts von dem, was es in Frankfurt beim Italiener um die Ecke gab.

Doch die Leute und das Haus waren schon mehr als eigenartig. Ich fragte mich, wie ich überhaupt hier herein geraten war. Und wozu.

Richtig, ich wollte Agnes davor bewahren, ausgeraubt zu werden. Doch allmählich begann ich daran zu zweifeln, dass es ihr überhaupt auffallen würde, wenn Fabio ihr den Schmuck klaute. Nach allem, was ich bis jetzt herausbekommen hatte, brauchte er die Juwelen weit nötiger als sie. Abgesehen davon schien Agnes eine ziemlich gestörte Persönlichkeit zu sein, um es mal milde auszudrücken. Die meiste Zeit über merkte sie nicht mal, dass ich da war, und wenn es ihr dann doch gelegentlich auffiel, war sie sarkastisch und beleidigend.

Alles in allem hatten mir meine ganzen Mühen bis jetzt nur Ärger eingebracht. Ich hatte Kopfschmerzen, die Sonne stach mir in die Augen, ich hatte schon die zweite Nacht zwischen kratzigen Laken verbracht. Musste ich mir das wirklich antun? Schließlich hatte ich auch noch einen Job, den ich sträflich vernachlässigte! Gestern hatte ich einen ganzen Tag verloren! Wie sollte ich den Artikel für *Meine Gesundheit* rechtzeitig fertig kriegen, wenn ich hier hockte und auf Geheimagentin machte? Das konnte nicht so weitergehen! Ich sollte endlich mit dieser blöden Scharade aufhören, zurück ins Haus meiner Eltern gehen und mich daran machen, diesen Adria-Aufenthalt so zu gestalten, wie ich es ursprünglich vorgehabt hatte! Diese ganze Geschichte hier war doch ein Schuss in den Ofen! Gleich nachher würde ich mit Valerie sprechen und ihr mitteilen, dass die Aktion abgeblasen war. Es reichte mir. Als Spionin taugte ich nicht viel, und besonders viel Spaß machte es auch nicht.

Na schön, ich hatte auch ein paar sehr feurige Küsse und handgreifliche Zärtlichkeiten von diesem Latin Lover bekommen – der wohl eher ein *Latin Thief* war –, aber das allein reichte wohl kaum, um meinen Einsatz zu rechtfertigen. Oder?

14. Kapitel

Ich dachte noch ein bisschen über diese Küsse und Zärtlichkeiten nach und seufzte.

»Hast du einen Kater?«

Das war Fabio. Wie aus dem Nichts aufgetaucht, stand er plötzlich hinter mir.

Erschrocken fuhr ich auf. »Meine Güte, das hast du aber wirklich drauf, was?«

»Was meinst du?«

»Dich anzuschleichen.« Ich rümpfte abfällig die Nase. »Aber das ist ja dein Beruf.«

Er hob die Brauen. »Ich kann dir nicht ganz folgen.« Mit einem Schritt war er neben mir und zog einen Stuhl zurück, um sich neben mich zu setzen.

»Du erlaubst doch.«

»Dies ist ein freies Land.« Ich hätte dem Missfallen in meiner Stimme Nachdruck verleihen können, indem ich aufstand und einfach woanders hinging, doch irgendwie erschien mir diese Maßnahme zu … drastisch. Vor allem, wenn er so aussah wie jetzt. Ich blieb, wo ich war, und gönnte mir das Vergnügen, ihn ausgiebig zu betrachten.

Er war wirklich ein attraktiver Teufel, das dunkle Haar noch feucht vom Schwimmen, ein Hauch von Bartschatten auf Kinn und Wangen. Und seine Augen waren wie immer unglaublich blau. Ich schluckte, als ich an die Szene aus meinem Traum letzte Nacht denken musste, denn mit einem Mal ging mir auf, dass ein Teil davon sich vielleicht in der Realität abgespielt haben könnte.

Dann, mit einiger Verspätung, dafür aber umso nachhaltiger, fiel mir ein, welche Begleitumstände überhaupt zu diesem Traum geführt hatten.

»Du mieser Schuft«, zischte ich zwischen den Zähnen hervor. »Das verzeihe ich dir nicht!«

Damit hatte er wohl nicht gerechnet. Er wirkte ehrlich verblüfft, ja sogar betroffen.

»Ich weiß wirklich nicht, wovon du redest, Jenny. Kannst du vielleicht ein bisschen deutlicher werden?«

Ich dachte gar nicht daran, mich von seiner gespielten Naivität einwickeln zu lassen.

»Ich rede von gestern Abend!«

Er furchte die Stirn. »Sekunde mal ...«

»Gib dir keine Mühe«, fiel ich ihm höhnisch ins Wort. »Du dachtest wohl, du könntest es mal eben so durchziehen, wie? Pech gehabt! Valerie ist gerade noch rechtzeitig dazugekommen!«

»Warte mal, ich hab überhaupt nichts gemacht, ehrlich! Okay, ich hab dich ausgezogen, aber ...«

Ich kochte vor Wut, weil er immer noch so tat, als könnte er kein Wässcherchen trüben.

»Du bist ekelhaft!« Ich sprang auf, weil ich es nicht mehr aushielt, ruhig neben ihm zu sitzen. Am liebsten hätte ich ihm eine Ohrfeige verpasst. Stattdessen ballte ich die Hände zu Fäusten, stampfte einmal fest mit dem Fuß auf und wandte mich dann ab, um an ihm vorbei nach draußen zu rauschen. Doch er hielt mich am Handgelenk fest und drehte mich wieder zu sich herum.

»Moment. Erst mal wollen wir hier was klarstellen.«

Vom Schwung meiner eigenen Bewegung verlor ich das Gleichgewicht, stolperte einen Schritt zurück – und fiel auf seinen Schoß. Wütend hob ich die freie Hand, diesmal, um ihm tatsächlich eine zu kleben. Doch Fabio fing sie mitten in der Luft ein und hielt sie fest.

»Das willst du nicht wirklich tun«, sagte er sanft.

»Hast du 'ne Ahnung«, fauchte ich.

»Jenny.« Er lächelte.

»Du kannst mich!«

Dann fiel mein Blick auf seinen Mund. Die leicht geöffneten Lippen, die weißen Zähne dahinter. Die feuchte Zungenspitze.

Ich schluckte, und im nächsten Moment war es um mich geschehen, und ich wäre lieber gestorben, als ihn daran zu hindern, seinen Mund auf meinen zu pressen und mich zu küssen, bis mir Hören und Sehen verging. Er ließ meine Hände los, doch ich tat nichts weiter damit, als seinen Kopf zu umfassen und ihn näher zu ziehen, um ja nichts von seinen betörenden Zärtlichkeiten zu verpassen.

»Fabio«, stöhnte ich an seinen Lippen. »Ich weiß, dass du die Kohle dringend brauchst, und inzwischen ist es mir echt egal. Tu, was du tun musst.«

Er schob mich ein Stück von sich weg und nahm mir die Sonnenbrille ab, die ich immer noch trug. Ich blinzelte, weil es wirklich grauenhaft hell war, sogar hier drin, doch ich sah klar genug, um zu erkennen, wie erstaunt er war.

»Was meinst du damit?«, fragte er.

»Die Juwelen … Na, du weißt schon.«

»Heißt das, du gibst auf? Du willst die Finger davon lassen?«

Ich nickte niedergeschlagen. »Ich wünschte wirklich, ich könnte deine Meinung dazu ändern, aber ich schaffe es nicht. Und du … Du bist ja auf das Geld angewiesen, das will ich dir nicht vermasseln. Irgendwie ist es trotzdem Scheiße, aber was soll's.«

Ich hatte nicht mit Fabios Reaktion gerechnet, die geradezu euphorisch ausfiel. Er schlang beide Arme um mich und strahlte mich an. »Du kannst dir nicht vorstellen, wie mich das freut! Ich wusste, dass du nicht zu der harten Sorte gehörst! Wenn ich mir vorstelle, dass du dir dein ganzes Leben mit so einer Sache vermiest hättest …! Erleichtert schüttelte er den Kopf.

Dann fiel er wieder mit heißen Küssen über mich her. Zwischendurch flüsterte er mir ins Ohr: »Vielleicht sollten wir lieber nach oben gehen!«

Köstliche Schwere durchzog meine Glieder, während ich wie betäubt gegen seine Brust sank. Sein Körper fühlte sich gut an, so warm und fest und männlich! Und wie er erst roch …

Aaahhh! Ich vergrub meine Nase an seinem Hals und ließ meine Hände auf Wanderschaft gehen.

»Ja«, flüsterte er. »Fass mich an. Ja, genau da!«

»Moment mal.« Mir war ganz plötzlich etwas eingefallen. Ich schob ihn weg und sprang erzürnt von seinem Schoß. »Wie kannst du hier mit mir rumknutschen, wenn du 'ne andere hast?«

Belämmert blickte er mich an. »Eine andere? Wie kommst du denn darauf?«

»Ich hab gehört, wie du mit ihr telefoniert hast! Du

hast *Liebes* zu ihr gesagt! Und versuch bloß nicht, es abzustreiten!«

Er grinste bloß. »Ach ja, jetzt fällt's mir wieder ein. Du bist ja eine richtige Expertin darin, lange Ohren zu machen. Aber ich kann dich beruhigen. Die Person, mit der ich da telefoniert hatte, ist meine Schwester.«

»Wirklich?«, fragte ich misstrauisch.

Er hob drei Finger. »Heiliges Ehrenwort. Sie heißt Gina und lebt in Frankfurt.«

Ich glaubte ihm. Glühendes Mitleid wallte in mir auf. »Geht es ihr sehr schlecht?«

»Na ja, letzte Woche war sie noch ziemlich mies drauf, aber inzwischen hat sie sich wieder etwas gefangen. Woher weißt du überhaupt …«

»Schon gut«, unterbrach ich ihn. Ich wollte jetzt nicht über die Krankheit seiner Schwester reden. »Du bist ein Schurke«, flüsterte ich. »Aber du kannst küssen wie ein Weltmeister.«

»Danke für das Kompliment. Ich kann's nur zurückgeben. Komm her.« Verlangend streckte er die Hand aus. Doch ich widerstand der Versuchung und wich einen Schritt zurück. »Lieber nicht. Ich möchte … ich möchte eigentlich nicht dabei sein, wenn … Na, du weißt schon. Ich käme mir irgendwie … mies vor.« Ich schluckte, weil ich plötzlich daran denken musste, wie alt und arglos Agnes war. Sie mochte eine komische, verschrobene Schachtel sein, aber dies war *ihr* Haus und *ihr* Schmuck, und ich machte mich soeben zur Mitwisserin eines Mannes, der auf schnöde Art ihr Vertrauen missbrauchen wollte.

»Jenny?« Fabio schaute mich an, fragend und verwirrt. »Du wirst es dir doch nicht wieder anders überlegen?«

»Nein«, stieß ich hervor. »Jetzt nicht mehr. Aber … es ist nicht einfach, weißt du.«

Völlig durcheinander von diesem Gefühlschaos rannte ich zur Tür, wo ich kurz stehen blieb und mich zu Fabio umwandte. »Ich hab nur eine Bitte«, sagte ich gepresst. »Wenn es soweit ist … sag mir vorher Bescheid, dann pack ich meine Sachen und verschwinde. Es ist wirklich nicht nötig, dass du mir was in den Wein tust, um mich außer Gefecht zu setzen.«

Er schaute verdutzt drein. »Jenny …«

»Vergiss es.« Mit diesen Worten knallte ich die Tür hinter mir zu und rannte, als wäre der Teufel hinter mir her.

Als Tagesausflug stand heute ein Abstecher nach San Marino und eine anschließende Fahrt durch das Montefeltro auf dem Programm. Es ging früher los, als mir lieb war. Ich fühlte mich immer noch nicht ganz auf der Höhe, als Fabio kurz nach unserer Unterhaltung an meine Zimmertür klopfte und fragte, ob ich so weit wäre.

Ich klappte meinen Laptop zu und stand auf. Mein Entwurf für die heutige Besichtigungstour war eher hölzern ausgefallen. Ich hatte kaum Synonyme gefunden. Irgendwann war ich dazu übergegangen, einen Arbeitstitel zu suchen, den ich als Titelzeile für die Reportage verwenden konnte, irgendeinen Slogan, der italienischen Life-Style und südländisches Flair verkörperte. Bis jetzt war mir außer *Pizza, Mare und Amore* nichts Zündendes eingefallen.

»Hör mal«, sagte ich lustlos, »ich weiß gar nicht, was das eigentlich soll. Ich meine, diese ganzen Ausflüge.

Das kommt mir so … komisch vor. Was hat sie überhaupt davon?«

»Sie lässt sich gerne durch die Gegend kutschieren. Dieses Land ist sehr schön, und ihr gefällt, was sie sieht. Was soll daran komisch sein?«

»Hm. Ich hab das Gefühl, als würde sie gar nicht richtig zuhören, wenn ich was erzähle.«

»Damit liegst du vermutlich richtig«, meinte Fabio. Er ging nicht näher darauf ein, sondern schien es ganz natürlich zu finden, mich in seine Arme zu ziehen und mir einen kurzen, aber intensiven Kuss zu geben.

»Trotzdem finden diese Ausflüge statt. Abgesehen davon musst du auch die positiven Seiten daran sehen.«

»Welche denn?«, fragte ich atemlos.

Er presste sein Becken gegen meinen Unterleib und ließ mich einen ganz speziellen Teil der positiven Seiten spüren. »Ich kann zwei Fliegen mit einer Klappe schlagen.«

Ich konnte kaum klar denken, wenn er das tat.

»Was meinst du?«

»Ich kann dich im Auge behalten. Und das will ich auf jeden Fall, wenn auch aus anderen Gründen als vorher.«

»Als vorher?«

Fabio lächelte entwaffnend. »Als du noch auf den Schmuck scharf warst.«

»Ach so«, sagte ich dümmlich.

»Und ich muss Agnes in meiner Nähe haben, möglichst ohne dass ständig jemand von den anderen um uns rumschwirrt. Deshalb die zwei Fliegen.« Er rieb sich verlangend an mir.

Ich musste schlucken. »Du … äh, du willst es doch nicht auf einem Ausflug machen, oder? Ich meine … Ich dachte … Äh … wär es nicht nachts besser? Wenn es … dunkel ist?«

»Nachts?« Er biss zärtlich in mein Ohrläppchen. »Wenn du es im Dunkeln lieber hast … Wieso nicht.« Dann hielt er mich ein Stück von sich weg und wies mit dem Kinn auf meinen Laptop. »Wozu hast du den dabei?«

»Zum Arbeiten. Deswegen mach ich auch überall Fotos. Ich hab doch erzählt, dass ich für ein Magazin schreibe. Und das stimmt auch.«

Das schien ihn zu erheitern. »Aha, du bist auch nebenberuflich tätig.«

Grollend machte ich mich von ihm los. Im Rückblick war die ganze Farce, die ich da angezettelt hatte, völlig sinnlos gewesen. In meiner Rolle als Juwelendiebin war ich wohl nicht besonders überzeugend. Diese Tour hätte ich mir genauso gut schenken können. Als Konkurrentin war ich für Fabio ungefähr so bedrohlich wie ein dreijähriges Kleinkind.

Fabio las wieder mal meine Gedanken. »Mach dir nichts draus«, meinte er tröstend. »Sei lieber froh, dass du mich getroffen hast. Jemand anderer hätte vielleicht nicht erst den Versuch gemacht, dich zum Aufgeben zu überreden, sondern dich stattdessen einfach auffliegen lassen. Alles, was ich stattdessen von dir verlange, ist, dass du meine Arbeit nicht sabotierst.«

»Du brauchst nicht darauf herumzureiten«, entgegnete ich bissig. Immer, wenn er von diesem Thema anfing, wurde mir ganz elend zumute. Ich hasste den Gedanken, dass er einen Raub plante. Das Schlimmste war, dass er Agnes irgendwie würde betäuben oder festhalten müssen, um ihr die Juwelen zu klauen. Wenn man sie wenigstens dazu bewegen könnte, den Schmuck abzulegen – dann könnte Fabio ihn einfach einsacken und damit verschwinden! Das war in meinen Augen bei weitem nicht so gravierend wie die erste Variante!

Fabio strich mir über den Kopf, dann küsste er meinen Scheitel. »Hab ich dir schon gesagt, dass du herrliches Haar hast?«

»Nein«, sagte ich verblüfft. »Das hat noch niemand zu mir gesagt!«

Er rieb eine Strähne zwischen den Fingerspitzen. »Es sieht nicht nur aus wie Seide, es fühlt sich auch so an.«

Ich schmolz dahin wie Butter in der heißen Pfanne. Ein Mann, der mir Komplimente über mein Haar machte, war mir bis dato noch nicht untergekommen! Erst recht keiner, der aussah wie dieser!

»Der Ausflug wird bestimmt nett«, murmelte Fabio zärtlich in mein Ohr. »Und weißt du auch, warum? Weil ich mit dir zusammen sein kann. Ich freu mich schon. Nur wir beide …«

»Und Agnes.«

»Und Agnes«, bestätigte er. »Aber die hört sowieso nicht zu, wenn wir uns unterhalten. Wenn du gar nichts sagst, fällt es überhaupt nicht auf. Du musst mir also diesmal nichts über die Gegend erzählen. Ich kenne sowieso schon alles hier.«

Das wiederum war etwas, worüber ich mich freute, vor allem, als ich wenig später feststellte, dass Bibi heute nicht mitkommen wollte, weil sie vorhatte, mit Henri zum Shopping nach Rimini zu fahren. Sie brachen zur selben Zeit auf wie Agnes, Fabio und ich.

Anscheinend hatte Agnes doch beim Siebzehn und Vier verloren, denn wie es aussah, war Henri nach dem Kartenspiel wieder einigermaßen bei Kasse, er strahlte wie ein Honigkuchenpferd, als er zu Bibi in den Wagen stieg. Sie fuhr einen kleinen Fiat, der seine besten Tage schon hinter sich hatte.

»Tschüssi und viel Spaßßß«, rief sie mir zwitschernd durch das geöffnete Seitenfenster zu, bevor sie und Henri davonbrausten.

Wir stiegen ebenfalls ein und machten uns auf den Weg. Ich saß wieder hinter Agnes im Fond und genoss es, mich ganz unverkrampft zurücklehnen zu können, ohne ständig überlegen zu müssen, was als Nächstes in meinem Reiseführer stand. Ich schloss die Augen und döste. Zwischendurch blinzelte ich, bis meine und Fabios Blicke sich im Innenspiegel trafen. Dann zwinkerte er mir zu und lächelte unmerklich.

Agnes hatte auf ihrer Seite das Fenster heruntergedreht und ließ sich den Wind durch das Haar wehen. Die eisengrauen Strähnen wurden durcheinander gewirbelt, bis von ihrer Frisur nichts mehr zu erkennen war, aber es schien sie nicht zu stören. Sie wirkte so stoisch wie immer, doch wenn man nicht so genau hinschaute, konnte man sich einbilden, dass in ihren Augen ein unternehmungslustiges Funkeln stand.

Wir nahmen die *Autostrada* Richtung Rimini, wo wir links abbogen, auf einer Route, die über ein paar verschlafene Nester bis zu einem uralten, in den Felshang gebauten Marktflecken führte. Hier stellte Fabio den Wagen ab, und wir nahmen die *Funivia*, die Drahtseilbahn, zur *Città San Marino*. Außer uns war niemand in der Kabine. Agnes starrte unentwegt aus dem Fenster, während sie mit ihrem Collier spielte. Ich musste immer wieder hinschauen, ich konnte nicht anders. Fabio war meinen Blicken gefolgt.

»Der Schmuck spukt wohl immer noch in deinem Kopf rum, oder? Du wirst doch deine Meinung jetzt nicht mehr ändern, oder?«

Er hatte in normaler Lautstärke gesprochen. Ich drehte mich erstaunt zu ihm um, dann wandte ich mich wieder Agnes zu, doch die schien überhaupt nichts von seiner Bemerkung mitbekommen zu haben.

»Ich will das Zeug überhaupt nicht«, flüsterte ich. Dann seufzte ich. Wozu sollte ich ihm länger was vormachen? Jetzt spielte es sowieso keine Rolle mehr.

Leise sagte ich: »Ich wollte den Schmuck nie. Das war alles nur Schau. Ich bin überhaupt keine Juwelendiebin. Ich könnte nicht mal einen Lippenstift oder einen Kaugummi klauen.« Ich legte den Kopf schräg. »Obwohl – einen Kaugummi könnte ich vielleicht doch. Ich hab's noch nicht versucht.«

Damit war es mir zum zweiten Mal an diesem Tag gelungen, ihn restlos zu verblüffen. »Du wolltest gar nicht …?« Er ließ das Ende des Satzes in der Luft hängen, als könne er es nicht fassen.

»Wozu hast du denn dann diese Stelle angenommen und mir dann außerdem noch vorgemacht, du hättest es auf die Juwelen abgesehen?«, wollte er wissen.

Verlegen schaute ich auf meine Füße. »Na ja, deinetwegen. Ich hab herausgefunden, warum du hier bist … Ähm … Und da dachte ich … Ich wollte einfach nur …« Ich verstummte. *Ich wollte dich am Klauen hindern klang so hart.*

Während ich noch nach einer eleganten Formulierung suchte, mit der ich mein Faible für Spionageabwehr, alte Hitchcockfilme und gut aussehende Juwelendiebe beschreiben konnte, beugte er sich mit gerührtem

Lächeln zu mir und gab mir einen Kuss auf die Nasenspitze. »Du wolltest in meiner Nähe sein und hast einfach einen Vorwand gesucht, stimmt's?«

»Äh … Ja, das hat sich natürlich zwangsläufig so ergeben.«

»Also hast du es auch gespürt.«

»Was?«

»Diese animalische Anziehungskraft.« Er fasste meine Hüften und drängte mich gegen die Kabinenwand. »Mhm, ich könnte dich … gleich hier an Ort und Stelle … Gott, was bin ich froh, dass du keine krummen Dinger drehst!«

Meine Erwiderung, dass ich mir dasselbe auch von ihm gewünscht hätte, blieb mir im Hals stecken, denn in diesem Augenblick verirrten sich seine Hände auf meinen Busen, und mir wurde zuerst warm und dann heiß.

Doch einen Moment später erreichten wir die Bergstation, und mit dem lüsternen Zwischenspiel war es vorbei.

Wir stiegen aus und fanden uns mitten in Italien in einem anderen Land wieder, dem unabhängigen Zwergstaat San Marino – der ältesten noch bestehenden Republik der Welt.

Vom Wehr der *Contrada del Pianello* warfen wir einen Blick auf die *Cava dei Balestrieri*, wo die berühmten Armbrustschützen von San Marino ihr tägliches Zielschießen veranstalteten. Anschließend besichtigten wir den mittelalterlichen Stadtkern mit seinen verwinkelten, steilen Gässchen und den verwitterten Fassaden der kleinen *Palazzi*. Diesmal musste ich keine Kommentare abgeben. Es war schön, ganz gemächlich neben Fabio durch diesen historischen Ort zu schlendern und hier und da ein paar stimmungsvolle Bilder zu schießen. Ich fühlte mich diesem Mann sehr nah und hätte fast glücklich sein können, wenn nicht …

Ja, wenn Agnes nicht gewesen wäre. Beziehungsweise ihr Schmuck. Der demnächst nicht mehr ihr gehören würde. Fabio hatte Recht. Es spukte mir immer noch im Kopf herum, und ich wünschte, er könnte es sich ganz einfach anders überlegen und vielleicht lieber doch noch eine Bank ausrauben!

Wir nahmen den Anstieg zur *Piazza Libertà* und schauten von der Rampe über das Land. Der Ausblick war grandios, es schien, als liege uns ganz Italien zu Füßen, ein riesiger, wellig-grüner Teppich unter einem atemberaubend weiten Himmel.

Anschließend erstiegen wir die Treppenwege zu den Festungen und Burgen, bis hinauf auf den Gipfel des *Monte Titano* und weiter zur *Montale*, einem uralten fünfeckigen Turm, von wo aus man in nördlicher Richtung über die ganze adriatische Küste schauen konnte. Agnes wanderte rüstig von einem Aussichtspunkt zum anderen und war offenbar sehr erbaut von dem, was sich ihr hier bot. Ihr lila-geblümtes Kleid flatterte im Wind, und ihr Schmuck funkelte mit ihren Augen um die Wette. Sie nahm überhaupt nicht wahr, dass sie Begleitung hatte. So wenig wie Fabio und ich. Wir schauten einander häufig an, und mehr als einmal nahm er meine Hand.

Das Meer war in der Sonne unwirklich blau. Genau wie Fabios Augen, als er sich zu mir umwandte und mich anschaute. »Ich bin glücklich, mit dir hier sein zu können«, sagte er schlicht.

Ich konnte ihn nur anstarren. O du meine Güte, dachte ich zusammenhanglos.

Jetzt war's passiert. Ich war rettungslos und unwiderruflich in diesen Typen verknallt. Das I-Ging hatte doch Recht gehabt. Der Mann vom Turm. Die Juwelen. Und ich.

15. Kapitel

Als wir San Marino wieder verließen und weiterfuhren, hüllte ich mich in Schweigen. Ich war vollauf damit beschäftigt, dieses neue Problem, mit dem ich vorhin da oben auf dem Turm konfrontiert worden war, zu verarbeiten. Ich hatte mich in einen Dieb verliebt! Wie hatte mir das nur passieren können!

Zugegeben, er konnte hervorragend küssen. Und er fand ohne langes Gefummel sofort all meine erogenen Zonen. Wahrscheinlich verdiente er auch überdurchschnittlich gut, zumindest dann, wenn die Ertragslage gut war. So wie bei diesem Job hier. Aber wie würde ein Leben mit so einem Typen aussehen? Was täte ich in der Zeit, die er im Knast hockte? Neue Coups für ihn ausbaldowern?

Vielleicht sollte ich doch noch mal mit ihm darüber sprechen. Der erste Versuch, es ihm auszureden, war zwar schmählich gescheitert, aber da waren wir uns ja auch noch nicht so nahe gewesen wie jetzt.

Der Rest der Ausflugsfahrt rauschte wie im Nebel an mir vorbei, weil ich damit beschäftigt war, mir Argumente auszudenken, mit denen ich Fabio seinen Plan ausreden konnte. Die kurvenreiche Landstraße führte durch eine prachtvolle Landschaft mit grünen Tälern und felsigen Anhöhen: das Montefeltro mit seinen hübschen Städtchen und verwunschenen alten Burgen.

»Ich bin der Meinung, dass man ein Land nicht kennen lernt, wenn man die Städte besichtigt«, sagte Fabio irgendwann, als es schon auf den Abend zuging. »Man muss die Gegend erkunden. Das Meer, die Küste, die Berge.«

»Du hast Recht«, sagte ich zerstreut, obwohl ich von meiner Umgebung kaum mehr mitkriegte als Agnes, die schlafend in ihrem Sicherheitsgurt hing und dabei leise und rhythmisch vor sich hinröchelte. Ich fragte mich, ob sie es wohl merken würde, wenn man ihr das Collier vom Hals zog.

»Ich hab schon dran gedacht, eine nette Bergwanderung mit Agnes zu unternehmen«, fügte ich hinzu. »Aber ich muss auf jeden Fall noch nach Venedig.«

»Ah ja, für deinen Artikel. Stimmt, Venedig ist ein absolutes Muss für jede Adria-Story.« Er grinste auf seine unnachahmliche, piratenhafte Art, die mir jedes Mal die Knie weich werden ließ. »Wenn du willst, mach ich diesmal den Stadtführer, ich war schon ein paar Mal da. Wie ist es, wollen wir es gleich morgen in Angriff nehmen? Ich denke mal, wir planen eine Übernachtung ein, denn zwei Tage müssen wir für eine Besichtigung schon veranschlagen. Das würde mir sowieso ganz gut in den Kram passen.«

Ich schrak zusammen. »Was würde dir in den Kram passen?«

»Mit Agnes unterwegs zu sein. Sie ein bisschen von den anderen fern zu halten. Wenn's geht, ruhig über Nacht.«

Ich starrte ihn an. Er hatte also doch vor, es auf einer unserer Touren zu tun! Während ich noch damit beschäftigt war, das zu verdauen, setzte er zu einer weiteren Erklärung an.

»Da wär nämlich noch was. Jetzt kann ich es dir ja sagen. Aber behalte es bitte für dich.«

»Wenn es was Schlimmeres als Juwelendiebstahl ist, will ich es gar nicht wissen«, sagte ich schnell.

Fabio zog eine Augenbraue hoch. »Zufällig ist es genau das, nicht mehr und nicht weniger. Irgendjemand – ich meine, jemand außer dir – hat es ebenfalls auf den Schmuck abgesehen.«

Jetzt war ich platt. »Was du nicht sagst!«

Plötzlich ergab das Gespräch, das ich an jenem ersten Morgen in der Villa belauscht hatte, einen Sinn. Fabio hatte zu der Zeit nicht nur mich verdächtigt, sondern auch die anderen! Deshalb trachtete er danach, Agnes so oft wie möglich von den übrigen Hausbewohnern wegzulotsen!

»Ich hab gehört, dass schon mal jemand versucht hat, sie zu beklauen. Das warst aber nicht zufällig du, oder?«

Er lachte wie über einen sehr guten Witz. »Nein, ich nicht. Aber das mit dem Überfall stimmt. Woher weißt du davon?«

»Val hat es mir erzählt. Sie hat's von Heinz erfahren.«

Fabio schnalzte ärgerlich mit der Zunge. »Der Typ redet zu viel!«

»Könnte er es denn gewesen sein?«

»Theoretisch schon. Dieser Überfall war vor zwei Monaten. Agnes hatte an dem Tag ihren achtundsiebzigsten Geburtstag. Es waren alle da. Henri, Bibi, Heinz. Und natürlich noch ein paar andere.«

Ich konnte meine Neugier kaum noch bezähmen. »Wie kommst du darauf, dass es einer von den dreien war? Wieso nicht jemand von den anderen Geburtstagsgästen?«

»Von denen war keiner unter fünfundachtzig. Zwei waren im Rollstuhl da, einer ist blind, einer hat Alzheimer im letzten Stadium.«

Aha. Jetzt stand Fabio vor der schwierigen Aufgabe, nicht nur selbst die Juwelen zu klauen, sondern gleichzeitig auch einen weiteren Dieb daran zu hindern, ihm zuvorzukommen. Mich hatte er immerhin mittlerweile mit seinem umwerfenden Charme außer Gefecht gesetzt. Allerdings nützte ihm das nicht viel, schließlich hatte ich ja niemals ernsthaft vorgehabt, tatsächlich auf diesem speziellen Sektor mit ihm zu konkurrieren.

»Aber welchen Grund hätten sie denn, so was zu machen?«

Fabio warf einen bezeichnenden Blick auf Agnes' Hals. »Ungefähr eine Million Gründe.«

»Hm. Blöd von mir, dich überhaupt zu fragen.« Ich senkte niedergeschlagen den Kopf.

»Was ist los mit dir? Bist du müde? Hast du Hunger? Wir können noch irgendwo einkehren, wenn du willst.«

»Nein, lieber nicht. Ist ja nicht mehr weit. Außerdem hat die Köchin gesagt, dass es heute zum Abendessen was Besonderes gibt.«

Wie auf ein Stichwort hin wurde Agnes wach. Sie reckte sich, fummelte an ihren Armbändern herum und meinte krächzend. »Ich hab Hunger.«

»Wir sind gleich da«, sagte ich.

Darauf reagierte sie nicht, sondern verfiel wieder in ihr gewohntes Schweigen, bis wir das Kastell erreicht hatten. Mit elegantem Schwung parkte Fabio den Wagen in der Einfahrt, und ich stieg ziemlich steifbeinig aus. Vielleicht sollte ich doch mal bei Bibi eine Aerobicstunde einlegen, um für die langen Märsche besser gerüstet zu sein. Auf dem Weg ins Haus atmete ich tief durch. Die Abenddämmerung überzog die zypressenbestandenen Hügel mit einem rötlichen Hauch, und die Villen und Bungalows reflektierten das Licht der untergehenden Sonne in mattem Orange. Das Geräusch des Windes mischte sich mit dem entfernten Rollen der Dünung, unterbrochen vom zirpenden Gesang der Zikaden in den Büschen rund ums Haus.

Fabio ging neben mir, eine Hand auf meiner Hüfte, als gehörte sie genau da hin. »Ich muss noch mal mit dir reden«, sagte ich.

Er warf mir einen feurigen Blick zu. »Worauf du dich verlassen kannst. Gleich nach dem Abendessen, in Ordnung?«

Dagegen hatte ich nichts einzuwenden, im Gegenteil. Dann blieb mir noch ein bisschen Zeit, eine überzeugende Ansprache vorzubereiten, mit der ich ihm die Vorzüge eines ehrlichen Lebens schmackhaft machen wollte.

Gemeinsam gingen wir nach oben, um zu duschen und uns fürs Abendessen umzuziehen. Es traf sich, dass wir beide gleichzeitig fertig wurden, sodass wir auch zusammen wieder nach unten gehen konnten. Er legte den Arm um meine Schultern und schnupperte an meinem Hals.

»Mhm, du riechst gut. Was ist das?«

Ich wollte ihm gerade erzählen, dass der Name des Parfüms *Rapture* lautete, doch dazu kam ich nicht mehr. Denn in der Halle warteten zwei Überraschungsgäste, die sicher nicht zum Abendessen gekommen waren. Es waren zwei grimmig dreinschauende Carabinieri, und allem Anschein nach hatten sie es auf den Mann meiner

Träume abgesehen. Kaum war Fabio unten angekommen, als sie auch schon auf ihn zustürzten und ihn verhafteten.

Alles ging blitzschnell. Die beiden Polizisten nahmen Fabio in die Mitte und verfrachteten ihn unter lautstarkem italienischen Lamento von beiden Seiten in ihren Streifenwagen, den sie in der Einfahrt neben Agnes' Daimler abgestellt hatten.

Fabio war ziemlich wütend, doch er riss sich zusammen. »Ich bin bald wieder da«, erklärte er, als er an mir vorbeikam.

Daran hatte ich so meine Zweifel, vor allem, als ich Valeries selbstzufriedene Miene sah. Keine Frage, wohin sie ihr heutiger Ausflug mit Heinz geführt hatte: Geradewegs auf die nächste Polizeistation! Kein Wunder, dass sie sich für diesen Abend in ihren signalroten Kaftan geworfen hatte!

Ich hatte keine Zeit mehr, mich richtig von Fabio zu verabschieden. »Sag nichts ohne deinen Anwalt!«, rief ich ihm noch beschwörend hinterher, als die Carabinieri mit ihm abzogen. »Du hast noch nichts getan, sie können dir nichts beweisen! Von mir erfahren sie nichts, keine Angst! Und das mit den Schlaftabletten bleibt unter uns!«

»Das kannst du vergessen«, erklärte Valerie. »Ich hab denen alles erzählt. Glaubst du, ich schaue zu, wie der Typ meine beste Freundin vergiftet und dann eine alte Frau beklaut?«

Ich stöhnte frustriert. »Es war doch höchstens eine kleine Tablette! Und ich bin sicher, dass ich ihm das andere noch hätte ausreden können!«

Bibi gesellte sich zu uns. Sie hatte sich ebenfalls zum Abendessen umgezogen und trug ein mitternachtsblaues Top, das mit zahlreichen Glitzersteinchen bestickt war. Auch ihr sehenswerter Ausschnitt glitzerte; der Busenansatz war mit Glitzerpuder bestäubt. Bibi sah aus, als hätte sie heute noch eine tolle Verabredung. Außerdem stand ihr die Neugier ins Gesicht geschrieben.

»Was war denn hier los? Wieso waren die Bullen da? Und warum fährt Fabio mit ihnen weg? Was für eine Tablette meinst du? Und was wolltest du ihm ausreden?«

»Nichts«, erklärte ich im Brustton der Überzeugung. »Das ist nur reine Routine, sie brauchen da bloß für irgendwas einen Zeugen. Er kommt garantiert gleich wieder.«

Wenig später wurde das Dinner aufgetragen, doch mir war der Hunger vergangen.

»Ich weiß gar nicht, was du hast«, zischte Valerie mir zu. »Sei doch froh, dass es endlich raus ist! Jetzt kann er nichts mehr anstellen, und das ist doch die Hauptsache!«

Sie hatte sich neben mich gesetzt, auf den Stuhl, auf dem sonst Fabio gesessen hatte. Ich fühlte mich elend, wenn ich daran dachte, dass er jetzt ohne Abendessen in einer scheußlichen Gefängniszelle hockte, während wir hier vor einer bis zum Bersten voll gepackten Dinnertafel saßen. Ich quälte mich durch die beiden Vorspeisen – Rucola-Salat mit Shrimps und eine köstliche Bouillabaisse –, doch als der erste Fleischgang aufgetragen wurde, stand ich auf.

»Entschuldigt mich«, sagte ich matt.

Ich ging nach draußen. Valerie folgte mir umgehend.

»Was ist los?«

»Nichts«, sagte ich dumpf.

Sie musterte mich scharf von der Seite. »Oh, Shit. Du hast dich *echt* in den Typ verschossen.«

Es war eine Feststellung, keine Frage.

Dafür hatte ich eine zu stellen. »Wieso musstest du unbedingt zur Polizei gehen?«

»Ich hielt es für eine gute Idee«, verteidigte sie sich. »Schon wegen Heinz. Schließlich ist es seine Lieblingstante. Was erwartest du? Soll er zuschauen, wie sie beklaut wird?«

»Sie ist versichert«, meinte ich lahm.

»Spinnst du? Sie ist uralt! Was ist, wenn der Schock über den Verlust sie umbringt! Vergiss nicht, sie hat diese Klunker von der großen Liebe ihres Lebens bekommen!«

Diesen Aspekt hatte ich bisher nicht bedacht. Mir wurde, wenn möglich, noch elender zumute.

Valerie dagegen hatte ekelhaft gute Laune.

»Er will uns übrigens nach dem Essen was auf der Orgel vorspielen, er hat so eine Art Heimgerät dabei. Aber er sagt, dass es ein erstklassiges Fabrikat ist. Wir haben vorhin schon im Salon ein paar Stühle aufgestellt, da ist die Akustik am besten.«

Mir stand nicht der Sinn nach Heinzens Orgelkünsten, und ich teilte es Valerie mit. Doch damit erwischte ich sie anscheinend an einer sensiblen Stelle, denn sie erklärte mir würdevoll, dass ihr Heinz mitsamt Adelsprädikat und Orgel vom I-Ging geweissagt worden sei.

In dem betreffenden Abschnitt, den sie auswendig hersagen konnte, stand etwas von *Förderlich ist es, dem Edlen zu folgen* beziehungsweise seinen *Tönen zu lauschen* – was immer das schon wieder heißen sollte.

»Hast du mit ihm über Fabio gesprochen?«, wollte ich wissen.

»Was dachtest du denn?«

Ich seufzte. »Was hat er gesagt?«

»Nicht viel. Ich war überrascht, wie gefasst er das alles aufgenommen hat. Als ich ihm sagte, dass ich darauf bestehe, die Polizei einzuschalten, war er zuerst dagegen, er meinte, das würde vielleicht zu viel Aufsehen erregen. Aber ich hab ihm dann erklärt, dass wir unmöglich darauf warten könnten, dass es vielleicht Tote gibt. Da hat er's dann eingesehen.«

Ich runzelte die Stirn. Vorhin hatte ich nicht den Eindruck gehabt, dass Heinz allzu besorgt war. Auch Agnes hatte nicht besonders verstört dreingeschaut. Vielleicht hatte sie aber auch noch gar nicht erfahren, was passiert war. Wobei sich auch gleich die Frage stellte, ob es sie überhaupt interessierte. Es konnte ebenso gut sein, dass es ihr herzlich egal war, was aus ihrem Bademeister wurde.

Dafür würde Bibi mich garantiert mit weiteren Fragen löchern, sie war neugieriger als Lots Weib. Und Henri würde sicher auch wissen wollen, was los war.

Ich hatte kaum an ihn gedacht, als er auch schon auf der Terrasse auftauchte.

»*Alors,* isch 'abe ge'ört, was passiert ist! Die Polizei 'at dies' nette junge Mann abge'olt! Was 'at er getan?«

»Nichts«, sagten Fabio und ich wie aus einem Munde.

Ich fuhr herum. Da stand er, höchstpersönlich. Ohne Handschellen. Ein freier Mann.

»Fabio!«, rief ich glücklich aus. Und ohne Rücksicht darauf, ob jemand von den anderen es sah, warf ich mich in seine Arme. »Sie haben dich freigelassen! Hattest du einen guten Anwalt?«

»Wahrscheinlich eher gute Ausreden«, sagte Valerie. Sie

warf ihm ergrimmte Blicke zu, die er indessen ebenso grimmig zurückgab.

Die beiden maßen einander mit funkelnden Augen, und es war Valerie, die als Erste zur Seite schaute und sich abwandte. »Ich will den Nachtisch nicht verpassen, es soll was Flambiertes geben«, meinte sie leichthin, während sie wieder ins Haus ging. Henri folgte ihr, wobei er uns neugierige Blicke über die Schulter zuwarf.

Ich schmiegte mich an Fabios Seite. Seine Wärme war beruhigend. Ich fühlte mich wie nach einer langen Trennung. »Ich bin froh, dass es gut ausgegangen ist!«

»Ich auch«, sagte Fabio lapidar.

»Weißt du, im Prinzip ist es vielleicht nicht schlecht«, sinnierte ich.

»Was?«

»Dass sie dich verhaftet haben. Ich meine, betrachte es doch einfach als Fingerzeig des Schicksals. Als letzte Warnung sozusagen. Okay, du musst natürlich jetzt hier weg, alles andere wäre idiotisch, aber dafür …«

»Ich denke gar nicht daran«, unterbrach er mich. »Und abgesehen davon muss ich dringend mit dir reden. Ich brauch mal deine Hilfe …«

Ich machte mich von ihm los. »Du willst es trotzdem noch durchziehen? Mit *meiner* Hilfe!?? Das kann nicht dein Ernst sein!« Entsetzt starrte ich ihn an.

Er fuhr sich mit beiden Händen durch die Haare, dann warf er in einer verzweifelten Geste die Arme hoch. »Jenny, ich glaube, hier läuft irgendwas total quer!«

»Das kann man wohl sagen!«, rief ich wütend. »Du bist wirklich unbelehrbar! Hoffentlich knasten sie dich beim nächsten Mal richtig ein! Du verdienst es ja nicht besser!«

Ich drehte mich auf dem Absatz um und ließ ihn stehen. Wütend rannte ich durch die offene Terrassentür zurück in den Speisesaal, wo die anderen gerade unter lauten *Aaahhhs* und *Ooohhhs* vor ihren brennenden Desserts saßen. Ich gönnte der Tafelrunde keinen zweiten Blick, sondern lief stattdessen weiter, in die Halle und von dort aus nach oben in mein und Valeries Zimmer. Ich verriegelte die Tür und warf mich schluchzend aufs Bett.

Fabio war mir gefolgt. Er hämmerte gegen die Tür. »Jenny, mach mir bitte auf! Wir müssen uns unterhalten!«

»Lass mich!«, brüllte ich zurück. »Ich will nichts mehr mit dir zu tun haben! Bei dir ist doch Hopfen und Malz verloren! Du bist … bist … bist …« Ich suchte krampfhaft nach einem Wort, das seinen miesen Charakter angemessen beschrieb, doch mir fiel auf die Schnelle nichts Besonderes ein. Deshalb sagte ich gar nichts mehr, sondern vergrub nur mein Gesicht im Kopfkissen, um weiterzuheulen. Fabio klopfte noch zwei-, dreimal, gab es dann aber auf und ließ mich in Ruhe. Von unten tönten wimmernde Orgeltöne durchs Haus, es klang wie in meinen schlimmsten Hochzeitsalbträumen. Ich entschied, den Rest des Abends hier oben zu verbringen und meine Wunden zu lecken.

Irgendwann musste ich wohl eingeschlafen sein, denn mit einem Mal war ich wieder in der Kirche, und neben mir stand, wie könnte es auch anders sein, mein Exverlobter und Fast-Ehemann Leo. Doch der Traum nahm diesmal einen völlig anderen Verlauf als sonst.

Leo wirkte heute auf tückische Weise fröhlich. Er bedachte mich mit einem Lächeln, das entschieden zu viele Zähne sehen ließ.

»Diesmal entkommst du mir nicht«, erklärte er liebenswürdig.

»Oh, bitte, das kann ich jetzt nicht schon wieder ertragen«, stöhnte ich. »Ich sage es dir zum letzten Mal: Ich will dich nicht heiraten!«

»Überleg es dir gut!«

»Das hab ich. Ich sage *Nein* und dabei bleibt es. Und jetzt geh ich.«

»Wirklich? Das hab ich mir gedacht. Deshalb hab ich diesmal vorgesorgt. Ich habe eine Geisel!«

Höhnisch zog er etwas hervor, das er die ganze Zeit hinterm Rücken versteckt gehalten hatte: Es war ein Hamsterkäfig, und darin hockte Fridolin.

Rette mich!, schienen seine entsetzt aufgerissenen Äuglein zu flehen.

»Na, was sagst du dazu?«, fragte Leo gut gelaunt.

Mist! Das hatte mir gerade noch gefehlt! Jetzt musste ich diesen Widerling doch noch heiraten!

»Na gut«, sagte ich tapfer. »Ich tu's. Aber es ist Erpressung. Ich mach es nur, weil ich meinen Hamster liebe.«

»Manche Menschen muss man zu ihrem Glück zwingen.« Leo nahm meinen Arm. »Komm, die anderen warten schon. Und dann geht's auf Hochzeitsreise.« Sein Lächeln nahm einen lüsternen Ausdruck an.

Mühsam beherrscht blickte ich ihn an. »Willst du etwa auch … Sex?«

»Jede Menge«, sagte Leo grinsend.

»Aber ich werde dir keinen Orgasmus mehr vorspielen!«, rief ich triumphierend.

Plötzlich wurde mit lautem Krachen das Kirchenportal aufgestoßen, und Fabio kam hereinmarschiert. Genauer gesagt, sein Pferd. Er selbst saß im Sattel, von

Kopf bis Fuß in eine schimmernde Rüstung gehüllt. Das Visier seines Helms war hochgeklappt, sodass sein Gesicht zu sehen war. Es verhieß nichts Gutes. Der Blick in seinen stahlblauen Augen war Unheil verkündend. Sämtliche Hochzeitsgäste drehten sich zu ihm um. Überall ertönten Ausrufe der Überraschung.

Ein Ritter war zu meiner Rettung herbeigeeilt! Es war wie in einem Traum!

Dann machte ich mir klar, dass es ja sowieso ein Traum war. Die Hufe des schneeweißen Rosses hallten zwar abnorm laut auf dem Marmor des Kirchenfußbodens, doch gleich würde wieder irgendetwas völlig Absurdes passieren, und ich würde aufwachen.

Doch ich wachte schon vorher auf. Schweißgebadet fuhr ich im Bett hoch. Die Hufe des Streitrosses donnerten immer noch in meinen Ohren. Es klang tatsächlich so, als befände es sich ganz in meiner Nähe, ja, mir schien fast, als galoppierte es den Gang entlang!

Dann wurde mir klar, dass jemand an die Tür trommelte.

16. Kapitel

»Mach auf!« Das war Valeries Stimme. Du lieber Himmel, ich hatte ganz vergessen, die Tür wieder aufzuschließen! Wie der Blitz war ich aus dem Bett gesprungen und hatte den Riegel zurückgeschoben.

»Tut mir Leid«, sagte ich verschlafen.

»Macht nichts. Ich bin gleich wieder weg.«

»Wieso? Was hast du vor?« Ich schaute auf meine Armbanduhr. Es war fast Mitternacht.

Valerie wühlte in ihrem Rucksack und zog ein Nichts von einem seidenen Nachthemdchen hervor. Solche Dinger trug sie nur dann, wenn sie mit einem Mann ins Bett ging.

»Du willst doch nicht etwa …«

Sie wollte doch. Schnippisch setzte sie mich davon in Kenntnis, dass Heinz ein super Typ sei. Sein miserables Orgelspiel, seine Tollpatschigkeit und sein enormer Überbiss waren in Valeries Augen keineswegs Gründe, seine Fähigkeiten als Liebhaber anzuzweifeln.

»Hat er dich denn überhaupt schon geküsst?«, wagte ich zu fragen.

Sie schnappte sich ihr Beautycase. »Und ob. Vorhin im Garten. Es war toll.«

Dem hatte ich nichts entgegenzusetzen. Sprachlos schaute ich ihr hinterher, als sie im Bad verschwand.

»Bis morgen!«, rief sie mir noch über die Schulter hinweg zu. »Schlaf schön!«

Ich wandte mich ab und wollte gerade die Tür hinter mir zuziehen, als ein Männerfuß im Spalt erschien. Gleichzeitig griff eine Hand nach meinem Arm.

Ich gab ein erschrockenes Quietschen von mir, doch das schien Fabio nicht weiter zu stören. Ungerührt schob er mich zurück ins Zimmer, kam hereinspaziert und schloss die Tür hinter sich ab.

»Und jetzt wird geredet«, sagte er.

Ich riss mich los und ging rückwärts, beide Hände abwehrend ausgestreckt. »Komm mir nicht mit irgendwelchen Rechtfertigungen. Ich will das nicht mehr hören!«

Ich hatte vergessen, wie klein das Zimmer war. Es fiel mir erst wieder ein, als ich mit den Kniekehlen gegen die Kante meines Bettes stieß. Aber da war es schon zu spät. Ich fiel rücklings in die Kissen, und Fabio war mit zwei Schritten bei mir.

»Sorry, dieser Einladung kann ich nicht widerstehen«, sagte er. Und lag im nächsten Moment der Länge nach auf mir!

»Schlag dir das aus dem Kopf!« Erzürnt versuchte ich, ihn von mir zu schieben.

Doch er war zu schwer. Köstlich schwer …

Er neigte den Kopf, und seine Lippen fanden eine extrem empfindliche Stelle an meinem Hals. Ich schnappte nach Luft. »Wir wollten doch reden«, meinte ich kläglich.

»Das tun wir ja«, murmelte er gegen mein Ohr. Plötzlich war sein sonst kaum merklicher italienischer Akzent viel deutlicher zu hören als vorher. »Und zwar hinterher.« Dann biss er zärtlich in mein Ohrläppchen. Ein Schauer durchrieselte mich, als seine Hände sich unter meine Bluse schoben. Ich trug immer noch die Sachen, die ich zum Abendessen angezogen hatte. Fabio fand zielsicher alle Knöpfe und öffnete sie mit der Fingerfertigkeit des langjährigen Juwelendiebs.

»Wie heißt dieses Parfum noch gleich?«, flüsterte er, den Mund zwischen meinen Brüsten vergraben.

»R ... R ... Rapture«, brachte ich keuchend heraus.

»Wie passend«, stöhnte er erstickt.

Und dann sagten wir beide eine ganze Weile gar nichts mehr.

Als ich irgendwann aus dem Universum zurück auf die Erde trudelte, so leicht und so locker wie eine Daunenfeder, hielt er mich immer noch fest umschlungen.

»Das war wirklich höchste Zeit«, sagte Fabio. Sein Atem blies gegen die feinen Härchen an meiner Schläfe und erzeugte einen angenehmen Luftzug. »Ich bin verrückt nach dir, hab ich dir das schon gesagt?«

»Jetzt hast du's.« Ich gab ein zufriedenes Seufzen von mir.

Innerlich sang ich ein Loblied auf Hildegard, weil sie mich zu diesem Arbeitsurlaub gezwungen hatte! Und auf meine Eltern, weil sie vor dreißig Jahren in dieser wunderschönen Gegend ein Haus gekauft hatten. Und auf Heinz, der mich als Reiseführerin engagiert hatte. Und auf Agnes, weil sie mir dieses Zimmer gegeben hatte, in dem ich soeben den besten Sex meines Lebens gehabt hatte!

Doch kaum hatte ich an Agnes gedacht, fiel mir all das wieder ein, was mich vorhin noch so grenzenlos erbost hatte. Ich stemmte mich von Fabios breiter Bademeisterbrust weg und richtete mich auf.

Er wertete das sofort richtig. »Jenny, bevor du wieder anfängst, mir wegen irgendwelcher Dinge den Kopf abzureißen, hörst du mir mal eine Minute zu, ja?«

Er räusperte sich und zog mich wieder an sich.

»Ich hab den Eindruck, dass es da ein ganz enormes Missverständnis zwischen uns gibt. Dieses Gerede mit dem Anwalt … Dass ich meine Pläne aufgeben und von hier verschwinden soll … Kann es sein, dass du eine völlig falsche Vorstellung von dem hast, was ich hier zu tun habe?«

»O nein«, sagte ich grimmig. »Ich hab vom ersten Tag an gewusst, was du hier machst. Als du mit deiner Schwester telefoniert hast – wenn es wirklich deine Schwester war –, hast du's ja laut und deutlich rausposaunt! Ihr braucht das Geld bis Mittwoch, und du lässt dir von niemandem in die Suppe spucken. Und Heinz und die anderen willst du notfalls mit Schlaftabletten oder Schlägen auf den Kopf außer Gefecht setzen. Und natürlich alles nur, damit du dir ganz ungestört die Juwelen unter den Nagel reißen kannst.«

Fabio gab ein unterdrücktes Stöhnen von sich. »Ich hab's geahnt. Jetzt ergibt alles einen Sinn!«

»Was?«, fragte ich argwöhnisch.

»Na … alles.« Er schlug sich mit der flachen Hand gegen die Stirn. »Gott, war ich dämlich! Wieso ist mir das nicht eher aufgefallen? Dieses ständige Generve von dir wegen Agnes! Das Getue um die Juwelen!«

»Könntest du mich vielleicht an deinen Erkenntnissen teilhaben lassen?«, fragte ich spitz.

»Klar. Willst du die kurze oder die lange Version hören?«

»Bitte so kurz wie möglich.«

»Na schön. Vier Worte. Sperr die Ohren auf.«

»War das die Erklärung?«

»Nein. Die kommt jetzt: Ich – bin – kein – Juwelendieb.«

Misstrauisch versuchte ich, in der Dunkelheit seinen Gesichtsausdruck zu erkennen. »Was soll das jetzt schon wieder für ein Trick sein?«

Er seufzte abermals. »Jenny, ich bin ein Detektiv. Einer von den Guten.«

Ich entwand mich seinen Armen und setzte mich ruckartig auf. »Moment mal. Das denkst du dir jetzt gerade aus!«

»Nicht die Spur. Ich kann dir meinen Ausweis zeigen, und ein Autorisierungsschreiben von der Versicherung. Das hab ich heute bei der Polizei auch gemacht. Und denen erzählt, was wirklich los ist. Was glaubst du, warum die mich so schnell wieder haben laufen lassen?«

»Ich glaub dir kein Wort! Denn wenn es wahr wäre – wieso hast du mir dann die ganze Zeit vorgemacht, dass du die Juwelen klauen willst?«

»Wann hab ich das getan?«

Ich dachte nach. Ja, wann? Das war eine gute Frage. Ich zermarterte mir den Kopf, was genau er zu diesem Thema gesagt hatte, doch so sehr ich auch grübelte, ich konnte mich an keine einzige Gelegenheit erinnern, bei der Fabio direkt eingeräumt hätte, Agnes beklauen zu wollen. Ich hatte nur jede seiner Äußerungen in diesem Sinne ausgelegt.

»Das fasse ich einfach nicht«, klagte ich. »Und ich blöde Kuh hab noch extra so getan, als wollte ich den Schmuck klauen!«

»Und ich hab's zuerst wirklich geglaubt. Ich war genauso blöd.« Er betrachtete mich neugierig. »Wieso hast du das überhaupt gemacht?«

»Weil ich dachte, dass du vielleicht eine Komplizin brauchen könntest. Auf dem Wege wollte ich Einzelheiten über den Coup rausfinden. Und ihn dann irgendwie verhindern.«

»Sehr clever. Und wir haben es echt geschafft, Tage lang dauernd aneinander vorbeizureden.«

Dann erzählte er mir die lange Version.

Fabio war das, was man einen Berufsschnüffler nannte. Er war der Inhaber eines aufstrebenden jungen Unternehmens in Frankfurt, das sich hauptsächlich mit der Aufklärung von Industriespionage, Computerhacking, Rückführungen von geklauten Luxuskarossen aus dem Ausland, Versicherungsbetrug und Kartellverstößen befasste. Seine Kunden rekrutierten sich sowohl aus der Wirtschaft als auch aus dem Banken- und Versicherungswesen, und hin und wieder erhielt er sogar einen Regierungsauftrag. Seine Firma bestand aus drei Leuten, nämlich ihm selbst, seiner Schwester und einem weiteren Partner.

Der derzeitige Auftrag war von einer Versicherung gekommen, und zwar von der Gesellschaft, bei der Agnes' Juwelen versichert waren. Nach dem Überfall vor zwei Monaten hatte die Versicherung wahlweise die Erfüllung verschärfter Sicherheitsauflagen oder eine drastische Erhöhung der Prämie angeordnet.

Agnes hatte sich für die Sicherheitsauflagen entschieden. Also waren in ihrer Villa in Hamburg eine verbesserte Alarmanlage und bessere Schlösser eingebaut worden, ebenso wie hier in ihrem Feriendomizil an der Adria. Außerdem hatte die Versicherung Fabio als Sicherheitsbeauftragten abgestellt und Agnes empfohlen, ihn für die Zeit ihres Urlaubs zu engagieren.

»Und sie hat sich freiwillig damit einverstanden erklärt?«, fragte ich zweifelnd. Ich konnte mir nicht vorstellen, dass sie überhaupt imstande war, mehr als drei Wörter zu einem derart komplexen Thema zu äußern.

Doch Agnes war nicht nur damit einverstanden gewesen, sie hatte Fabio sogar eine Erfolgsprämie in Aussicht gestellt, wenn er den Diebstahl bis zum Ende des Urlaubs verhinderte. Und zwar in einer Größenordnung, die für Fabios Firma zum momentanen Zeitpunkt den Unterschied zwischen Fortbestehen und Ruin bedeutete. Es handelte sich um sage und schreibe dreißigtausend Euro.

»Die Geschäfte liefen eine Zeit lang sehr gut«, erzählte er. »Aber jedes Unternehmen hat zwischendurch Durststrecken zu überwinden, vor allem am Anfang. Wir haben viel investiert und hätten auch ohne große Probleme so weitermachen können wir bisher, doch dann ist einer unserer Hauptauftraggeber Pleite gegangen. Und kurz darauf sind uns die Büroräume gekündigt worden. Aber das Schlimmste war, dass gleichzeitig mein Partner krank wurde.«

»Also nicht deine Schwester«, sagte ich erleichtert. »Steht es schlimm um deinen Partner? Wird die Operation sehr teuer?«

»Er ist auf dem Weg der Besserung«, meinte Fabio trocken. »Es war eine Gelbsucht.«

»Ach so«, sagte ich lahm.

»Jedenfalls konnte er mehr als drei Monate lang nicht arbeiten, weil er die meiste Zeit davon auf der Intensivstation verbringen musste. Da er in unserer Firma für den Bereich Computer- und Wirtschaftskriminalität zuständig ist, fehlten uns bald wichtige Aufträge und damit unverzichtbare Einnahmen. Unsere Kredite fingen an zu wackeln. Die Banken haben uns Zahlungsziele gesetzt. Der neue Auftrag mit dieser fetten Prämie kam uns gerade recht, um das Platzen eines Darlehens zu verhindern.«

»Und der letzte Termin dafür ist Mittwoch«, schlussfolgerte ich.

Fabio nickte. »Gut gelauscht, Schätzchen.«

»Aber was ich nicht verstehe – wie war das, als Agnes dir den Auftrag erteilt hat? Ich meine, hat sie da richtig mit dir *gesprochen*?«

Fabio lachte leise. »Du hast es immer noch nicht gemerkt, oder?«

»Was denn?«

»Dass sie schwerhörig ist.«

»Na ja … so direkt nicht«, räumte ich ein.

»Sie trägt normalerweise ein Hörgerät und kann dann auch ausgezeichnet reden. Aber im Urlaub will sie ihre Ruhe haben. Im wahrsten Sinne des Wortes.«

»Du meinst, sie setzt es einfach nicht ein und versteht dann nichts? Und redet deshalb auch so gut wie nichts?«

»Du hast es erfasst. Die meiste Zeit verzichtet sie darauf. Ich glaube, sie setzt es nicht mal für die Tanzstunden ein. Henri hat sich mal beschwert, dass sie seinen Anweisungen nicht folgen will.«

Unvermittelt fielen mir die extrem lauten Aerobicstunden ein. Und ich dachte daran, wie Bibi das eine oder andere Mal förmlich geschrien hatte, um Agnes irgendetwas mitzuteilen. Außerdem war mir jetzt auch klar, warum die Alte beim Sprechen so komisch krächzte. Sie hörte vermutlich ihre eigene Stimme nicht richtig.

Ich kicherte. »Und ich hab sie für total abgedreht gehalten.«

»Nun, sie ist total abgedreht, so oder so. Sonst würde sie ja nicht ständig die Juwelen mit sich rumschleppen. Aber das ist ihr gutes Recht. Die Versicherung kann es nicht verbieten. Nicht, solange sie ihre Prämien bezahlt.«

Fabio erzählte, dass Agnes ihm mit Zustimmung der Versicherung den Auftrag bereits vor Antritt der Reise erteilt hatte und dass dabei auch besprochen worden sei, dass jemand aus ihrem engeren Umfeld für den versuchten Diebstahl infrage käme. Niemand der von ihr Verdächtigten wusste von dieser besonderen Vorsichtsmaßnahme, auch Heinz nicht.

»Sie traut nicht mal ihrem eigenen Neffen über den Weg«, sagte Fabio. »Und ich auch nicht, nebenbei bemerkt. Nicht, nachdem ich seine Vorgeschichte kenne. Seine Tante hält ihn ziemlich kurz, und mit dem Orgelspiel lässt sich wohl schwerlich kaum was verdienen. Jedenfalls nicht mit dieser Technik.«

»Und dann ist ja noch die Geschichte mit seiner dominanten, geldgeilen Frau«, sagte ich.

»Du weißt davon?«

»Ich hab so meine Quellen«, bemerkte ich geheimnisvoll. Ich malte mit ausgestrecktem Zeigefinger Kringel auf Fabios nackten Bauch, was ihm ein lüsternes Brummen entlockte.

Nachdenklich fragte ich: »Aber wenn er vorhätte, seiner Tante die Juwelen zu klauen – wieso hat er mir dann diesen Job gegeben? Es kann doch nicht in seinem Sinne sein, wenn sie den ganzen Tag weg ist!«

»Er hat ein Auge auf deine Freundin geworfen.«

»Hm. Das beruht dann ja wohl auf Gegenseitigkeit. Aber wann will er es denn tun? Ich meine, wenn Agnes nicht da ist und er außerdem den ganzen Tag über mit Val rumschäkert … Wie soll das gehen?«

Fabio zuckte die Achseln. »Was weiß ich. Kann sein, dass er es überhaupt nicht hier im Urlaub tun will, nicht bei diesem Auftrieb im Haus. Ich bin ja ständig in ihrer Nähe. Sogar morgens, zu diesen vermaledeiten Aerobicstunden.«

»Was ist mit den Nächten? Könnte sich da nicht jemand in ihr Zimmer schleichen?«

»Das ist mit modernster Technik ausgestattet. Ich hab mich selbst drum gekümmert. An der Tür sind Bewegungssensoren angebracht, die nur von innen ausgeschaltet werden können. Falls jemand versucht, von außen die Tür aufzumachen, ist der Alarm so laut, dass Tote davon wach werden. Außer mir und Agnes weiß niemand davon. Ich hab es so eingerichtet, dass es kein Mensch mitbekommen hat. Ich könnte ja sonst nachts hier kein Auge zumachen. Oder ich müsste bei Agnes im Zimmer pennen. Aber danach steht mir nun nicht gerade der Sinn. Nicht, wenn ich hier mit dir im Bett liegen kann.« Er drehte mir sein Gesicht zu. »Hab ich dir schon gesagt, dass du hochgehst wie eine Rakete, wenn man bei dir die richtigen Treibsätze zündet?«

»Nein, aber es klingt himmlisch.«

Ich räkelte mich genießerisch und achtete darauf, dabei so viel wie möglich von Fabios nackter Haut an meiner zu spüren. Was war ich froh, dass er nun doch kein Gauner war. Ich hätte vor Glück laut jubeln mögen!

Mir fiel ein, dass ich noch mit ihm über das Schlafmittel reden musste, das irgendjemand mir vorgestern eingeflößt hatte, doch dann beschloss ich, es auf später zu verschieben. Manche Dinge hatten Zeit, andere nicht …

Mein Zeigefinger wanderte tiefer. Fabios Brummen wurde zu einem Stöhnen, und es klang sehr, sehr erregt.

»Mhm, was tust du da, du schlimmes Mädchen?«

»Wonach fühlt es sich denn für dich an?«, fragte ich frech.

»Nach mehr!« Er packte mich, wälzte mich auf den Rücken und warf sich auf mich. »Bist du bereit zur zweiten Runde?«

»Nicht so schnell!« Ich schlängelte mich unter ihm hervor, schubste ihn zurück in die Kissen und hockte mich rittlings auf ihn. »Ich war vorhin noch nicht fertig.«

»Womit?«

»Damit.«

Ich rutschte an ihm entlang nach unten zwischen seine Schenkel und äugte lasziv an ihm hoch. Seine Augen glühten in der Dunkelheit wie von innen heraus, und seine Zähne schimmerten weiß. Seine Brust glänzte vor frischem Schweiß, und weiter unten ragte mir schon der Teil seines Körpers entgegen, auf den ich es abgesehen hatte.

»Ooohhh!« Er keuchte laut, als ich das tat, wonach mir schon die ganze Zeit der Sinn gestanden hatte.

»Jenny! Ich … Aaahhh! Jaaa!« Er vergrub seine Hände in meinen Haaren und wühlte darin herum, während ich mich hingebungsvoll als besonders begabte Geisha betätigte.

Sein Keuchen wurde lauter, es konnte nicht mehr viel fehlen, und es würde genau das passieren, worauf wir beide mit jeder Berührung und jedem Atemzug hinarbeiteten.

Doch es passierte etwas völlig anderes, etwas, womit wir beide nicht im Geringsten gerechnet hatten.

Der Alarm ging los.

Ob es tatsächlich so laut war, dass Tote davon hätten erwachen können, war schwer zu sagen. Jedenfalls war es laut genug, um Fabios Begierde binnen Sekundenbruchteilen zum Erlahmen zu bringen, buchstäblich. Er war so schnell aus dem Bett, dass ich es gar nicht richtig mitbekam. Während er schon nach seiner Unterhose hangelte, lag ich immer noch da, beide Hände in der Luft, wie um eine unsichtbare Eistüte gelegt.

Der Alarm gellte weiter durch das nächtliche Haus. Ich erwachte umgehend aus meiner Erstarrung und wälzte mich ebenfalls aus dem Bett.

»Meine Güte, das ist ja wirklich wahnsinnig laut!«, stieß ich hervor, während ich mir das nächstbeste Kleidungsstück überstreifte, dass ich in der Eile finden konnte. Es war Fabios T-Shirt, doch darauf konnten wir in der Hektik keine Rücksicht nehmen. Fabio schlüpfte in seine Jeans, dann rannte er mit nacktem Oberkörper auf den Gang hinaus, und ich folgte ihm auf dem Fuße. Rechts und links gingen weitere Türen auf, und verschlafen steckten die Bewohner des Hauses ihre Köpfe heraus.

Die Türe zu Agnes' Zimmer am Ende des langen Flurs stand sperrangelweit offen. Agnes selbst stand im Türrahmen, das graue Haar wie Eisenwolle nach allen Seiten abstehend. Ein viel zu weites Flanellnachthemd, mit ähnlich unsäglichem Blumendekor bedruckt wie ihre Tageskleider, schlotterte um ihren mageren Körper. Sie hatte ihr Gebiss abgelegt, trug aber dafür noch alle ihre Juwelen. Außerdem hatte sie ihr Hörgerät eingesetzt, jedenfalls schloss ich das aus ihren nächsten Worten, die zwar wegen des fehlenden Gebisses ziemlich nuschlig klangen, aber längst nicht so krächzend und unmoduliert wie sonst.

»Irgendwas stimmt in diesem Haus nicht. Es treiben sich Leute rum, die hier nichts verloren haben. Ich bestehe darauf, dass sich sofort jemand darum kümmert!«

Sie warf Fabio einen bohrenden Blick zu, dann unterzog sie mich näherer Betrachtung. Der Ausdruck in ihren Augen verhieß nichts Gutes. Ich trat unauffällig einen Schritt zur Seite und versuchte, mich hinter Fabios breitem Kreuz zu verstecken. Anscheinend hatte er seinen Job vernachlässigt. Zum Glück war nichts passiert! Agnes war wohlauf, und sie hatte all ihre Juwelen noch umhängen.

Sie schnaubte ein letztes Mal verächtlich in die Runde, dann pulte sie ihr Hörgerät aus dem linken Ohr und stapfte zurück in ihr Schlafzimmer. Fabio folgte ihr eilig. Ich schaute mich auf dem Gang um. Die anderen waren mittlerweile aus ihren Zimmern gekommen und äugten teils verschreckt, teils verschlafen in die Runde. Heinz und Valerie standen nebeneinander und musterten mich konsterniert. »Was war denn los?«, wollte Valerie wissen. Sie trug ihr neckisches Seidennegligé, doch ansonsten ließ nichts an ihrem Äußeren darauf schließen, dass sie Sex gehabt hatte. Sie sah aus, als hätte sie tief und fest geschlafen. Ebenso wie Heinz. Er trug einen geschmackvoll gestreiften Seidenpyjama und machte einen ziemlich verwirrten Eindruck. Henri, der in schlabbrigem Feinripphemd nebst stilistisch dazu passender Unterhose völlig die gewohnte Eleganz vermissen ließ, wirkte dagegen sehr aufgebracht.

»Isch 'abe gleisch gesagt, dass das nischt in Ordnung ist, irgendwelsche Fremden 'ier aufzunehmen.« Seine vorwurfsvollen Worte richteten sich an Bibi, die soeben vollständig angezogen aus ihrem Zimmer kam. Sie war nicht allein. Jemand war bei ihr, ein großer, vierschrötiger Typ mit kahl rasiertem Schädel und breitem Grinsen. Mit seinem Muscle-Shirt und den engen Jeans sah er aus wie ein viel gefragter Türsteher oder ein besonders umtriebiger Zuhälter.

Bibi hatte sich an seine Seite geschmiegt, als hätte sie jemand dort hingeklebt. Ihr Glitzer-Make-up war etwas verschmiert, doch abgesehen davon sah sie gut aus. Keine Spur von blauen Flecken oder gebrochenen Knochen.

Sie lächelte lieblich. »Darf ich vorstellen? Das issst mein Verlobter Berthold. Er ist heute noch ganzzz spät angekommen.« Sie wandte sich an mich, und ihr Lächeln wurde, wenn möglich, noch strahlender. »*Dein* Verlobter ist übrigens auch noch ganzzz spät angekommen, Berthold und er kamen praktisch gleichzeitig. Ich hab ihm einfach das letzte freie Zimmer gegeben.« Sie deutete auf eine Tür vorn bei der Treppe, die sich soeben öffnete. Und dann erschien ein Überraschungsgast, bei dessen Anblick sich mir ein dumpfer Schreckenslaut entrang.

»Guten Abend, Jennifer«, sagte Leo.

17. Kapitel

Der Rest der Nacht verlief bei weitem nicht so erfreulich wie ihr Anfang. Irgendwie gelang es mir, mich vor Leo in Sicherheit zu bringen, bevor es zum Eklat kommen konnte. Ich verschwand einfach in meinem Zimmer und verriegelte die Tür.

Wie nicht anders zu erwarten, begann Leo sofort mit seinen Tiraden. »Mach die Tür auf! Ich muss dich sprechen, Jenny!«

»Jetzt nicht! Ich bin müde! Hast du mal auf die Uhr geguckt? Es ist gleich zwei!«

Anscheinend hatte ich das richtige Argument gefunden, denn nach einem kurzen Schweigen meinte er: »Na gut. Dann eben morgen.«

Zwei Minuten später klopfte es abermals.

»Jetzt nicht!«, rief ich wütend.

»Lass mich rein«, sagte Valerie.

Ich machte ihr die Tür auf. »Was ist los? Willst du jetzt doch hier schlafen?«

»Wenn du nichts dagegen hast.«

Ich seufzte abgrundtief. Mir stand sowieso nicht mehr der Sinn danach, mit Fabio da weiterzumachen, wo wir aufgehört hatten. Jedenfalls nicht mehr in dieser Nacht. Nicht, wenn Leo nur zehn Meter von mir entfernt pennte.

Seufzend legte ich mich ins Bett und zog die Decke

bis zum Kinn hoch. Das Laken roch noch nach Fabios prächtiger Männlichkeit. Hoffentlich würde ich wenigstens von ihm träumen! Wütend fragte ich mich, wie Leo rausgekriegt hatte, wo ich war. Ob meine Eltern es ihm verraten hatten? Oder hatte er sich ganz einfach nur in der Nachbarschaft durchgefragt?

Es klopfte leise an der Tür. »Jenny?«, rief Fabio leise.

»Du musst woanders schlafen«, beschied Valerie ihn rüde.

Anschließend schlüpfte sie wortlos ins Bett.

Stille, dann Fabio: »Na schön. Gute Nacht, die Damen.« Und dann, zärtlich: »Schlaf schön, Jenny.«

»Warte«, rief ich.

»Was ist?«, kam es gedämpft zurück.

»War es ein Fehlalarm?«

»Ich weiß noch nicht. Das sag ich dir morgen.«

»Na gut. Schlaf schön!«

Valerie machte einen niedergeschlagenen Eindruck. Ihr Anblick lenkte mich von meinen eigenen Problemen ab. »Was war denn mit dir und Heinz?«

Sie zog ihr Astrologiebuch unterm Kopfkissen hervor und fing an zu blättern. »Ich verstehe es nicht«, sagte sie verzweifelt.

»Was denn?«

»Wie mir das entgehen konnte!«

»Was denn?«

Sie gab keine Antwort, sondern suchte weiter nach astrologischen Weisheiten.

»Val, was war denn los?«

»Das willst du nicht wirklich wissen.«

»Doch«, protestierte ich.

Sie blickte mit waidwunder Miene auf.

»Er wollte, dass ich grob zu ihm bin.« Sie legte das Buch weg. »Ich geb's auf. Ich such mir ein anderes Steckenpferd. Vielleicht sollte ich anfangen zu nähen oder zu kochen oder mir Rollschuhe kaufen. Gute Nacht.« Sie knipste die Wandlampe über ihrem Bett aus und drehte sich zur Seite, weg von mir.

Ich war zwar mittlerweile ebenfalls ziemlich müde, doch an Schlafen war natürlich jetzt kein Denken. Von schierer Neugierde beflügelt, setzte ich mich auf.

»Hatte er Handschellen? Oder eine Peitsche?«

»Ich sag kein Wort mehr.«

»Bist du etwa sauer auf mich?«

»Sauer?« Valerie boxte verärgert in ihr Kopfkissen. »Ich wollte zurück in mein Bett, es ging aber nicht, weil du mit diesem Gangster zugange warst!«

»Oh«, sagte ich betreten.

»Wie war er?«

Ich schloss verklärt die Augen. »Phänomenal. Grandios. Wahnsinn!«

Das schien sie noch mehr zu erbittern. »Na toll. Ich war gezwungen, wieder zu Heinz zu gehen und ihn zu bitten, mich auf seinem Sofa schlafen zu lassen. Zum Glück hat er zwei Zimmer.«

»Das Beste hab ich dir ja noch gar nicht erzählt«, sagte ich eifrig.

»Wenn es mit der Länge seines Dings zusammenhängt, will ich's gar nicht wissen.«

»Nein, nein. Halt dich fest: Er ist überhaupt kein Dieb!«

Rasch setzte ich sie über all die umwerfenden Neuigkeiten in Kenntnis, doch nicht einmal das schien sie aus ihrer Trübsal reißen zu können. Sie hörte gar nicht richtig hin.

»Vielleicht bin ich ja einfach nur zu konservativ«, meinte sie frustriert. »Wie kann ich etwas ablehnen, das ich gar nicht aus eigener Anschauung kenne? Womöglich muss ich es ja nur mal ausprobieren. Was meinst du?«

»Äh … was?«, fragte ich vorsichtig.

Doch sie schnaubte nur.

»Wenn ich nur wüsste, wie ich mir Leo morgen vom Hals halten soll«, sagte ich bedrückt.

»Uns wird schon was einfallen.« Sie gähnte. »Warum überlässt du es nicht einfach Fabio? Wenn er Detektiv ist, kann er bestimmt Karate oder so was.«

Daran hatte ich noch gar nicht gedacht. Wenn Leo erst rauskriegte, dass ich auf einmal einen leibhaftigen Lover hatte, würde er ausrasten!

Das konnte ja heiter werden! Plötzlich wünschte ich mir mehr als alles auf der Welt, dass dieser merkwürdige Urlaub schon zu Ende wäre.

Am nächsten Morgen wurde ich wie immer von Bibis ohrenbetäubender Aerobicmusik geweckt. Schlaftrunken kämpfte ich mich aus dem Bett, drückte die Fensterläden auf und lugte nach unten auf die Terrasse. Bibi hopste im Licht der eben aufgegangenen Sonne hin und her und brüllte dabei Agnes ihre Anweisungen zu. Agnes verrenkte sich vorschriftsmäßig und zeigte dabei erstaunlich wenige Ermüdungserscheinungen. Ich fragte mich wieder einmal, wie ein Mensch in ihrem Alter so unglaublich fit sein konnte. Aber es war anscheinend alles eine Frage der Übung. Wahrscheinlich hatte sie zeitlebens dafür gesorgt, nicht außer Form zu kommen.

Valerie schlief noch. In der Nacht war ich ein paar

Mal hochgeschreckt, weil sie im Traum geredet hatte, lauter wirres Zeug, in dem es um Fesseln, Leder und Nieten ging. Ich beschloss, sie in Ruhe ausschlafen zu lassen, obwohl mir der Gedanke, allein zum Frühstück runter zu müssen, gründlich missfiel. Ich würde dort zwangsläufig Leo über den Weg laufen, und sein Blick gestern Nacht hatte keinen Zweifel daran gelassen, dass er nicht locker lassen wollte. Fragte sich nur, wie er reagieren würde, wenn Fabio reinkam und mir einen Kuss auf den Nacken gab. Oder sonst wohin.

Ich überlegte, ob ich mich vielleicht doch noch ein bisschen hinlegen sollte, aber dafür war der Krach von draußen zu laut. Außerdem brannte ich darauf, Fabio wiederzusehen. Sicher war er schon auf.

Gähnend taperte ich ins Bad – und prallte mit einem Aufschrei zurück. Ein Mann entstieg soeben der Dusche. Er trug nichts außer eine Tätowierung auf der Brust und war tropfnass. Ich erkannte erst auf den zweiten Blick, dass es Berthold war.

»Hi«, sagte er griesgrämig. »Das geht ja hier zu wie im Taubenschlag.«

Ich räusperte mich, schon im Rückzug begriffen.

»Guten Morgen. Und, ähm, bitte entschuldigen Sie die Störung. Man kann übrigens die Tür auch abschließen.«

»Ich hasse es, eingeschlossen zu sein.«

Nun ja. Die Gründe dafür lagen auf der Hand. Bertholds Teint wirkte ziemlich bleich, so als wäre er ziemlich lange nicht mehr in die Sonne gekommen. Und in seinen Augen stand ein gewisses Funkeln, das deutlich auf niedere männliche Absichten schließen ließ.

»Du störst mich überhaupt nicht«, meinte er. »Komm ruhig rein.«

Erschreckt machte ich mir klar, dass ihn mein Aufzug antörnte. Ich trug immer noch Fabios T-Shirt, das mir einerseits viel zu groß war, andererseits aber kaum bis auf meine Oberschenkel reichte. Berthold registrierte es mit allen Anzeichen von Wohlwollen und machte sich nicht die Mühe, es vor mir zu verbergen.

Anscheinend hatte ihm die Nacht mit Bibi nicht gereicht. Abgesehen davon hatte er vermutlich auch ein extremes Nachholbedürfnis. Rasch trat ich zurück auf den Gang.

»Ich muss dringend arbeiten«, behauptete ich schnell, während ich ihm die Tür vor der Nase zuwarf.

Musste die Dusche eben warten. Ich ging zurück in mein und Valeries Schlafzimmer und zog mich an.

Unten waren die beiden Hausmädchen gerade damit beschäftigt, das Frühstücksbüfett herzurichten. Ich versuchte, eine Unterhaltung in Gang zu bringen, doch die beiden sprachen kaum so viel Deutsch wie ich Italienisch. Immerhin erfuhr ich, dass die eine Gina und die andere Renata hieß. Ich schenkte mir heißen Kaffee ein und ging mit meiner Tasse in den Garten, um nach Fabio Ausschau zu halten.

Ich sah ihn drüben bei der Zypresse stehen, wo wir vorgestern um ein Haar zur Sache gekommen wären.

»Fabio, hallo!« Ich hob die Hand und winkte ihm. Er blickte auf, doch als er mich sah, winkte er nicht zurück, sondern drehte sich mit grimmiger Miene auf dem Absatz um und verschwand zwischen den Büschen.

»Er ist ein ziemlich unfreundlicher Zeitgenosse, nicht wahr?«, fragte Leo. Er saß im Schatten der Markise und hatte ein angeberisch dickes Wirtschaftsfachblatt vor sich liegen. »Ich hab mich vorhin mit ihm bekannt gemacht, aber er ist nicht besonders gut erzogen, fürchte ich. Als ich ihm gesagt habe, wie ich heiße und wer ich bin, hat er sich sofort in den Garten verzogen.«

Alarmiert trat ich einen Schritt näher. »Was hast du ihm denn gesagt, wer du bist?«

»Die Wahrheit natürlich.«

Ich stöhnte entsetzt. »Welche Wahrheit? Deine oder meine?«

Leo stand auf. Wie immer sah er aus wie aus dem Ei gepellt. Sogar seine Shorts und sein Polohemd stammten vom Edeldesigner. »Du hast mich noch gar nicht richtig begrüßt, Liebling.«

Ich hob abwehrend die Hand. »Leo, bitte, das hatten wir doch schon alles!«

»Du bist im Stress und hattest noch keine Gelegenheit, vernünftig über die ganze Sache nachzudenken.«

»Ich bin zum Arbeiten hier und hatte vorher schon ausreichend Gelegenheit, über alles nachzudenken.«

Ich wich zurück, als er auf mich zukam.

»Versuch das nicht, Leo. Bitte, kannst du denn nicht einfach einsehen, dass zwischen uns nichts mehr läuft?«

»Nein«, sagte er schlicht. Dann betrachtete er mich nachdenklich. »Das heißt, unter bestimmten Umständen könnte ich es vielleicht doch.«

»Unter welchen?«, fragte ich hoffnungsvoll.

»Du verbringst noch einmal eine Nacht mit mir. So wie in Paris. Dann kann ich dich davon überzeugen, dass ich Recht habe.«

Er strahlte mich an. Keine Frage, er meinte es völlig ernst mit diesem himmelschreiend dämlichen Vorschlag. Überflüssig, auch nur ein einziges Wort dazu zu sagen. Schweigend drehte ich mich um und ließ ihn stehen, um mich auf die Suche nach Fabio zu begeben. Weit konnte er sich nicht entfernt haben.

Agnes und Bibi beendeten gerade ihre Frühgymnastik und gingen zurück ins Haus. Im selben Moment tauchte auch Fabio aus dem Garten auf und machte Anstalten, ebenfalls hineinzugehen, ohne mich auch nur eines Blickes zu würdigen. Ich stellte mich ihm in den Weg.

»Fabio, lass mich das erklären.«

»Nicht nötig, dein Verlobter hat sich mir bereits vorgestellt.« Sein italienischer Akzent war diesmal so deutlich wie nie zuvor. Anscheinend schlug dieses Erbe immer durch, wenn er aufgeregt war.

»Wir sind überhaupt nicht mehr verlobt. Ich hab mich schon vor Wochen von ihm getrennt! Ich hab sogar die Hochzeit platzen lassen, doch er will es einfach nicht einsehen!«

Fabio krauste verächtlich die Stirn. »Und du glaubst tatsächlich, dass ich dir das abnehme?«

»Frag ihn doch selber!«, rief ich verzweifelt.

Leo war aufgestanden und kam interessiert näher.

»Sag es ihm«, forderte ich ihn erbost auf.

»Was denn, Schatz?«

»Dass es aus mit uns ist!«

»Warum sollte ich das tun?«, wollte er erstaunt wissen. Er legte die Hand auf meine Schulter und lächelte Fabio wohl wollend an. »Ich hab gehört, dass Sie hier der Schwimmmeister sind. Geben Sie Jenny auch Unterricht?«

»Nein«, knirschte ich, »das tut er nicht. Jedenfalls nicht im Schwimmen.«

»Schade. Du hättest es nötig.« Zu Fabio meinte er: »Von allen Frauen, die ich kenne, ist sie die einzige, die nicht schwimmen kann.«

»Dafür kann sie andere Dinge sehr gut«, erklärte Fabio lapidar, während er an uns vorbei ins Haus ging.

Leo ließ mich abrupt los. »Sekunde mal.« Er starrte Fabio hinterher. »Welche Dinge?«, rief er. Dann wandte er sich misstrauisch zu mir um. »Von welchen Dingen redet der Kerl?«

»Frag ihn doch«, sagte ich boshaft.

Ich ließ ihn stehen und folgte Fabio ins Haus. Er war im Arbeitszimmer verschwunden, um dort zu telefonieren. Ich hörte seine Stimme – er sprach mal wieder Italienisch, als würde er es darauf anlegen, dass ich auch ja nichts verstand – und wartete ungeduldig, dass er aufhörte, damit ich unsere abgebrochene Unterhaltung fortsetzen konnte. Doch Leo, der mir gefolgt war, machte mir einen Strich durch die Rechnung.

»Hast du was mit diesem Kerl laufen?«, wollte er mit bebender Stimme wissen.

Ich presste die Fingerspitzen an die Schläfen, diesmal mehr denn je davon überzeugt, dass ich hier im falschen Film war.

»Himmel, fühl ich mich mies«, sagte ich mit hohler Stimme. Und völlig wahrheitsgemäß. Dieser Tag hatte denkbar schlecht angefangen. Doch es hatte keinen Sinn, die entscheidende Information zurückzuhalten. Mir wäre es lieber gewesen, Valerie dabeizuhaben, doch manche Dinge im Leben musste man nehmen, wie sie kamen.

»Willst du die Wahrheit hören?«, fragte ich Leo.

Er ließ mich gar nicht zu Wort kommen. Sein Gesicht hatte eine bedenklich rote Färbung angenommen.

»Du hast was mit dem Kerl!«, brüllte er außer sich. »Kaum lässt man dich mal alleine in Urlaub fahren, treibst du es mit dem Erstbesten, der dir vor die Füße läuft!«

Die Tür vom Arbeitszimmer ging auf, und Fabio erschien. Ärgerlich baute er sich vor uns auf. »Könnten die Herrschaften ihre Streitigkeiten vielleicht draußen austragen?«

»Ich denke nicht dran!« Leo machte Anstalten, wie ein gereizter Bulle auf Fabio loszugehen. »Du Mistkerl! Warst du mit ihr im Bett?« Er ballte die Fäuste und hielt sie Fabio unter die Nase. »Hast du meine Verlobte gebumst? Los, gib es zu!«

»Nein, das hat er nicht!«, schrie ich, nicht minder wütend.

Fabio starrte mich an, verletzt und zornig. Doch ich war noch nicht fertig.

»Das hat er nicht«, wiederholte ich, »weil ich nämlich nicht mehr mit dir verlobt bin. Schon seit Wochen nicht mehr. Wann wirst du das endlich einsehen?«

Leo gab einen unartikulierten Wutschrei von sich.

»Also habt ihr es getan!« Er holte zu einem Knochen brechenden Schwinger aus.

Fabio trat elegant einen Schritt zur Seite, und Leos Faust krachte gegen den Türrahmen, wo eben noch Fabios Gesicht gewesen war.

Während Leo mit schmerzverzerrter Miene seine lädierte Hand massierte, kam Berthold die Treppe runter. Er ließ mit leutseligem Grinsen seine Fingerknöchel knacken. »Gibt's hier 'ne kleine Meinungsverschiedenheit? Braucht jemand meine Hilfe?«

Fabio warf ihm einen undurchdringlichen Blick zu, dann sagte er in beherrschtem Tonfall zu mir: »Wir fahren übrigens um zehn.«

»Wohin?«, wollte Leo sofort wissen. Er straffte sich. »Jennifer fährt nirgendwohin ohne mein Wissen.«

Fabio zuckte die Achseln. »Sie können es ruhig wissen. Wir fahren nach Venedig.«

»He, da wollte ich auch immer mal hin«, sagte Berthold.

»Außerdem muss ich noch wegen letzter Nacht mit dir sprechen«, erklärte Fabio.

»O ja, ich auch«, sagte ich erleichtert. Endlich schien er ein wenig aufzutauen. Er konnte doch unmöglich ernsthaft annehmen, dass ich noch mit Leo verbandelt war! Nicht, nachdem wir diesen wundervollen, kochend heißen Sex miteinander gehabt hatten! Wenn es nach mir ging, konnten wir gar nicht schnell genug anfangen, uns über dieses Thema noch genauer zu unterhalten! In allen nur denkbaren Variationen!

»Das könnt ihr gleich hier an Ort und Stelle bereden«, teilte Leo mir und Fabio vorsorglich mit.

Ich stampfte mit dem Fuß auf. »Leo, jetzt mach aber mal 'nen Punkt!«

»Nein, nein, kein Problem«, sagte Fabio. »Geht ganz schnell.«

Ich starrte ihn entgeistert an. »Wie bitte?«

Er zuckte die Achseln. »Ist in ein oder zwei Sätzen gesagt. Du hast mich gestern Nacht was gefragt. Hier ist die Antwort: Es war keiner.«

»Es war keiner«, wiederholte ich dümmlich.

Fabio nickte. »Ganz im Gegenteil.« Er räusperte sich, und den letzten Satz gab er in fabelhaft artikulierter Princeton-Manier von sich, ohne den Hauch eines italienischen Akzents.

»Deshalb möchte ich dich heute auch besonders um deine geschätzte Aufmerksamkeit bitten.«

Mit diesen Worten verschwand er wieder im Arbeitszimmer und machte die Tür hinter sich zu.

Ich kniff die Augen zusammen und starrte auf die geschlossene Tür, während ich fieberhaft nachdachte, was er mir mit dieser ominösen Auskunft hatte mitteilen wollen.

»Was zum Teufel hat der Kerl damit gemeint?«, fragte Berthold. Er war immer noch mit seinen Fingerübungen beschäftigt, es knackte, als würde jemand bündelweise rohe Spaghetti durchbrechen. Bertholds kahler Schädel glänzte wie eine Billardkugel. Anscheinend hatte er ihn frisch rasiert. Dafür hatte er den Bart im Gesicht stehen lassen, was ihm das Aussehen eines rabiaten Unholds verlieh. Nun ja, schließlich war er ja auch einer. Warum sollte er sich nicht typgerecht stylen?

»Keine Ahnung«, sagte Leo. Anscheinend hatten die beiden sich schon gestern Nacht miteinander bekannt gemacht, denn sonst hätte Leo garantiert wissen wollen, wer um alles in der Welt dieser Kerl schon wieder war.

Ich hatte inzwischen herausgefunden, was Fabio gemeint hatte. *Es war keiner* ... Kein Fehlalarm natürlich. Als er gestern Nacht noch einmal an meine Tür geklopft hatte, hatte ich ihn gefragt, ob es ein Fehlalarm gewesen sei, und er hatte geantwortet, dass er es noch nicht wisse, es mir aber morgen sagen wolle. Also heute. Was er gerade eben getan hatte.

Mit anderen Worten: Jemand hatte tatsächlich versucht, in Agnes' Zimmer einzudringen!

Und mit *ganz im Gegenteil* hatte er natürlich gemeint, dass es dieser Jemand, wer immer es auch gewesen war, auf Agnes' Schmuck abgesehen hatte und nur durch das Gellen der Sirene in die Flucht geschlagen worden war!

Mit meiner *geschätzten Aufmerksamkeit* meinte er natürlich dasselbe, was ich die letzten Tage mehrfach zu meiner eigenen Maxime erkoren hatte, sogar aus ähnlichen Motiven heraus: Vier Augen sahen mehr als zwei. Mit anderen Worten, ich sollte ein bisschen auf Agnes achten, wohl vorzugsweise dann, wenn Fabio gerade mal keine Zeit hatte, so wie jetzt. Wahrscheinlich telefonierte er mit seinem Partner oder seiner Schwester wegen der zusätzlichen Komplikationen, die letzte Nacht in Gestalt von Leo und Berthold aufgetaucht waren. Vielleicht wollte er Erkundigungen über sie einziehen lassen.

»Ich werde noch ein bisschen Zeitung lesen«, verkündete Leo. Zu meiner Erleichterung schien ihm für den Moment die Lust auf weitere Auseinandersetzungen vergangen zu sein. »Setzt du dich zu mir auf die Terrasse, bis das Frühstück fertig ist?«

Ich schüttelte den Kopf. »Geht nicht. Ich muss an meinem Artikel arbeiten.«

»Ich geh aber mit raus«, erklärte Berthold großmütig.

Während er und Leo sich ins Freie begaben, ging ich nach oben, um mich zu vergewissern, dass Agnes sich in aller Ruhe umziehen konnte. Ich setzte mich solange in meinem Zimmer aufs Bett, vorgeblich, um ein paar Notizen in meinen Laptop einzutippen, doch in Wahrheit, um die Ohren aufzusperren und durch die angelehnte Tür auf den Gang hinaus zu lugen.

Valerie war inzwischen ebenfalls aufgestanden und ins Badezimmer gegangen. Ich hörte das Geräusch der Dusche, und kurz darauf kam sie wieder, in ein Handtuch gehüllt und maßlos aufgebracht. »Dieser Kerl hat überall seine abrasierten Haare liegen lassen! Und im

Waschbecken waren Popel!« Sie setzte sich aufs Bett und frottierte sich die Füße trocken. »Ich versteh überhaupt nicht, wieso Bibi ihn reingelassen hat! Sie hatte doch solche Angst vor dem Kerl!«

»Das dachte ich auch«, meinte ich trocken.

»Hast du letzte Nacht gesehen, wie sie sich an ihn gehängt hat? Als ob sie ihn gleich auffressen wollte!«

»Anscheinend ist sie ziemlich wankelmütig.«

»Oder sie hatte lange keinen Sex«, sagte Valerie. In ihre Augen war ein hungriger Glanz getreten.

Ich musste grinsen. »Du meinst, Frauen, die lange keinen Sex hatten, sind zu allem möglichen Unfug imstande?«

»Du kannst dich leicht darüber lustig machen«, äußerte Valerie pikiert. »Vor allem nach letzter Nacht. Du bist ja auf deine Kosten gekommen.«

Ich klappte meinen Laptop zu und setzte mich neben sie. »Hör mal, bevor du dich auf diese Sado-Maso-Schiene einlässt, suchst du aber noch ein bisschen, ja? Es gibt noch mehr Männer auf der Welt!«

Valerie reckte das Kinn. »Ich bin so gut wie entschlossen. Vielleicht ist es an der Zeit, einmal meine Grenzen zu überschreiten. Wer weiß, womöglich ist es sogar genau das, wonach ich mich immer gesehnt habe!«

»Bevor du an so was denkst, musst du aber noch eins wissen.« Ich holte tief Luft. »Es kann gut sein, dass Heinz sich verstellt.«

»Was meinst du damit?«

Ich klärte sie über Fabios Verdacht auf, doch Valerie widersprach mir sofort vehement.

»Das ist doch Quatsch! Heinz ist gar nicht der Typ für so was! Er erbt doch eines Tages sowieso alles!«

»Ja, aber wann?«, gab ich zu bedenken. »Agnes ist fit wie ein Turnschuh. Die könnte locker hundert werden. Oder sogar noch mehr. Guck sie dir doch an!«

Aber das wollte Valerie nicht gelten lassen. Sie schüttelte entschieden den Kopf. »Du vergisst, das Heinz gestern Nacht mit *mir* zusammen war.«

»Auch als die Sirene losging?«

Sie wurde rot, woraus ich schloss, dass sie zu der Zeit bereits ihr Lager auf dem Sofa in Heinzens zweitem Zimmer aufgeschlagen hatte – welches im Übrigen, ebenso wie das andere Zimmer, einen separaten Ausgang zum Flur hatte. Theoretisch hätte Heinz es also durchaus gewesen sein können.

Valerie erriet meine Gedanken. Trotzig hob sie den Kopf. »Theoretisch könnte es jeder gewesen sein!«

»Fabio nicht, und ich auch nicht. Und du auch nicht, dafür würde ich meine Hand ins Feuer legen.«

Sie schnaubte. »Natürlich war ich's nicht! Bleiben aber immer noch Bibi und Henri. Und warum nicht dieser widerliche Berthold? Der sieht mir doch ganz danach aus, als würde er nicht lange fackeln, wenn es irgendwo was zu holen gibt. Hast du vergessen, was Bibi uns alles über ihn erzählt hat?«

Das hatte ich keineswegs vergessen, genauso wenig wie den bemerkenswerten Umstand, dass Bibi damals, zum Zeitpunkt des ersten Überfalls, schon für Agnes gearbeitet hatte und sogar zu ihrem Geburtstag eingeladen gewesen war.

»Und denk nur an Henri«, rief mir Valerie in Erinnerung. »Der ist doch ständig pleite, weil er jeden Cent auf die Spielbank trägt! Sogar hier kann er das Zocken nicht lassen!«

»Ich widerspreche dir ja gar nicht«, erklärte ich friedfertig, doch Valerie war noch nicht fertig.

»Sogar Leo könnte es gewesen sein!«, rief sie triumphierend.

Ich lachte. »Du liebe Zeit, das ist nicht dein Ernst.«

»Aber sicher doch.«

»Du bist verrückt. Leo ein Juwelendieb? Der schwimmt doch selber in Geld!«

»Woher willst du das eigentlich so genau wissen?«, trumpfte Valerie auf. »Hast du irgendwann mal seine Kontoauszüge gesehen? Vielleicht braucht er dringend Geld, um seinen kostspieligen Lebenswandel zu finanzieren! Und vergiss nicht – er ist auf seine Art genauso ein Zocker wie Henri. Seine Spielbank ist nicht der Roulettetisch, sondern die Börse, aber dafür braucht man genauso viel Geld. Wenn nicht mehr. Vielleicht sind seine Aktien in der letzten Zeit in den Keller gefallen!«

»Das ist lächerlich. Außerdem ist er erst letzte Nacht hier angekommen, er kennt Agnes ja nicht mal.«

»Er könnte vorher Erkundigungen über sie eingezogen haben. Ich bin sogar *sicher*, dass er das getan hat!« Valerie warf das Handtuch beiseite und stand auf, um sich für den heutigen Ausflug anzuziehen. Mit funkelnden Augen und wogenden Brüsten griff sie nach einem giftgrünen Kaftan, während sie mir ihr bisher schlagkräftigstes Argument um die Ohren haute. »Immerhin wusste er ganz genau, wo er dich finden konnte! Das allein ist in meinen Augen schon sehr verdächtig!«

Damit hatte sie einen wunden Punkt berührt. »Ich werde nachher Mama anrufen und sie fragen, ob sie Leo irgendwas davon gesagt hat, dass wir jetzt hier wohnen.«

»Tu das unbedingt«, empfahl Valerie mir, während sie den raschelnden Seidenkaftan über ihren nackten Körper streifte. Ich fragte mich, was sie mit dem Weglassen der Unterwäsche wohl bezwecken mochte, doch wie ich es auch drehte und wendete, ich kam jedes Mal nur auf eine mögliche Lösung: Sie wollte Heinz nach wie vor scharf machen. Mit allen Konsequenzen. Ich konnte einen leisen, lüsternen Schauer nicht unterdrücken. Hoffentlich erzählte sie mir hinterher alles! Außerdem hoffte ich, dass es nicht ausgerechnet Heinz war, der sich die Juwelen unter den Nagel reißen wollte. *Das* wäre nun wirklich kein besonders guter Start in eine neue Liebesaffäre, so viel wusste ich aus meiner eigenen leidigen Erfahrung, die ich in den letzten Tagen mit Fabio gemacht hatte!

Seufzend suchte ich frische Sachen aus meinem Rucksack heraus und klemmte mir ein Handtuch unter den Arm, um ebenfalls duschen zu gehen.

18. Kapitel

Auf dem Gang begegnete ich Henri, der auf dem Weg zur Treppe war und einen ziemlich erschöpften Eindruck machte. Anscheinend hatte er nicht viel Schlaf bekommen. Er hatte tiefe Ringe unter den Augen, und ein unschöner weißer Stoppelbart zierte sein Kinn. Er trug einen fadenscheinigen seidenen Morgenmantel, der ebenso wie die Unterwäsche von letzter Nacht schon bessere Tage gesehen hatte.

»*Bonjour*, Jenny«, sagte er mit hohler Stimme.

»Guten Morgen, Henri.«

Ich wollte an ihm vorbei gehen, doch er zupfte mich am Ärmel und nötigte mich so, stehen zu bleiben.

»Eh, Mademoiselle, tut mir Leid, wenn isch Sie stör' – aber isch wollt' Ihnen schon die ganze Zeit etwas sagen.«

»Ja?«

Er beugte sich verschwörerisch näher. Ich prallte zurück. Er war gerade erst aufgestanden und hatte sich noch nicht die Zähne geputzt.

Doch er ließ sich nicht beirren. »Isch muss Sie warnen. 'ier im 'aus es gibt Personen, die sind nischt das, wofür sie sisch ausgeben.« Er schaute sich nach allen Seiten um. »Isch mach' mir groß' Sorgen um die arme Agnes! Sie ist in groß' Gefahr! Isch glaube, dass jemand sie vergiften und berauben will!«

Offenbar wusste der alte Knabe mehr, als es vorher den Anschein gehabt hatte.

»Was wollen Sie damit sagen?«, fragte ich begierig. Plötzlich störte mich nicht mal mehr sein Mundgeruch. Ob Agnes' Magenverstimmung gar kein Zufall gewesen war?

Doch in diesem Augenblick kam Bibi aus ihrem (und jetzt auch Bertholds) Zimmer. Mit fröhlichem Lächeln tänzelte sie auf uns zu, frisch geduscht und umgezogen. Sie trug wieder ihr übliches Outfit, bestehend aus engem Röckchen und noch engerem Top. Ihr langes brünettes Haar hatte sie zu neckischen Zöpfchen gebunden. Sie sah damit keinen Tag älter aus als achtzehn.

»Isch muss gehen«, murmelte Henri. Und schon war er im Badezimmer verschwunden.

»Hi«, sagte Bibi fröhlich. »Gut geschlafen?«

Ich maß sie mit ärgerlichen Blicken. »Ich hab den Eindruck, als müsstest du mir was erklären.«

»Oh-oh«, machte sie zerknirscht. »Ich hab's schon gehört. Valerie hat mir erzählt, dass Leo gar nicht mehr mit dir verlobt ist.« Dann, von einem Moment auf den anderen, vergaß sie ihr schlechtes Gewissen und strahlte mich an. »Aber ich finde es so romantisch, dass er die Finger nicht von dir lassen kann! Genau wie Berthold bei mir!«

»Du hast gesagt, dass du Angst vor ihm hast!«, sagte ich vorwurfsvoll.

Sie machte eine Schnute. »Hab ich ja auch.« Dann grinste sie unvermittelt. »Aber das macht das Ganze auch wieder irgendwie spannend, wenn du verstehst, was ich meine.«

Ich verstand es nicht, aber vielleicht war es ja so ähnlich wie Valeries Geschichte mit Heinz. Als Bibi summend die Treppe runterhüpfte, schaute ich ihr nachdenklich hinterher. Unter der Dusche dachte ich dann darüber nach, dass sich manche Frauen offenbar hauptsächlich von solchen Typen angetörnt fühlten, die ihnen nicht ganz geheuer waren. Bei selbstkritischer Betrachtungsweise musste ich sogar einräumen, dass es bei mir und Fabio anfänglich nicht viel anders gelaufen war. Schließlich war ich felsenfest davon überzeugt gewesen, dass er ein Juwelendieb war, und das hatte mich mindestens genauso scharf gemacht wie sein toller Körper oder sein Piratengrinsen.

Als ich im Bad fertig war, rief ich vom Handy aus meine Mutter in Frankfurt an und fragte sie, ob sie Leo verraten hätte, dass Valerie und ich uns bei der Baronin einquartiert hatten.

»Du lieber Himmel, nein!«, rief Mama perplex aus. »Ich wusste es ja selber bis jetzt gar nicht! Wieso wohnst du im Kastell? Ist was mit unserem Haus passiert? Oder mit dir?«

»Nein, nein, es ist alles in Ordnung, aber das ist eine längere Geschichte.«

»Ich will sie sofort hören, Jennifer!«, befahl Mama streng.

»Ähm … sie hat uns eingeladen.«

»Die Baronin?« Es klang ungläubig. »Das musst du mir genauer erklären!«

»Ich hab jetzt keine Zeit, wir fahren gleich nach Venedig. Ich erzähl dir alles, wenn ich wieder zu Hause bin. Grüß Papa von mir! Wiedersehen!«

Mit schlechtem Gewissen und mulmigem Gefühl trennte ich die Verbindung. Woher hatte Leo gewusst, wo ich war?

Zu meinem nicht geringen Schrecken hatten sämtliche Bewohner des Hauses entschieden, die Venedigtour mitzumachen. Alle wollten mitfahren, sogar Berthold und Leo. Auch Henri erklärte beim Frühstück kategorisch, dass er schon immer die Königin der Adria hatte sehen wollen. Nach drei Tassen Kaffee war er wieder komplett in sein gewohntes Maurice-Chevalier-Gehabe verfallen. Er grinste bis zu den künstlichen Weisheitszähnen und verteilte nach allen Seiten Komplimente, sogar an Agnes, obwohl die kein einziges Wort verstand. Valerie hatte sich wieder neben Heinz gesetzt. Sie versorgte ihn ständig mit frischen Zutaten vom Büfett und achtete darauf, dabei häufig ihren Busen vor seinem Gesicht hin- und herzubewegen. Er schaute drein wie ein hypnotisiertes Schaf. Ich versuchte mir vorzustellen, wie Valerie ihn mit der Peitsche züchtigte, und konnte mir nur mit Mühe ein hysterisches Kichern verkneifen.

Bibi und Berthold hatten sich mit ihren Tellern nach draußen auf die Terrasse gesetzt. Wenn ich den Hals lang machte, konnte ich sie sehen. Zwischen Croissants und Rührei knutschten sie auf eine Weise, die definitiv nicht jugendfrei war. Wie lange das wohl gut gehen würde mit den beiden? Vermutlich bis zur nächsten Tracht Prügel.

Fabio hüllte sich in Schweigen. Er mied meine Blicke und machte auch sonst einen äußerst zugeknöpften Eindruck, vor allem, seit er vorhin beim Betreten des Speisezimmers gesehen hatte, dass Leo auf seinem Stammplatz saß.

Ich war selbst ziemlich wütend deswegen, doch ich wollte der Situation nicht mehr Aufmerksamkeit widmen, als ihr zukam. Keine Frage, ich würde die ganze Geschichte mit Leo endgültig austragen müssen, und zwar schnellstmöglich, also heute noch, doch momentan fehlte mir einfach die Kraft, einen größeren Aufstand anzuzetteln.

Gleich nach dem Frühstück brachen wir auf. Leo bestand darauf, dass ich bei ihm im Wagen mitfuhr, aber ich weigerte mich strikt und erklärte, dass Agnes mich fürs Mitfahren bezahlte. Er fügte sich nur widerwillig und stieg in seine Nobelkarosse, immerhin ein S-Klasse-Mercedes, der dem Modell, mit dem die Plettenbergs angereist waren, in nichts nachstand. Henri diente sich ihm unverzüglich als Mitfahrer an, was Leo mit indignierter Miene akzeptierte. Valerie, Heinz und Bibi vertrauten sich Bertholds Fahrkünsten an. Blieben Agnes, Fabio und ich in der üblichen Besetzung für den Plettenberg'schen Daimler.

Während der Fahrt überlegte ich besorgt, ob Fabio wohl seine Zusage, in Venedig als Stadtführer zu fungieren, einhalten würde. Einen besonders kooperativen Eindruck machte er nicht auf mich. Nervös nestelte ich meinen Reiseführer heraus und fing an zu lesen. Im Zweifel würden die anderen von mir erwarten, dass ich mich auskannte, also sollte ich mich wenigstens mit dem wichtigsten Basiswissen vertraut machen.

Ich hatte schon einiges über Venedig gelesen, mich aber nicht gründlich genug vorbereitet, um aus dem Stegreif eine Einführungsrede halten zu können. Vom Rest ganz zu schweigen. Mit der Frage, wie ich eine Stadtführung zuwege bringen sollte, wagte ich mich gar nicht erst zu befassen.

Als Kind war ich zweimal mit meinen Eltern in Venedig gewesen, doch ich konnte mich an kaum mehr erinnern als an die zahllosen stinkenden Kanäle, die schwankenden Gondeln und die Heerscharen von Tauben auf dem Markusplatz. Im Gedächtnis geblieben waren mir auch die überall anzutreffenden Anzeichen des Verfalls, die abgesunkenen Fußbodenmosaike in den Kirchen, die bröckelnden Säulen der Paläste, die verblichene Pracht der heruntergekommenen Fassaden entlang der Wasserstraßen.

Rasch rekapitulierte ich, was ich sonst noch wusste.

Venedig, für viele Jahrhunderte die mächtigste Seerepublik der Welt, wurde im fünften Jahrhundert nach Christus gegründet. Die Lagunenstadt liegt größtenteils im Wasser, ihre Bauten ruhen auf unzähligen Holzpfählen, verstreut über mehr als hundert Inselchen, die durch rund vierhundert Brücken miteinander verbunden sind.

Berühmt ist die Stadt außerdem für den venezianischen Karneval, zu dem man sich vorzugsweise als Casanova oder Adliger maskiert.

Heutzutage kommen alljährlich siebzehn Millionen Besucher aus aller Welt nach Venedig, um die Kostbarkeiten dieser versinkenden Stadt zu bestaunen. Die einstige Dogenrepublik, die in früheren Jahrhunderten unvorstellbare Reichtümer und Kunstschätze angehäuft hat, ist buchstäblich dem Untergang geweiht. Die Fundamente der Stadt sind von Industrieabwässern und Grundwasserverlust zersetzt; trotz aller Anstrengungen der UNESCO sinkt die ganze Pracht jährlich um etwa einen Zentimeter.

So weit, so gut. Das waren zumindest ein paar Informationen, die ich beiläufig würde einstreuen können, falls jemand auf die Idee kommen sollte, meine Kompetenz auf die Probe zu stellen. Fieberhaft blätterte ich in meinem Reiseführer und verinnerlichte alles, was ich sonst noch über Venedig finden konnte. Es war erschreckend viel, und das meiste vergaß ich wieder, kaum dass ich es gelesen hatte.

Möglicherweise hatte aber mein plötzlich auftretendes Gedächtnisproblem auch mit den kühlen Blicken zu tun, die mich ab und zu aus dem Innenspiegel heraus trafen. Ich spielte kurz mit dem Gedanken, Fabio jetzt endlich die ganze leidige Geschichte mit Leo zu erklären, doch eine eigentümliche Befangenheit hielt mich davon ab. Vielleicht lag es an der wachen, munteren Art, mit der Agnes ihre Umgebung beäugte. Sie schaute sogar ab und zu nach hinten. Beim dritten Mal klappte ich den Reiseführer zu. Es war zu spät. Jetzt würde ich mir sowieso nichts mehr merken können. Was auch immer mir bevorstand – ich musste es einfach auf mich zukommen lassen.

Doch ich hatte mir umsonst Sorgen gemacht. Fabio brachte mich nicht in Verlegenheit. Allem Anschein nach kannte er sich bestens in Venedig aus. Zielstrebig steuerte er einen Parkplatz in der Nähe des Bahnhofs von Mestre an, gefolgt von den anderen Fahrzeugen unseres kleinen Konvois. Nachdem wir die Wagen abgestellt hatten, nahmen wir die Bahn nach Venedig. Vom dortigen Hauptbahnhof führte Fabio uns zur nächsten Bootsanlegestelle an den Canal Grande. Bevor wir dort ein *Vaporetto* – ein Linienboot – bestiegen, zeigte er zu meiner größten Freude die Umsicht, einen Deutsch sprechenden Fremdenführer zu engagieren. Ich hätte ihn küssen mögen!

Meine Blicke fielen ihm anscheinend auf, denn er drehte sich zu mir um und betrachtete mich mit umwölkter Miene. Tapfer lächelte ich ihn an und versuchte mir dabei einzureden, dass seine miese Laune nicht das Geringste mit mir zu tun hatte. Doch dann wechselte Fabios Blick von mir zu Leo, der sich wie ein Zerberus an meine Seite gedrängt hatte, und mein Mut sank. Fabios schlechte Stimmung hatte *doch* mit mir zu tun. Oder besser, mit meinem Exverlobten, der sich einbildete, dass ich ihn noch immer ehelichen wollte, und der zu allem Überfluss auch noch jedem davon erzählte, der es nicht hören wollte. Inzwischen wussten alle über unsere glückliche, gemeinsame Zukunft Bescheid. Berthold klopfte mir auf die Schulter und meinte launig, dass ich mir keinen besseren Kerl zum Heiraten hätte aussuchen können, und als wir auf das Boot stiegen, gab Henri mir die Hand und gratulierte mir herzlich zu meiner bevorstehenden *'ochzeit mit dies' tolle Mann.*

Ich hätte am liebsten über den ganzen Canal Grande hinweg gebrüllt, dass ich Leo verdammt noch mal nicht heiraten würde, nicht mal dann, wenn er der letzte Mann auf Erden wäre, doch vorläufig begnügte ich mich damit, so weit wie möglich von ihm abzurücken, als er sich neben mich setzte. Doch ich schwor mir, noch heute reinen Tisch zu machen. Ich würde ihn schon zur Vernunft bringen, und wenn ich ihm dafür wieder mit der Polizei drohen musste!

Der Fremdenführer intonierte mit inbrünstiger Stimme und in leidlichem Deutsch einen Vortrag, der uns die Schönheiten der rechts und links vor uns ausgebreiteten Lagunenlandschaft nahe bringen sollte. Ich versuchte, mich auf seine Worte und den sich uns bietenden Anblick zu konzentrieren, und siehe da, mein Ärger verrauchte binnen Sekunden.

Der Geruch, der dem Kanal entstieg, beleidigte meine Nase immer noch genauso wie vor zwanzig Jahren, doch das Uferpanorama, das sich uns darbot, war tatsächlich zauberhaft. Grandios und zugleich pittoresk ragten die Gebäude mit ihren filigranen Fensterbögen, schlanken Säulen und geschwungenen Kuppeln rechts und links vom Kanal auf, *Palazzi* und Kirchen aus einer längst vergangenen, goldenen Epoche.

Ich lauschte den Worten unseres Führers und bestaunte die beeindruckenden Fassaden, bis sich schließlich meine gesamte Aufmerksamkeit auf die bis Mitte des neunzehnten Jahrhunderts einzige Brücke über den Kanal richtete: den graziös geschwungenen, in der Sonne strahlenden *Ponte di Rialto.*

Valerie wandte sich mir mit leuchtenden Augen zu. »Es ist wie mit dem Louvre«, flüsterte sie.

Dem konnte ich, auch aus meiner Sicht, nichts hinzufügen.

Die Fahrt ging weiter, vorbei an prachtvollen Palästen und pompösen Kirchen, bis sich nach einer der nächsten Haltestellen die Reihen der Fassaden teilten und den Blick freigaben auf die Kirche San Giorgio Maggiore zur Rechten und die *Piazetta San Marco* mit dem geflügelten Markuslöwen und dem heiligen Teodorus auf ihren Granitsäulen zur Linken.

Bei San Zaccaria stiegen wir aus und setzten unsere Besichtigungstour zu Fuß fort.

Auf dem Markusplatz bestaunten wir die fast tausend Jahre alte Basilika mit ihren zahlreichen Türmchen und Kuppeln und den vier berühmten vergoldeten Bronzepferden, die von Kreuzfahrern vor achthundert Jahren in die Stadt mitgebracht worden waren und die dem Bauwerk ein märchenhaftes Flair wie aus Tausendundeiner Nacht verliehen.

Beim Rundgang durch die Kirche mit ihren herrlichen mittelalterlichen Mosaiken erfasste uns eine ergriffene Stimmung, die dann leider ein bisschen durch Berthold vermiest wurde, als er den Führer fragte, ob der Hochaltar aus 999-Gold wäre.

Unsere Tour führte uns weiter zum weltberühmten *Palazzo Ducale*, ehemals Amtssitz der venezianischen Dogen und heute Ausstellungsort für die Gemälde solcher überragender Künstler wie Tintoretto und Tiepolo. In der *Sala Maggior Consiglio* bestaunten wir Tintorettos Darstellung des Paradieses, ein gewaltiges Ölgemälde, das laut Auskunft unseres Führers hundervierundfünfzig Quadratmeter misst.

Natürlich durfte auch ein Blick auf die an den Palast angebaute Seufzerbrücke nicht fehlen, den *Ponte dei Sospiri*, über den einst die Verbrecher in das Gefängnis gehen mussten. Berthold fand den Anblick nicht so berauschend, wie er erklärte. Dafür war er aber später überaus angetan von dem *Ponte delle Tette*, der »Tittenbrücke«, einem winzigen Brückchen, auf dem früher die Huren auf Geheiß der Stadtväter den schwulen Männern im gegenüberliegenden Badehaus zwecks Bekehrung ihren nackten Busen zeigten.

Unser Führer dirigierte uns kreuz und quer durch die Stadt, durch verschachtelte Gässchen und über kleine Brücken, die abseits der größeren, belebten Plätze ein romantisches Gewirr bildeten, überall durchzogen von gluckernden, schmalen Kanälen, auf denen das Sonnenlicht funkelte. Zwischendurch legten wir eine Kaffeepause ein, und später, als es auf den Abend zuging, fuhren wir zurück nach Mestre, um unser Übernachtungsgepäck zu holen.

Heinz hatte für uns alle Zimmer in einem ziemlich feudalen Mehrsterne-Schuppen unweit der *Piazza San Marco* gebucht,. Bis auf die Baronin waren wir alle in Doppelzimmern untergebracht, doch auch so war es extrem teuer. Geld spielte für Agnes anscheinend nicht die geringste Rolle. Sie schleppte nicht nur einen erfolglosen Neffen mit durch, sondern hielt sich auch einen Tanzlehrer, eine Fitness-Trainerin, eine – völlig unfähige – Reiseführerin und *last, but not least* einen Juwelenaufpasser. Sie musste wirklich hervorragend bei Kasse sein. Fragte sich nur, warum sie für sich persönlich kaum etwas ausgab. Abgesehen von ihren Juwelen trug sie nur Dinge, die entweder vom Wühltisch stammten oder aus längst vergangenen Modeepochen.

Ihr tölpelhafter Neffe Heinz dagegen war immer wie aus dem Ei gepellt. Er zog sich mindestens zweimal täglich um, und an seiner Garderobe war alles nur vom Feinsten.

Zum Abendessen, das wir im Hotel einnahmen, war er wieder in seinem üblichen Deauville-Stil herausgeputzt. Ich erinnerte mich, dass er schon als Junge immer weiße Hosen und weiße Schuhe getragen hatte.

Ich selbst hatte nichts Besonderes für diesen Abend aufzubieten, nachdem mein schickes Seidenkleid dem Kaffeeflecken-Tod anheim gefallen war. Das zweitbeste Stück meiner Reisegarderobe war ein Ensemble, bestehend aus kurzem Rock und Spaghetti-Top, beides aus dünner, cremeweißer Baumwolle, die hübsch mit meinem hellen Haar harmonierte. Ich hatte dazu passende Riemchenpumps aus hellem Wildleder eingepackt, ein wunderbares Paar Schuhe, die ihr Geld mehr als wert waren, da sie den täuschenden Eindruck vermittelten, dass ich Beine wie Claudia Schiffer hätte.

Valerie kleidete sich in ihren üblichen Look, diesmal ein Kaftan für gehobene Anlässe, ein dekoratives Stück aus goldfarbenem Knitterstoff. Um den Hals trug sie an einem Lederbändchen einen großen, rund geschliffenen Bernstein. Mit einem spekulativen Glitzern in den Augen hatte sie mir erklärt, dass Bernstein völlig unabhängig vom Sternzeichen den jeweiligen Träger kreativ und flexibel mache.

Sie hatte mit mir zusammen ein Doppelzimmer bezogen, wobei wir beide uns die Option offen hielten, eventuell noch im Laufe des fortschreitenden Abends umzuziehen, und zwar in Form eines netten kleinen Überkreuztauschs. Zufällig hatten nämlich auch Heinz und Fabio ein Doppelzimmer zusammen, eine Belegung, die wohl nicht ganz zufällig war, wenn man Heinzens verschämtes Karnickelgrinsen bei der Schlüsselverteilung richtig deuten durfte. Bibi und Berthold bekamen ebenfalls ein Doppelzimmer zugewiesen. Leo dagegen beklagte sich bitter darüber, dass er mit Henri zusammen Quartier beziehen musste; er wollte lieber ein Einzelzimmer wie Agnes, doch davon nahm er rasch wieder Abstand, als er hörte, dass nur noch eine große Suite frei war – zu einem Preis, von dem man eine nette Pauschalreise auf die Kanaren hätte buchen können.

Beim Abendessen richtete ich es so ein, dass ich vor Leo im Restaurant des Hotels ankam. Ich wollte neben

Fabio sitzen, und diesmal hatte ich Glück. Er war schon da, als ich kam. Zusammen mit Agnes und Henri saß er an einem Vierertisch, doch der Platz zu seiner Rechten war frei. Ich lächelte ihn an, setzte mich neben ihn und klappte meine Serviette auseinander, bevor ich zu der in prunkvollem Leder eingebundenen Speisekarte griff. Ich hatte das Gefühl, meine Hände mit irgendetwas beschäftigen zu müssen, um meine Beklommenheit zu überspielen. Fabios Gesichtsausdruck hatte eher frostig als fröhlich auf mich gewirkt. Die Situation wurde allmählich unerträglich. Es war höchste Zeit, meinem neuen Lover klar zu machen, dass Leo in Bezug auf meine Person unter einem massivem Verlust seines Realitätssinns litt.

Das Restaurant war in leicht plüschigem Stil eingerichtet. Die Stühle waren mit purpurrotem Samtvelours bespannt und hatten vergoldete Beine. Von der Decke hingen schwere Kristalllüster, deren Licht das ganze Ambiente in dekadentem Glanz erstrahlen ließ und damit zugleich auf faszinierende Weise den Charakter Venedigs mit all seinem morbiden Charme widerspiegelte.

Der Ober kam und nahm die Getränkebestellung auf. Fabio bekam Gelegenheit, nicht nur seine Fähigkeiten als Wein-Connaisseur, sondern auch sein wunderbar klingendes Italienisch an den Mann zu bringen. Verstohlen, aber hingerissen betrachtete ich ihn von der Seite. Ich hätte ihn gerne berührt, verkniff es mir aber, zum einen, weil er mir nicht in der Stimmung dafür zu sein schien, zum anderen, weil wir nicht allein waren.

Agnes und Henri machten einen zufriedenen, entspannten Eindruck. Stumm und einträchtig saßen sie uns gegenüber; sogar in ihrem Schweigen wirkten die beiden wie ein gut eingespieltes Team, vermutlich eine Folge vieler gemeinsamer Tanz- und Zockstunden.

Valerie, Heinz, Bibi und Berthold trafen kurz nach mir ein und belegten den Vierertisch neben uns. Leo, der knapp eine Minute später ebenfalls den Speisesaal betrat, musste mit einem Einzeltisch vorlieb nehmen, was mir zornglühende Blicke von ihm eintrug. Ich achtete nicht weiter darauf, sondern legte mir stattdessen eine unangreifbare Schlussansprache zurecht, die Leo auf der Stelle zur Abreise veranlassen würde.

Während am Nebentisch laut gelacht und gescherzt wurde, verlief das Essen an unserem Tisch weitgehend schweigend. Agnes redete sowieso nicht, Fabio blieb trotz meiner Versuche, ein Gespräch in Gang zu bringen, ebenfalls stumm wie ein Fisch, und Henri, der sonst immer für nette Komplimente oder Anekdoten gut war, griente die ganze Zeit bloß still in sich hinein. Nur einmal verkündete er kurz seine und Agnes' Absicht, nach dem Essen noch einen kleinen Spaziergang durch die nächtliche Stadt zu unternehmen.

»Es muss ein wundervolles Erlebnis sein, bei Nacht dursch diese 'errliche Stadt zu wandern!«, meinte er schwärmerisch.

»Ich habe nichts dagegen«, erklärte Fabio knapp, »aber ich möchte auf jeden Fall mitgehen.«

»Vielleicht könnte ich auch mitgehen«, sagte ich hoffnungsvoll.

»Dies ist ein freies Land.«

Diese Worte kamen mir bekannt vor. Die restliche Mahlzeit über schwiegen wir uns wieder an.

Dafür rief Leo ständig mit gedämpfter Stimme Beschwerden zu uns herüber: Der Wein hätte nicht die richtige Temperatur, die Suppe sei versalzen, das Fleisch zäh, das Gemüse verkocht. Ich fand alles genau richtig, doch Leo hätte vermutlich auch ein Menü von Paul Bocuse heruntergeputzt, nur um auf sich aufmerksam zu machen. Ich war erleichtert, als er vor dem Dessert das Handtuch bzw. die Serviette warf und sich auf sein Zimmer oder sonst wohin verzog.

Als ich nach dem Espresso rasch nach oben in mein und Valeries Zimmer ging, um mir für den Spaziergang andere Schuhe anzuziehen, wurde ich von Leo gestellt. Ich rannte förmlich in ihn hinein, als ich um die letzte Ecke des Gangs bog, der zu unserem Zimmer führte.

»Ich hab auf dich gewartet, Liebling.«

19. Kapitel

Ich wollte um ihn herumgehen. »Ich hab keine Zeit, ich will noch mit Agnes spazieren gehen.«

»Du bist doch heute schon genug rumgelaufen.«

»Leo, ich sage dir hier und jetzt zum letzten Mal in aller Freundschaft, dass zwischen uns nichts mehr läuft. Und zwar *nie* mehr.«

Doch damit hatte ich ihn erst recht herausgefordert. Anscheinend fühlte er sich zum Weltmeister berufen, in der Disziplin *»Wie überzeuge ich eine widerspenstige Braut«,* sofern es eine solche gab.

»Heute hätten wir Gelegenheit, meine These zu beweisen«, sagte er mit werbendem Lächeln.

»Welche denn?«

»Dass der Sex mit mir zu den aufregendsten Erlebnissen deines Lebens gehört.«

»Leo.« Ich schaute ihm geradewegs in die Augen, so wie ich es mir vorgenommen hatte.

»Ich liebe einen anderen Mann. Und ich hatte mit ihm den besten Sex meines Lebens.«

Er schaute drein wie ein waidwund getroffener Hirsch, doch er bekam nicht den erwarteten Tobsuchtsanfall. Seine Schultern sanken nach vorn, und er schien ein Stück kleiner zu werden.

»Das ist dein Ernst, oder?«, fragte er in kläglichem Tonfall.

»Mein absoluter, unwiderruflicher, totaler, heiliger Ernst«, antwortete ich wahrheitsgemäß.

Leo seufzte. »Das ist hart.«

»Es tut mir Leid, aber ich habe dir schon vorher gesagt, dass es zu Ende ist. Mehrmals.«

»Ich weiß. Aber ich habe nicht aufgehört zu hoffen.«

Er blickte so leidend drein, dass ich Sorge hatte, er würde womöglich gleich anfangen zu weinen, doch zum Glück tat er es nicht. Stattdessen richtete er sich wieder ein wenig auf und schaute mich bittend an. »Wirst du unsere gemeinsame Zeit in guter Erinnerung behalten?«

»Aber ja!«, log ich strahlend.

Er lächelte erleichtert. »Das freut mich. Du ahnst gar nicht, wie sehr mich das freut! Nicht wahr, ich habe dir sehr viel bedeutet!«

»Sehr viel«, bestätigte ich ihm, wobei ich mich fragte, ob ich vom Lügen wohl ein rotes Gesicht bekam. Mhm, ja, mit Sicherheit. Es fühlte sich so warm an …

Doch Leo achtete gar nicht darauf. Plötzlich schaute er sehr niedergeschlagen drein.

»Weißt du, im Moment geht es mir echt ziemlich mies.«

»Das geht vorüber«, tröstete ich ihn. Ob die anderen wohl auf mich warten würden? Hoffentlich gingen sie nicht ohne mich los. Ich brannte darauf, endlich mit Fabio reden zu können!

»Ich glaube nicht«, sagte Leo. »Jedenfalls nicht ohne fremde Hilfe.«

»Das ist eine sehr gute Idee. Eine Therapie hat noch keinem geschadet.«

Er starrte mich an. »Wir reden aneinander vorbei. Es ist nichts Psychisches.«

»O du liebe Zeit«, meinte ich erschrocken. »Du bist doch nicht krank?«

»Ich bin pleite«, sagte er schlicht.

Ohne wirklich etwas zu sehen, glotzte ich auf seine seidene Armani-Krawatte, in der eine Nadel mit einem lupenreinen Halbkaräter steckte. Während ich noch darüber nachdachte, wieso ich auf einmal dieses ausgeprägte Déjà-vu-Erlebnis hatte, hörte ich mich selbst dümmlich sagen: »Wieso pleite?«

»Ich hatte da ein paar Probleme an der Börse.«

Im nächsten Augenblick fiel der Groschen, und mir wurde klar, woher das vertraute Gefühl stammte: Valerie hatte mich gefragt, ob ich mir Leos Kontoauszüge angeschaut hätte. Hatte ich natürlich nicht. Und Valerie hatte mit ihrem Verdacht ins Schwarze getroffen. Doch ich weigerte mich, das Schlimmste von ihm anzunehmen. Er würde niemals so tief sinken, eine alte Frau zu beklauen! Auf keinen Fall war er derjenige gewesen, der sich letzte Nacht in Agnes' Schlafzimmer hatte schleichen wollen! Oder???

»Sag mal«, begann ich beiläufig, »woher wusstest du eigentlich, dass ich im Kastell wohne?«

Er wischte meine Frage mit einer ungeduldigen Handbewegung beiseite. »Was weiß ich. Aber darum geht's doch jetzt gar nicht. Jenny, meine ganze Existenz steht auf dem Spiel.«

»Warum sagst du mir das?«

Er suchte mit seinen Blicken den Fußboden ab, als könnte er da die Lösung für seine Probleme finden. Dann schaute er hoch. »Du hast doch jede Menge Geld.« Bevor ich etwas erwidern konnte, meinte er eilig: »Es wäre nur geliehen. Ein kurzfristiger Kredit mit hoher Verzinsung. Eine todsichere Kapitalanlage. Ich werde das Geld nur in solche Werte investieren, die eine super Rendite abwerfen. Es gibt da ein unglaublich gewinnträchtiges Papier, ein Optionsschein, den ich …«

»Leo, ich habe überhaupt kein Geld«, unterbrach ich ihn ärgerlich. »Keine Ahnung, wer dir diesen Bären aufgebunden hat. Aber es ist eine Tatsache, dass ich von dem lebe, was ich verdiene. Und das ist wahrlich nicht allzu viel. Okay, ich hab fünftausend Euro gespart, davon könnte ich dir vielleicht die Hälfte leihen. Aber keinen Cent mehr.«

»Das sind doch Peanuts«, meinte Leo entnervt. »Davon kann ich nicht mal die nächsten drei Raten für meinen Wagen zahlen.«

»Tut mir Leid, das ist alles, was ich dir geben kann.«

»Ich brauche mindestens fünfzigtausend. Und zwar vorgestern.«

Ich lachte ungläubig. »Von mir? Bist du verrückt?«

»Aber dein Vater hat Millionen auf der Bank!«

Aha. Jetzt war mir alles klar. Er hatte irgendwie rausgekriegt, wie es um die Finanzen meiner Eltern bestellt war, obwohl sie niemals mit ihrem Vermögen angegeben hatten. Anscheinend hatte er gute Drähte zu der Bank, über die Papa sein Geld angelegt hatte.

Ob er mich auch aus diesem Grund hatte heiraten wollen? Ich würde es wohl nie erfahren, denn Leo würde den Teufel tun, dergleichen zuzugeben. Einer Tatsache war ich mir jedoch zweifelsfrei bewusst: Der einzige Grund, aus dem Leo mir nachgereist war, bestand darin, mich anzupumpen. Von wegen Liebe! Er wollte mir nur einen Kredit rausleiern, je höher, desto besser! Nur deswegen hatte er meine Beziehung zu Fabio sabotiert!

»Ich könnte dir einen variablen Zinssatz von mindestens zwölf Prozent anbieten«, sagte Leo. »Nach oben hin sind praktisch keine Grenzen gesetzt. Da sind ohne weiteres zwanzig, fünfundzwanzig Prozent Gewinn drin!«

»Ich will kein Wort von diesem Mist mehr hören! Niemals würde ich meine Eltern um Geld angehen, nicht mal für mich!« Grimmig marschierte ich an ihm vorbei zum Aufzug.

»Jenny!«, rief er mir verzagt nach. »Ich liebe dich doch!«

Anstelle einer Antwort hieb ich die flache Hand in meine Ellbogenbeuge, um ihm in universell verständlicher Manier mitzuteilen, dass er mich mal konnte.

Als ich nach unten in die Lobby kam, schäumte ich immer noch vor Wut, und dann erreichte mein Zorn nie gekannte Ausmaße, als ich feststellte, dass die anderen nicht auf mich gewartet hatten.

Doch dann sah ich durch die Glastür Agnes in ihrem grell geblümten Kleid auf dem Platz vor der Lobby stehen, und mein Ärger verrauchte. Eilig ging ich nach draußen, wo Fabio mit kaum verhüllter Ungeduld die Brauen hochzog, als er mich sah. »Willst du etwa mit diesen Schuhen spazieren gehen?«

Ich schaute auf meine Füße. Mist. Ich war nicht dazu gekommen, mir andere Schuhe anzuziehen. Leo hatte mich mit seinem Kreditantrag völlig durcheinander gebracht. Doch lieber würde ich mir beide Absätze abbrechen und ein halbes Dutzend Blasen laufen, als jetzt noch einmal nach oben zu gehen und ihm erneut zu begegnen!

»Ich kann in denen ganz wunderbar laufen, die sind super bequem«, behauptete ich lässig. Wie zum Beweis marschierte ich locker los und schritt dann sportlich an Fabios Seite aus, als er aufschloss, die Führung übernahm und uns durch das verschachtelte Gassengewirr leitete. Henri und Agnes folgten uns.

Jetzt war der Zeitpunkt gekommen.

»Ich muss mit dir reden.«

»Meinetwegen«, sagte Fabio nach kurzem Zögern.

»Ich hatte eine Zeit lang vor, ihn zu heiraten, das gebe ich zu. Aber das war einmal. Er hat mich irgendwie zu der Hochzeit … überredet. Er hat eine ziemlich bestimmende Art, aber ich bin rechtzeitig zur Besinnung gekommen. Ich hab ihn im Standesamt stehen lassen, weil ich meinen Fehler eingesehen habe. Es ist seit Wochen aus zwischen ihm und mir.«

Fabio wirkte nicht überzeugt. »Wenn es wirklich definitiv vorbei ist mit euch – wieso ist er dann hier?«

»Wegen Geld.« Ich erzählte ihm den unschönen Rest der Geschichte, während wir über die Brücken und durch enge, hohe Gassen spazierten, vorbei an schwarzen Winkeln und Nischen, in denen die Vergangenheit zu hängen schien wie ein staubiger Schleier. Als ich geendet hatte, gingen wir wortlos weiter. Es waren noch immer etliche Touristen unterwegs, angelockt von dem eigentümlichen Flair der nächtlichen Stadt, das alle Spuren des Verfalls verbarg. Das Licht der Laternen spiegelte sich im Wasser der allgegenwärtigen Kanäle, die träge unter unseren Füßen dahinflossen.

Agnes und Henri blieben immer ein Stück hinter uns, zum Glück außer Hörweite.

Irgendwann bog Fabio ab, in das Dunkel einer winzigen, menschenleeren Gasse. Dort blieb er direkt an der Ecke stehen und sah mich an. »Ich bin froh«, sagte er leise. Das war alles, was ich an Aufforderung brauchte. Mit einem lauten Seufzer der Erleichterung kam ich in seine Arme und küsste ihn, bis mir die Lippen wehtaten und mein Herz zu zerspringen drohte.

Dann machte ich mich eilig los, weil jeden Moment Agnes und Henri auftauchen mussten. Doch es erschien nur Henri, der über die Maßen besorgt dreinschaute.

»Wo ist Agnes?«, fragte er, wobei er den Namen wie immer auf die französische Art aussprach, sodass es wie *Annjess* klang. »Ist Sie nischt bei Ihnen, Monsieur?«

»Nein«, sagte Fabio. Wir tauschten alarmierte Blicke.

»Gerade eben war sie noch da«, jammerte Henri.

»Was heißt das?«, fragte Fabio barsch.

Henri zuckte hilflos die Achseln. »Wir standen auf eine Brück' und schauten ins Wasser! Dann gingen wir weiter. Und als isch misch das nächste Mal zu ihr umdrehte, war sie verschwunden.«

In diesem Moment ertönte ein lauter, krächzender Schrei, der uns das Blut in den Adern gerinnen ließ. Er stammte zweifellos von Agnes. Wir rannten sofort los, in die Richtung, aus der er gekommen war. Ich brach mir prompt einen Absatz ab und knickte schmerzhaft mit dem Fuß um. Während ich lautstark vor mich hinfluchte, erreichten wir binnen weniger Sekunden eine menschenleere Sackgasse, und mir entfuhr ein Laut der Erleichterung, als Agnes uns vom anderen Ende aus entgegengewankt kam. Sie hinkte fast so stark wie ich und hielt sich den Kopf.

Ich sah sofort, dass ihre Juwelen weg waren.

Bis auf einen einzigen Ring hatte man ihr alles geraubt, das Collier, die beiden Armbänder und die beiden Ringe von ihrer rechten Hand. Der unbekannte Täter hatte auch versucht, ihr denjenigen zu entwenden, den sie an der linken Hand trug, doch er hatte ihn nicht abgekriegt, wie Agnes bei der Polizei zu Protokoll gab. Zum Glück war sie selbst nicht zu Schaden gekommen. Ihr Hinken vorhin war darauf zurückzuführen, dass sie einen Schuh verloren hatte, der sich dann aber zum Glück noch wiederfand. Nur der Schmuck war weg, auf Nimmerwiedersehen verschwunden.

Ich war, ebenso wie Henri und Fabio, der als Übersetzer fungierte, als Zeugin mit auf die Wache gekommen. Agnes hatte aus gegebenem Anlass ihr Hörgerät angelegt, das sie in ihrer Handtasche hatte. Mit schriller Stimme schilderte sie dem Dienst habenden *Commissario*, was passiert war.

Der Hergang des Geschehens war folgender: Agnes hatte sich gebückt, weil ihr die Handtasche runtergefallen war, und als sie wieder hochgeschaut hatte, war Henri nirgends mehr zu sehen gewesen. Er war offenbar bereits um die nächste Ecke gebogen, ohne zu bemerken, dass Agnes nicht mehr neben ihm war. Dann war alles blitzschnell gegangen. Jemand hatte Agnes von hinten gepackt und sie in einen dunklen Torbogen gezerrt, ihr den Mund zugehalten und mit der anderen Hand gewaltsam den Schmuck vom Körper gerissen.

Fabio übersetzte alles, was sie sagte. Er war bleich und angespannt, und wenn man genau hinschaute, konnte man sehen, wie seine Hände zitterten. Mein Herz flog ihm entgegen, als ich erkannte, wie ihm jetzt zumute sein musste. Er hatte nicht nur die Prämie und damit den Fortbestand seines Unternehmens verspielt, sondern hatte auch in seiner Eigenschaft als Beschützer versagt.

Dann wurde mir plötzlich eiskalt, denn ich begriff, dass alles nur meine Schuld war! Fabio konnte überhaupt nichts dafür! Schließlich war ich diejenige, die mit dem Küssen angefangen hatte, nicht wahr?

Ich hätte mich am liebsten auf der Stelle in Luft aufgelöst. Stattdessen fing ich an zu heulen und konnte nicht mehr damit aufhören.

Ein *Carabiniere* brachte mir einen Stuhl und eine Packung Papiertaschentücher. Offenbar nahm er an, dass ich unter Schock stand.

Fabio unterbrach seine Übersetzung und kam zu mir. »Was ist los?«, flüsterte er besorgt.

Das gab mir den Rest. Er kümmerte sich um mich! Und das, nachdem ich ihm gerade sein Leben vermasselt hatte! Laut aufschluchzend fischte ich nach einem Papiertaschentuch.

»Wir bringen das schon wieder in Ordnung«, sagte er leise. Dann drückte er mir einen Kuss auf die Stirn und ging zurück zum Schreibtisch des *Commissario*, wo er mit der Übersetzung fortfuhr.

Als Agnes ihre wortkarge Schilderung beendet hatte, wollte Fabio weitere Einzelheiten von ihr wissen.

»Wie hat der Mann ausgesehen?«

»Keine Ahnung«, meinte Agnes in kratzigem Tonfall. »Ich hab den Kerl ja überhaupt nicht gesehen. Es war zu dunkel, und außerdem hat er sich von hinten angeschlichen.«

Es war noch immer ungewohnt für mich, ihre Stimme zu hören. Wenn sie redete, kam sie mir plötzlich wie ein ganz anderer Mensch vor. Allerdings war schwer zu sagen, ob sie mir mit oder Stimme sympathischer war. Wohl eher in keiner der beiden Versionen. Sie war und blieb eine alte Schrulle, wie man es auch drehte und wendete. Je mehr Fabio fragte, desto unwirscher wurde sie, und einmal, als er wissen wollte, ob der Täter vielleicht irgendwie auffällig gerochen hätte, fuhr sie ihm richtiggehend über den Mund.

»Alle Männer riechen auffällig«, beschied sie ihn böse. Sie spießte Fabio mit ihren Blicken förmlich auf und schoss mit ihrer nächsten Bemerkung eine gemeine Breitseite auf ihn ab. »Und die meisten sind außerdem völlig unfähig.« Dann zupfte sie ihr Hörgerät aus dem Ohr und schob es in ihre Handtasche. »Ich will ins Bett«, sagte sie zu Henri, der geduldig im Hintergrund wartete.

Fabio erledigte die restlichen Formalitäten der Anzeige, was schon allein wegen der Versicherung unumgänglich war, dann marschierten wir alle wie die begossenen Pudel zurück zum Hotel.

Nachdem die ganze Aufregung sich ein wenig gelegt hatte, wollte ich nur noch in mein Bett, doch Valerie bestand darauf, die Nacht mit Heinz zu verbringen. Die beiden hatten ebenfalls noch einen langen Spaziergang unternommen, doch davon waren sie offenbar eher wach als müde geworden.

»Muss das wirklich unbedingt heute sein?«, fragte ich mürrisch.

»Ja«, sagte sie kategorisch. »Und was den Schmuck angeht, solltest du dich nicht so anstellen. Sieh es doch mal positiv! Jetzt ist endlich Schluss mit diesen nervtötenden Verdächtigungen! Die Klunker sind weg, aber es war niemand von uns, das ist doch auch was wert, oder? Und außerdem bezahlt doch sowieso alles die Versicherung! Agnes geht es wieder gut, das ist die Hauptsache. Wenn du mich fragst, macht es ihr nur halb so viel aus, wie ihr alle glaubt. Schließlich hat sie noch nicht mal geheult, oder?«

Damit hatte sie Recht. Agnes hatte sich überraschend schnell von dem Trauma des Überfalls erholt. Sie hatte im Grunde so gewirkt wie immer, als sie vorhin auf ihr Zimmer gegangen war. Henri machte ebenfalls einen gefassten Eindruck. Auch Bibi und Berthold, die sich nach dem Essen ebenfalls zu einem Stadtbummel aufgemacht hatten und kurz nach uns in der Lobby eintrafen, schienen nicht allzu betroffen zu sein. Berthold ließ gelangweilt seine Finger knacken, und Bibi quittierte meine Schilderung des Überfalls mit einem kurzen Achselzucken und einem langen Gähnen, bevor sie knutschend mit Berthold auf einen letzten Absacker in der Hotelbar verschwand.

Eine Minute später war auch Leo auf der Bildfläche erschienen. Er hatte sich irgendwo in der Stadt einen Rausch angetrunken, und als er hörte, was passiert war, bedachte er uns mit traurigen Blicken. »Die Welt iss m-manchmal sooo schlecht«, nuschelte er, dann rülpste er und wankte zum Aufzug, wo er wahllos sämtliche Knöpfe drückte.

Valerie schien dem ganzen Vorfall ebenfalls weit weniger Bedeutung beizumessen, als ihm in meinen Augen zukam. Was sie und Heinz betraf, war sie nicht von ihrem Vorhaben abzubringen. Sie hatte nochmals ihr Horoskop befragt und vertrat nun beharrlich die Überzeugung, dass ihre Geschicke noch nie unter einem so günstigen Stern gestanden hätten wie in dieser Nacht.

»Es muss heute sein oder nie.« Sie befeuchtete ihre Lippen mit der Zunge. »Ich spüre, dass ich noch nie so dicht vor einer unbekannten Grenze gestanden habe wie jetzt!«

Es war nicht zu übersehen, wie ernst es ihr mit diesem Blödsinn war, und so räumte ich notgedrungen meine Sachen zusammen und ging zu Fabio, um ihn zu fragen, ob er sich trotz seines desolaten Gemütszustandes mit mir als Logiergast anfreunden könne. Im Gang traf ich auf Heinz, der mit hochrotem Gesicht an mir vorbeihuschte und dabei irgendwelche unverständlichen Worte vor sich hinmurmelte, mit denen er vermutlich seine Dankbarkeit zum Ausdruck bringen wollte.

Fabio war zu meiner Überraschung nicht so geknickt, wie ich es erwartet hatte. Er war sofort damit einverstanden, das Zimmer mit mir zu teilen, ja, mehr noch: Als ich ihm sagte, dass ich mein Bett für Heinz hatte räumen müssen, nahm er das mit deutlichem Wohlgefallen zur Kenntnis. Er hatte bereits geduscht, doch jetzt ging er nochmals ins Bad, um sich zu rasieren. Ich fühlte mich von einer unerklärlichen Nervosität erfasst. Wieso rasierte er sich noch? War es normal, dass Männer sich auch abends rasierten, obwohl sie es am nächsten Morgen sowieso wieder tun mussten?

Dann ging die Badezimmertür auf, und Fabios lüsternes Piratengrinsen sagte mir mehr als tausend Worte. Mir wackelten die Knie, als er näher kam.

»Ich will dich«, sagte er mit kehliger Stimme, was mich augenblicklich in einen Zustand unerträglicher Erregung versetzte. Meine Arme und Beine waren auf einmal aus Gummi, sodass ich gezwungen war, mich aufs Bett zu legen.

Fabio begann, sich auszuziehen. Ich verschlang jeden Zentimeter seines herrlichen Bademeisterkörpers mit den Augen, und als er sich mit den Knien auf dem Bett abstützte und sich über mich beugte, konnte ich meine Hände nicht mehr bei mir behalten.

»Willst du nicht das Licht ausmachen?«, flüsterte ich, während ich das köstliche Gefühl genoss, das die kratzigen Haare an seinen Oberschenkeln in meinen Handflächen erzeugten.

»Auf keinen Fall. Ich will dich dabei ansehen.«

Dann lag er halb neben und halb auf mir und fiel über mich her, mit allem, was dazugehörte, und so nahm diese Nacht doch noch ein bemerkenswert erfreuliches Ende.

20. Kapitel

Am nächsten Vormittag fuhren wir alle nach dem Frühstück wieder zurück nach Pesaro. Die ursprünglich für diesen Tag geplante Tour auf die berühmte Glasbläserinsel Murano wurde gestrichen, ebenso der Rundgang durch Ravenna, der für die Rückfahrt vorgesehen war.

Die Rückfahrt verlief in ähnlicher Stille wie die Hinfahrt. Diesmal lag es nicht daran, dass Fabio nicht mit mir hätte reden wollen, sondern daran, dass Henri bei uns im Wagen mitfuhr. Ich hatte den Eindruck, dass der Vorfall von letzter Nacht Agnes und ihren Tanzlehrer einander näher gebracht hatte. Zwischen ihnen schien ein unausgesprochenes Einvernehmen zu herrschen.

Bei mir und Fabio war es ähnlich, allerdings mit dem Unterschied, dass wir unseren Gefühlen häufiger durch begehrliche Blicke Ausdruck verliehen. Die Nacht hatte es wahrhaftig in sich gehabt! Ich war heute Morgen kaum aus dem Bett gekommen. Fabio hatte mir einen nachhaltigen Eindruck davon verschafft, warum die Frauenwelt um den sprichwörtlichen *Latin Lover* solches Gewese machte.

Nach unserer überraschenden Ankunft im Kastell bereiteten Maria, Renata und Gina in aller Eile einen Brunch zu, doch mir war nicht nach Essen zumute.

Trotz der heißen Liebesnacht in Fabios Armen hing mir die Sache mit Agnes immer noch nach. Mir ging einfach nicht aus dem Kopf, dass Fabio deswegen jetzt ruiniert war. Und nicht nur er, sondern auch seine Schwester und sein Partner.

Als ich ihn am späten Nachmittag im Arbeitszimmer darauf ansprach, reagierte er überraschend gelassen. »Ich weiß, dass du dir die Schuld gibst, Liebes, aber keine Sorge. Es wird sich schon eine Lösung finden.«

Ich schluckte und druckste herum. »Ich wollte dir nur sagen, dass ich vielleicht versuchen könnte, dir zu helfen. Finanziell, meine ich.«

Erstaunt hob er auf seine unnachahmlich lässige Art eine Augenbraue. »Wie darf ich das denn verstehen?«

»Mein Vater hat ziemlich viel Geld«, platzte ich heraus. »Und er würde mir was davon geben. Ich hab vorhin mit ihm telefoniert und ihm davon erzählt, was passiert ist. Er hat sofort gesagt, das wäre kein Thema, egal ob es dreißig- oder fünfzigtausend Euro sind. Ich erbe eines Tages sowieso alles, und es liegt eh nur auf der Bank rum. Du hast ja selbst gesagt, dass du das Geld nur als Überbrückungskredit brauchst.«

»Das hast du wirklich für mich gemacht?« Fabio war gerührt. Er legte einen Finger unter mein Kinn und küsste mich auf die Nasenspitze.

Mir sank das Herz, weil ich die Zeit des Abschieds nahen fühlte. »Ich darf nachher nicht vergessen, dir meine Adresse in Frankfurt zu geben. Erinnere mich daran, wenn du fährst.«

»Ich fahre doch gar nicht. Jedenfalls nicht heute.«

Verblüfft hob ich den Kopf. »Aber ich dachte …«

»Dass ich verschwinde, nur weil die Juwelen geklaut

wurden?« Er schüttelte den Kopf. »Ich dachte auch erst, dass Agnes mich am liebsten gleich loswerden möchte, aber Heinz meinte, er fände es nett, wenn ich noch bis übermorgen hier bleiben würde.«

»Und du hast *Ja* gesagt?« Freude und Aufregung bemächtigten sich meiner.

Er nickte. »Ich möchte die beiden letzten Tage mit dir noch genießen. Jetzt hab ich ja jede Menge Zeit, weil ich nicht mehr auf Agnes aufpassen muss. Ich wäre verrückt, wenn ich das nicht ausnutzen würde.«

»Das ist toll«, sagte ich atemlos. Ich fühlte, wie meine Wangen glühten. Himmel, war ich verliebt in diesen Mann!

»Wir könnten in das Haus meiner Eltern gehen«, sagte ich begeistert. »Da wären wir ganz ungestört!«

»Ach, für die kurze Zeit wäre das zu viel Aufwand«, meinte er leichthin. »Außerdem kriegen wir hier jeden Tag ein Spitzenmenü. Und ich muss Agnes ja auch noch Schwimmunterricht geben.«

»Versteht sie dich eigentlich, wenn du ihr die Technik erklärst?«

»Ach wo, wir tun beide nur so. Im Grunde schau ich ihr nur dabei zu.«

Ich lachte. »Du bist ein total verrückter Kerl!«

»Und du bist wunderschön.«

Ich schwebte wie auf Wolken, doch als ich seine nächsten Worte hörte, war mein Glück vollkommen.

»Hab ich dir schon gesagt, dass du die Frau meines Lebens bist?«

Ein wenig bange fragte ich mich, ob er dasselbe auch schon zu anderen Frauen gesagt hatte, doch als er mich dann in seine Arme zog und mir einen richtigen Kuss gab, zerstoben meine Bedenken wie Pusteblumen im Wind.

Von der Tür her kam ein Räuspern, und wir fuhren auseinander. Leo stand im Türrahmen und bedachte uns mit undeutbaren Blicken, denen nicht anzusehen war, wie viel von unserer Unterhaltung er mitbekommen hatte.

»Ich wollte euch nur sagen, dass sich meine Pläne geändert haben«, erklärte er. »Eigentlich wollte ich ja heute schon fahren, aber mit meinem Vergaser stimmt was nicht. Die Reparatur dauert mindestens bis übermorgen. Ich hab schon mit Heinz gesprochen, es geht klar, dass ich noch so lange hier bleiben kann.«

Na toll. Übermorgen war Mittwoch. Da war Agnes' Urlaub hier sowieso zu Ende, und alle anderen würden ebenfalls abreisen. Hoffentlich hatte er nicht vor, wegen seines Geldbedarfs weitere Überzeugungsarbeit zu leisten!

Im Laufe des frühen Abends sah ihn dann mit Berthold zusammen im hinteren Teil des Gartens stehen, wo die beiden die Köpfe zusammensteckten. Ich hatte ein ungutes Gefühl dabei.

Agnes war unterdessen ganz ohne Ausfallerscheinungen zu ihrem gewohnten Tagesablauf übergegangen. Am Nachmittag hatte sie bei Fabio ihre übliche Schwimmstunde genommen und war anschließend mit Heinz zu ihrem täglichen Strandspaziergang aufgebrochen. Ich verfolgte das Ganze mit gemischten Gefühlen und überlegte, dass der Raub der Juwelen immerhin ein Gutes hatte: Fabio hatte noch zwei Tage Urlaub. Die hatte er bestimmt bitter nötig, nach allem, was passiert war.

Henri saß bis zum Abend auf der Terrasse und übte Kartentricks, wobei er einen zufriedenen Eindruck machte. Er hatte sich irgendwo einen Strohhut gekauft und sah seinem Filmdouble jetzt derart verblüffend ähnlich, dass man ständig über die Schulter schauen wollte, ob nicht irgendwo eine Filmkamera lief.

Bibi hüpfte trällernd durchs Haus und erklärte, dass sie am nächsten Tag unbedingt noch eine ausgedehnte Shopping-Tour in Rimini machen wolle, sie hätte da beim letzten Mal ein Paar Schuhe gesehen, die sie auf jeden Fall noch mitnehmen müsse.

Kurz und gut: Das Leben ging weiter, als sei nichts geschehen.

Auch in mir machte sich allmählich ein zaghafter Optimismus breit. Unterm Strich war dieser Urlaub wohl doch nicht so schlecht gelaufen. Agnes schien den Verlust ihres Schmucks nicht allzu schwer zu nehmen, und auch die anderen wirkten, als seien sie durchaus guter Dinge.

Warum sollte ich mir also weiterhin Gedanken machen? Wieso nicht einfach die letzten sonnigen Tage in dieser wunderbaren Gegend genießen? Vielleicht könnte ich mit Fabio noch nach Ravenna oder Ancona fahren, die beiden Städte fehlten noch in meiner Reisereportage. Oder wir könnten eine romantische Wanderung in den Sibillinischen Bergen zum *Lago di Pilato* unternehmen, Hand in Hand oder Arm in Arm …

So oder so, morgen und übermorgen würde ich im Laufe von ein paar Stunden den Rest meines Artikels fertig schreiben und alles per E-Mail an Hildegard schicken, und während der übrigen Zeit würde ich es mir mit meinem tollen neuen Lover gut gehen lassen. Bei diesem Gedanken fühlte ich mich auf einmal rundum glücklich.

Doch dann hatte ich vor dem Dinner eine längere Unterhaltung mit Valerie, bei der sich mein mühsam zurückgewonnener Seelenfrieden auf einen Schlag wieder verflüchtigte.

Während wir uns gemeinsam für das Abendessen umzogen, meinte ich beiläufig: »Ich muss dir übrigens noch danken.«

»Wofür?«

»Na, dafür, dass Fabio noch hierbleiben kann, obwohl sein Job im Prinzip zu Ende ist. Du hattest doch da deine Hand im Spiel, oder?«

Valerie zuckte lächelnd die Achseln, während sie nacheinander mehrere bunte Gewänder aufs Bett warf. Die letzte Nacht war ihr gut bekommen. Heute Morgen beim Frühstück hatte sie dreingeschaut wie eine Katze, die den Sahnetopf entdeckt hatte. Was immer sie und Heinz ausprobiert hatten – es musste ihr gefallen haben.

»Dafür musst du dich nicht bedanken«, meinte sie. »Es war nicht schwer. Heinz will auf keinen Fall, dass ich heute schon fahre, aber ich habe ihm gesagt, dass ich natürlich nicht mehr bleibe, wenn du weg willst. Und da konnte er sich natürlich an allen zehn Fingern abzählen, dass du nur dann bleiben würdest, wenn auch Fabio hier ist. Außerdem ist ihm absolut klar, dass das Ganze ja nicht Fabios Schuld war.«

»Stimmt, es war *meine* Schuld«, sagte ich düster.

Sie unterbrach die Betrachtung ihres Glückssteinsortiments und schaute ärgerlich auf.

»Diesen Blödsinn will ich nicht hören! Es wäre so

oder so passiert! Wenn du mich fragst, ist der wahre Dieb nicht weit!«

Entgeistert ließ ich die Bluse sinken, die ich gerade hatte anziehen wollen. »*Was* sagst du da?«

»Ich hab heute noch mal über alles nachgedacht.« Valerie schaute grimmig drein. »Ist es dir nicht komisch vorgekommen, wie gut sich Berthold und Leo auf einmal vertragen? Und Bibi sieht aus, als hätte sie im Lotto gewonnen.«

»Moment mal, du willst doch nicht etwa behaupten …«

»Doch«, unterbrach sie mich. Dann zählte sie die erdrückenden Beweise an den Fingern auf.

»Sie waren gestern Abend alle drei zur selben Zeit spazieren wie ihr. Bevor ich mit Heinz losging, habe ich zufällig aus dem Fenster geschaut und dabei gesehen, wie sie euch gefolgt sind. Sie sind auch zur selben Zeit zurückgekommen. Keinen hat es besonders interessiert, was passiert war.«

»Das war Zufall«, meinte ich, doch es klang nicht besonders nachdrücklich. »Außerdem war Leo betrunken.«

»Wahrscheinlich hat er irgendwo noch schnell einen Alibischnaps gekippt.«

»Für mich hört sich das wie kompletter Unfug an«, erklärte ich.

»Komisch, ich könnte schwören, dass du drauf und dran bist, dich meiner Meinung anzuschließen.«

Grübelnd betrachtete ich meine im Schoß verschränkten Hände. An dem, was Valerie da sagte, war was dran. Wenn ich alle Fakten gekannt hätte, wäre ich vermutlich sogar von allein darauf gekommen. Es war sicher nicht allzu schwierig, im Gewirr der Gassen von

Venedig unauffällig jemandem zu folgen und einen geeigneten Moment für einen Überfall abzupassen. Möglicherweise hatten sie sogar ursprünglich ein Ablenkungsmänover geplant, mit dem sie Fabio, Henri und mich von Agnes hätten weglocken können! Und dann war ihnen der Zufall in Form einer runtergefallenen Handtasche zu Hilfe gekommen …

»Wenn du das tatsächlich glaubst – wieso hast du dann noch nichts unternommen?«, wollte ich wissen.

»Wozu? Ich hab dir doch schon gesagt, dass ich froh bin, weil dieser ganze verkrampfte Mist wegen der Juwelen endlich aufgehört hat. Die Versicherung bezahlt den Schaden, Agnes ist drauf wie immer – weswegen soll ich mir da graue Haare wachsen lassen? Und du glaubst doch nicht ernsthaft, dass man den dreien was beweisen kann. Die würden sich alle gegenseitig decken.«

»Nehmen wir mal an, es stimmt, was du sagst – ich meine, dass die drei Agnes überfallen und den Schmuck geraubt haben … Wieso sind sie dann noch hier?«

»Keine Ahnung. Vielleicht, weil es auffallen würde, wenn sie sofort abhauen. Bibi hat schließlich ihren Job hier, und Berthold ist offiziell mit ihr verlobt und extra ihretwegen hergekommen.«

»Und Leo?«

»Sein Auto ist kaputt«, meinte Valerie lapidar.

Hm. Vielleicht war es ja wirklich kaputt.

»Es könnte aber auch nur einer der drei gewesen sein«, wandte ich ein. »Zum Beispiel Berthold.«

»Unwahrscheinlich«, erklärte Valerie. »Er war ja die ganze Zeit mit Bibi zusammen. Wenn es einer alleine war, dann höchstens Leo.«

Peng. Das saß.

»Aber das glaube ich nicht«, erklärte Valerie. »Sonst hätte er nicht den geringsten Grund, sich mit Berthold hinter den Zypressen zu verstecken. Glaub mir, die waren es alle drei. Und jetzt ziehen sie hier eine Schau ab, damit im Nachhinein nicht doch noch ein Verdacht auf sie fällt.«

Ich musste zugeben, dass sie als Geheimagentin eine weit bessere Figur machte als ich. Doch bevor ich mich darüber ärgern konnte, wartete sie gleich mit der nächsten Tätervariante auf, die so ungeheuerlich war, dass es mir den Atem verschlug.

»Es könnte theoretisch natürlich auch Fabio mit drinstecken. Als Drahtzieher, meine ich.«

»*Was*?!«, schrie ich empört.

Sie hob die Hand. »Reg dich ab. Ich kombiniere ja bloß. Findest du nicht, dass er heute schon den ganzen Tag absolut relaxed ist? Und das, obwohl ihm doch gerade dreißigtausend Euro durch die Lappen gegangen sind und seine Firma deswegen Pleite machen muss?«

»Ich hab ihm gesagt, dass ich ihm was leihe!«, trumpfte ich auf.

»Wann?«

»Ähm … heute Nachmittag.«

»Aha.«

Sie sagte nur dieses eine Wort, doch es reichte aus, um meine Wut zum Kochen zu bringen.

»Du wagst es doch nicht etwa, ihn zu verdächtigen?«

»Ich wage gar nichts, ich habe nur Tatsachen aufgezählt und meine Meinung geäußert. So wie bei Leo, als ich dir sagte, dass er womöglich klamm ist. Du hast mir gestern Abend selbst erzählt, dass er dich anpumpen wollte. Also hab ich absolut richtig gelegen.«

»Du musst nicht darauf herumreiten«, meinte ich grollend.

»Tu ich ja nicht. Jedenfalls nicht mehr als nötig. Ich sage dir nur, was ich denke. Welche Schlüsse du daraus ziehst, überlasse ich ganz dir.«

»Ich kann dir sagen, welche Schlüsse ich daraus ziehe«, bemerkte ich sarkastisch. »Du tätest besser daran, deine Weisheiten weiterhin aus dem I-Ging oder diesem dämlichen Astrobuch zu holen, das reicht an Blödsinn vollkommen! Und überhaupt – woher willst du denn wissen, ob nicht dein toller Heinz der Drahtzieher ist? Er hat überhaupt kein eigenes Geld, hast du das schon vergessen? Vielleicht hat er ja sein Schmarotzerleben gründlich satt und braucht ein bisschen Startkapital?«

Damit hatte ich es mir fürs Erste bei ihr verscherzt, wie unschwer an ihren zusammengepressten Lippen und den zornfunkelnden Augen zu erkennen war. Mit brüsken Bewegungen raffte sie ihre Klamotten an sich und verschwand im Bad.

Beim Abendessen warf sie mir ab und zu einen bitterbösen Blick zu und beschränkte sich ansonsten darauf, mich nach Kräften zu ignorieren.

Während alle anderen angeregt miteinander plauderten, wurde meine innere Unruhe allmählich unerträglich. Ich wagte kaum noch, aufzublicken. Wenn Valerie Recht hatte – zumindest, so weit sich ihr Verdacht gegen Berthold, Leo und Bibi richtete –, saß ich hier mit lauter Verbrechern am Tisch!

»Ist dir nicht gut?«, fragte Fabio besorgt. Er saß neben mir und drückte ab und zu in eindeutig erotischer Absicht seinen kräftigen Oberschenkel gegen mein Bein. Unter anderen Umständen hätte ich das genießen können, doch an diesem Abend kam ich mir wieder einmal vor wie im falschen Film. Er hätte den Titel *Allein unter Gangstern* tragen können.

»Ich hab Kopfschmerzen«, murmelte ich. Das war nicht einmal gelogen. Nach der Vorspeise – Gina und Renata hatten etwas lecker Riechendes mit Meeresfrüchten aufgetragen, doch ich hatte kaum etwas davon heruntergebracht – stand ich auf und entschuldigte mich.

»Ich geh rasch nach oben, eine Tablette einnehmen.«

Fabio erhob sich halb. »Soll ich mitkommen?«

»Auf keinen Fall, ich bin gleich wieder da.« Auf dem Weg nach oben fasste ich dann einen spontanen Entschluss, der mir im Laufe des Abends noch viel Ärger eintragen sollte.

Ich fing mit Bibis Zimmer an, aus dem einfachen Grund, weil ich damit gleich zwei Hauptverdächtige checken konnte. In aller Eile durchwühlte ich die Klamotten der beiden, untersuchte den Inhalt des Kleiderschranks sowie der Kommode und schaute sogar unter der Matratze nach, doch von den Juwelen war nichts zu finden. Blieb natürlich noch die Möglichkeit, dass sie die Beute in Bertholds Wagen versteckt hatten, doch darum würde ich mich später kümmern müssen. Als Nächstes nahm ich mir Leos Zimmer vor. Zwischen all seinen piekfeinen Sachen befand sich nichts von bedeutendem Wert, obwohl einiges davon ganz schön teuer gewesen war. Nun ja, so viel zu Valeries Verdächtigungen. Ich war schon wieder auf dem Weg nach unten, als meine Füße auf dem oberen Treppenabsatz wie von allein innehielten und mich zurück zu Fabios Zimmer trugen. Ich wollte es nicht tun, ganz bestimmt nicht, aber anscheinend steckte irgendwo tief in mir drin eine misstrauische Hexe, die plötzlich das Kommando über meinen Körper an sich gerissen hatte.

Kaum hatte ich mich über die Kommode gebeugt, um den Inhalt der ersten Schublade zu inspizieren, als Fabios Stimme an der Tür sagte: »Kann ich dir helfen?«

Wie von einer heißen Nadel gepikst sprang ich zurück. »Ich habe nicht ... Ich meine, ich wollte nicht ...« Mit flammenden Wangen suchte ich nach einer passenden Entschuldigung. »Nicht, dass du glaubst, ich würde dich verdächtigen, aber ...«

Die Worte erstarben mir auf den Lippen. Es gab keine Entschuldigung für das, was ich getan hatte, und wir wussten es beide. Natürlich hatte ich ihn nicht ernsthaft in Verdacht gehabt, aber völlig frei von Zweifeln war ich ebenso wenig gewesen, sonst hätte ich das hier sicher nicht getan. Ich hatte ihm nicht restlos vertraut, daran gab es nichts zu rütteln. Wenn ich meine Aktion hätte rückgängig machen können – ich hätte sonst was dafür gegeben. Doch dafür war es jetzt zu spät.

Fabio sah aus, als hätte ihn jemand geschlagen. Reglos stand er da und starrte mich an. Nach endlosen Sekunden schmerzerfüllten Schweigens tat ich schließlich das Einzige, das mir in dieser verkorksten Situation einfiel: Ich rannte mit gesenktem Blick an ihm vorbei in mein Zimmer und schloss mich ein.

Ich heulte und fluchte eine Weile vor mich hin, und irgendwann übermannte mich die Müdigkeit. Letzte Nacht hatte ich kaum geschlafen, sodass mein Körper jetzt sein Recht forderte. Ich schlief tief und traumlos, doch mitten in der Nacht wachte ich mit einem diffusen Gefühl der Bedrohung auf. Orientierungslos starrte ich in die Dunkelheit. Valerie war nicht da. Vermutlich lag sie mit Heinz im Bett. Offenbar hatte sie gar nicht erst den Versuch unternommen, sich mit mir zu versöhnen.

Ich hatte plötzlich den beklemmenden Eindruck, etwas sehr Wichtiges übersehen zu haben. Etwas, das mit dem Raub zu tun hatte. Außerdem hatte ich heftigen Durst. Ich stand auf, um mir in der Küche etwas zu trinken zu holen. Auf der Treppe glaubte ich, eine geisterhaft leise Musik zu hören, feine, dünne, weit entfernte Walzerklänge, doch schon im nächsten Moment war es wieder still. Anscheinend hatten meine Ohren mir einen Streich gespielt. Vor dem Einschlafen hatte Agnes noch ihre übliche Tanzstunde gehabt, und hinterher hatte Heinz wieder eine Runde an der Orgel zum Besten gegeben. Mir klingelten immer noch die Ohren davon, obwohl ich mich in sicherer Entfernung aufgehalten und mir die Decke über den Kopf gezogen hatte.

Wieder erfasste mich dieses eigentümlich bedrohliche Gefühl, und als ich mit einem Glas Mineralwasser aus der Küche kam, war auch wieder die leise Musik zu hören.

Diesmal war ich ganz sicher, dass ich mich nicht getäuscht hatte. Ich ging auf Zehenspitzen zum Salon und öffnete vorsichtig die Tür. Das, was ich im nächsten Moment zu Gesicht bekam, raubte mir den Atem.

Irgendwo aus einer Ecke des Raums ertönten kaum hörbar die Klänge eines Walzers. Im Licht einer einzigen Kerze schien sich das matt glänzende Parkett des leeren Zimmers bis ins Unendliche zu erstrecken, und über die Tanzfläche bewegten sich in vollkommenem Gleichmaß zwei Gestalten, die ich erst beim zweiten Hinsehen als Agnes und Henri erkannte. Selbstvergessen walzten sie durch den Raum, immer im Takt der Musik, die Köpfe hingebungsvoll zueinander geneigt.

Dann flackerte die Kerze im Luftzug der offenen Tür, und das Licht brach sich bläulich in den zahlreichen funkelnden Brillanten an Agnes' Hals.

Ich ächzte erschrocken, und obwohl ich sofort einen Schritt zurückwich, bemerkten die beiden mich. Sie fuhren zu mir herum, und jetzt war kein Zweifel mehr möglich: Agnes trug ihre gesamten Juwelen! Und jetzt war mir auch wieder eingefallen, was ich gestern Nacht übersehen hatte!

»Los, schnapp sie dir, sie ist alleine«, befahl Agnes.

Ich traute meinen Ohren nicht. Hatte sie das wirklich gesagt? Doch bevor Henri auch nur einen Schritt in meine Richtung tun konnte, ging das Licht an, und Fabio sagte hinter mir: »Das würde ich lieber lassen.«

Henri hob mit theatralischem Jammern die Hände. »Isch 'abe ihr gesagt, dass diese Tanz mitten in der Nacht eine verrückte Idee ist!« Vorwurfsvoll sagte er zu Agnes: »Und warum musstest du unbedingt diese Betrug mit die Juwelen versuchen, *hein*?«

»Halt die Klappe«, sagte Agnes wütend. Zu mir und Fabio sagte sie: »Es war *seine* Idee.« Dann wandte sie sich an mich. »Jenny Costello, du warst schon damals ein unmögliches Kind!«

Sprach's, polkte ihr Hörgerät aus dem Ohr und ließ es in der Tasche ihres Morgenmantels verschwinden, der ebenso wie ihre übrige Garderobe von Anno dazumal stammte. Anschließend stapfte sie mit Riesenschritten an uns vorbei die Treppe hoch.

Ich war platt. Sie hatte mich erkannt! Diese alte Schreckschraube hatte es wahrhaftig faustdick hinter den Ohren!

Henri folgte ihr händeringend, wobei er uns verzweifelte Blicke zuwarf. »Ihr dürft der Alten kein Wort glauben!«, forderte er uns auf. Er hatte plötzlich so rein gar nichts mehr von einem netten großväterlichen Filmkavalier an sich. Vielleicht lag das aber auch daran, dass sein französischer Akzent plötzlich wie weggeblasen war. »Es war allein ihre Idee!«, zischte er uns zu, bevor er ebenfalls nach oben verschwand.

21. Kapitel

Ich schaute ihnen mit offenem Mund hinterher, dann wandte ich mich zu Fabio um. »He, die gehen einfach ins Bett! Willst du denn nichts unternehmen?«

Er zuckte die Achseln. »Wozu? Der Fall ist aufgeklärt. Ich werde die Versicherung informieren, und die können dann alle nötigen Schritte einleiten.«

»Und was wird passieren?«

»Der Versicherungsvertrag wird gekündigt, und vermutlich wird man Agnes und Henri wegen versuchten Betruges anzeigen. Sie werden sich gegenseitig die Schuld in die Schuhe schieben, und dann wird man irgendwann das Verfahren niederschlagen, weil beide nicht mehr ganz dicht sind. Henri ist spielsüchtig und Agnes ziemlich verrückt.«

»Hm«, machte ich nachdenklich. Er mochte Recht haben, aber meiner Meinung nach hatten die beiden alles recht geschickt eingefädelt. Agnes hatte ausgestreut, wie sehr sie an dem Schmuck hing und dass es ihr aus sentimentalen Gründen unmöglich sei, ihn abzulegen. Dann hatten sie und Henri einen von der Versicherung autorisierten Aufpasser akzteptiert, um von vornherein mögliche Querelen wegen des Schadensfalles auszuschließen. Erst, als sie gemerkt hatten, dass der Überfall sich schlecht fingieren ließ, weil Agnes einfach nie lange genug unbeobachtet blieb, hatten sie in Venedig kurzfristig umdisponiert und den Überfall vorgetäuscht. Wahrscheinlich war ihnen einfach die Zeit davongelaufen, schließlich neigte sich der Urlaub dem Ende zu. Die Geschichte mit dem Schlafmittel vor ein paar Tagen war allem Anschein nach ein missglückter Versuch gewesen, Agnes – mit ihrer Einwilligung – als das Opfer eines Tablettenanschlags hinzustellen, das dann am nächsten Tag betäubt und ohne Schmuck hätte aufgefunden werden können. Die Dosis in meinem Sherry war vermutlich für sie bestimmt gewesen; wahrscheinlich hatte Henri aus Versehen eine Tablette ins falsche Glas geworfen. Dann hatte er seinen Fehler bemerkt und ihr ebenfalls eine Dröhnung verpasst, die sie dann jedoch erbrochen hatte. In der Nacht, als die Sirene losgegangen war, hatten sie dann vermutlich abermals einen Versuch gestartet, der dann jedoch ebenfalls scheiterte, vielleicht weil Leo und Berthold im unpassenden Moment aufgetaucht waren.

Auch der angebliche Überfall an Agnes' Geburtstag war schief gegangen. Wahrscheinlich hatte sie es damals einfach nicht hingekriegt, den Schmuck rechtzeitig abzunehmen, bevor Heinz sie »retten« kam.

Insgesamt gesehen war ich nicht unzufrieden mit meiner Kombinationsgabe. Als Agentin musste ich sicher noch viel lernen, aber meine Fähigkeiten waren ausbaufähig.

»Wie bist du eigentlich darauf gekommen, dass sie alles nur inszeniert hat?«, wollte Fabio von mir wissen.

Ich wollte nicht zugeben, dass ich es gerade eben erst rausgekriegt hatte, praktisch nur eine Sekunde, bevor ich es mit eigenen Augen gesehen hatte, deshalb meinte ich lässig: »Die Sackgasse. Wir waren sofort da, und Agnes befand sich ganz am anderen Ende. Es kam uns niemand entgegen außer ihr, also konnte sie es nur selbst getan haben. Sie hat einfach den Schmuck abgenommen und in ihre Handtasche gesteckt. Der Rest war dann reine Show. Und wie hast du es rausgefunden?«

»Gar nicht. Ich hatte die ganze Zeit Henri in Verdacht. Ich hab ihn von meinem Büro überprüfen lassen. Er stammt nicht aus Paris, sondern aus Gelsenkirchen. Und er ist wegen Trickbetrügereien vorbestraft. Aber da er dann zum Zeitpunkt des Überfalls bei uns war, konnte er es nicht gewesen sein. Sehr geschickt von dem Kerl, das muss man ihm lassen. Aber ich wusste, dass da irgendwas faul war, das hat mir meine Nase gesagt, deshalb hab ich auch die Gelegenheit genutzt, die zwei Tage noch hier zu bleiben.«

»Und warum bist du gerade runtergekommen?«

»Ich konnte nicht schlafen und bin aufgestanden, dann hab ich hier unten was gehört.« Er musterte mich kühl. »Danke für deine erfolgreiche Mitarbeit in dieser Sache. Gute Nacht.« Er wandte sich ab und ging zur Treppe.

Richtig, die Sache mit meiner Schnüffelei in seinem Zimmer, die hatte ich für den Moment völlig verdrängt!

Ich starrte ihm händeringend nach und suchte krampfhaft nach Formulierungen, mit denen ich das Geschehene ungeschehen machen konnte, doch es fielen mir keine ein.

Mutlos schleppte ich mich zurück in mein Bett und versuchte, zu schlafen, doch ich bekam kein Auge mehr zu. Ruhelos wälzte ich mich von einer Seite auf die andere und verfluchte den Tag meiner Kindheit, an dem ich entschieden hatte, Geheimagentin werden zu wollen. Bis sechs Uhr hielt ich es aus, dann stand ich auf, um zu Fabio zu gehen. Mir waren endlich die Worte eingefallen, die ich ihm sagen wollte.

Die Tür zu seinem Zimmer stand offen, doch Fabio war nicht da. Seine gesamten Sachen waren weg, ebenso wie sein Koffer. Er war abgereist.

Der restliche Tag verlief ebenfalls unerfreulich. Als ich zum Frühstück nach unten kam, war ich nicht die Erste, wie ich gehofft hatte. Am Büfett stand Bibi, die sich mit leidender Miene Kaffee einschenkte.

»Morgen«, murmelte ich.

Anstelle einer Antwort fing sie an zu heulen. Ich brauchte gar nicht erst zu fragen, was passiert war. Das gigantische Veilchen an ihrem rechten Auge war nicht zu übersehen.

»Berthold?«, fragte ich. Es klang weniger mitfühlend, als es vielleicht angebracht gewesen wäre, doch Bibi bemerkte es gar nicht.

Sie nickte schluchzend. »Der Mistkerl! Gestern war ich noch so glücklich, weil er mich heiraten wollte! Aber heute war er so gemein! Er hat sich aufgeregt, nur weil diese blöde alte Gans mich entlassen hat! Dabei hab ich gar nichts gemacht! Außerdem ist die ganze Aktion schief gelaufen! Alles ist im Keller!«

Ich blickte sie verständnislos an. Ob sie außer dem Veilchen vielleicht auch noch eine leichte Gehirnerschütterung davongetragen hatte?

»Leo hat von dem Geld an irgendner ausländischen Börse online welche von diesen Optidingern gekauft, und die sind jetzt im Keller.«

Ich ahnte Übles. »Von welchem Geld?«

»Na, von dem, was Berthold … Was er gekl … Na ja, er hatte halt noch was.«

Also hatte Berthold sich nach seiner Haftentlassung unverzüglich wieder mit Feuereifer in seinen Beruf gestürzt. Vermutlich hatte er eine Bank aufgesucht und dort mit den üblichen Methoden seine Finanzen aufgefrischt. Und war prompt auf Leo mit seinen Anlagestrategien nebst Paradieszinsen reingefallen. Das also war der Grund gewesen, warum die beiden sich gestern so konspirativ in den Ecken herumgedrückt hatten!

Als hätten meine Gedanken ihn herbeigezaubert, kam in diesem Moment Leo persönlich herein. Das Veilchen an seinem rechten Auge war, wenn irgend möglich, noch größer als das von Bibi. Berthold war anscheinend Linkshänder, und er musste einen gewaltigen Schlag besitzen.

Leo murmelte einen unverständlichen Gruß und nahm sich Kaffee. Er trank nur ein paar Schlucke, dann verzog er das Gesicht und stellte seine Tasse weg. »Okay, ich fahr dann«, sagte er zu Bibi, »ich will weg sein, bevor er runterkommt. Bist du dann so gut …?«

»Sicher«, sagte Bibi. Sie fischte den Autoschlüssel ihres kleinen Wagens aus ihrem Handtäschchen und reichte ihn Leo. »Papiere liegen im Auto. Vergiss nicht, den Wagen in Frankfurt an der Stelle zu parken, die wir ausgemacht haben. Und wirf den Schlüssel in meinen Briefkasten, sonst gibt's Ärger.«

»Geht klar«, versicherte Leo eilig. »Schlüssel und Papiere vom Daimler hab ich Berthold ja schon gegeben. Also, Wiedersehen dann.«

Er schlich mit gesenktem Kopf zur Tür und war im nächsten Moment verschwunden.

»Was war das denn gerade?«, wollte ich verdattert wissen.

»Na, irgendwie musste Berthold ja einen Ausgleich für die ganze Kohle haben«, verteidigte Bibi ihren Liebsten. »Und Leo kann froh sein, dass ich ihm für die Rückfahrt meinen Wagen borge.«

Ich fragte mich, was Berthold unternehmen würde, wenn er erst rauskriegte, dass der Wagen gar nicht Leo gehörte, sondern der Bank, die seinen Leasingvertrag finanzierte. Wahrscheinlich würde Leo dann ernsthaft um seine Rippen fürchten müssen.

Ich ging wieder nach oben, um meine Sachen zu packen. Dort traf ich auf Valerie, die auf dem Bett saß und ebenfalls heulte. Anscheinend war heute der Tag der tausend Tränen. Sie hielt eines ihrer stärksten Amulette umklammert – den Ankh-Anhänger. Doch in diesem speziellen Fall schien kein Hexenzauber zu helfen.

»Was ist los?«, fragte ich, diesmal mit echter Anteilnahme.

»Er ist weg«, sagte sie. »Sie sind vorhin gefahren, alle drei! Ganz plötzlich!«

»Wer?«

»Heinz, Agnes und Henri.«

Da ich seit dem Morgengrauen auf war, mussten sie zu der Zeit aufgebrochen sein, als ich unter der Dusche gestanden hatte. »Hat Heinz was gesagt?«

»Dass er mir irgendwann alles erklären wird.«

Das konnte ich genauso gut tun. Als ich mit meiner Erzählung fertig war, blickte Valerie mich mit ungläubigem Schniefen an. »Ich fasse es nicht.«

»Da sind wir ja schon zwei. Was ist, kommst du mit?«
»Wohin?«
»Nach Hause.«

Ich überließ Valerie das Steuer und schrieb während der Fahrt meinen Artikel fertig. Der Passus über Venedig gelang mir überraschend gut, beim Beschreiben der verwinkelten Gässchen und lauschigen Brücken kam sogar fast eine Art Spannung auf, beinahe wie aus einem Roman über *Commissario* Brunetti. Den Rest schrieb ich schamlos aus meinen Reiseführern ab. Gelegentlich fragte ich Valerie nach einem Synonym. Sie gab ihr Bestes, was ich ihr hoch anrechnete, war sie doch mindestens genauso niedergeschlagen wie ich. An der italienischen Grenze sagte sie, dass sie es mir gegönnt hätte, wenn ich an der Adria meine große Liebe gefunden hätte, so wie vor vielen Jahren Anna ihren Fabio. Ich erwiderte mit tränenerstickter Stimme, dass ich es mir selbst auch gegönnt hätte. Valerie meinte dazu, dass die Sterne einfach anders entschieden hätten.

Ansonsten verlief die Heimfahrt ohne weitere Zwischenfälle, und wir trafen wohlbehalten und bei nasskaltem Wetter mitten in der Nacht in Frankfurt ein. Unser Adria-Urlaub war zu Ende, und damit auch ein Abenteuer, das ausreichte, um einen ganzen Roman zu füllen.

Genau daran musste ich denken, als ich am darauf folgenden Montag wieder an meinem Schreibtisch in der Redaktion von *Meine Gesundheit* saß und der Adria-Reportage den letzten Schliff verpasste. Zu meiner grenzenlosen Verblüffung war er auf einhellige Zustimmung gestoßen. Sogar mein Arbeitstitel *Pizza, Mare und Amore* war übernommen worden.

Hildegard war vom Inhalt begeistert, vor allem vom Venedig-Teil. »Du schreibst so unglaublich authentisch, es ist fast wie in den Krimis über diesen *Commissario*, wie heißt er gleich? Vielleicht solltest du ja mal einen Roman schreiben.«

Ich merkte mir die Idee vor. Sie klang nicht schlecht. Es gab schließlich noch andere Dinge im Leben als Treppenlifte, Stützstrümpfe und Blasentee.

Ich lächelte meine Chefin dankbar an und machte ihr ein Kompliment über ihr schickes neues Trachtenkostüm.

Marie-Luise schaute im Laufe des Vormittags ebenfalls herein und bedankte sich für meine SMS. Dann rückte sie kleinlaut mit einem Geständnis heraus. »Ich fürchte, ich hab da Mist gebaut. Als du unten an der Adria warst, hat Leo hier angerufen. Na ja, er hat gesagt, ihr hättet euch wieder versöhnt, aber er könnte dich telefonisch im Moment nicht erreichen, ob ich wüsste, wo genau du gerade bist.« Sie senkte zerknirscht den Kopf. »Da hab ich's ihm halt gesagt, es stand ja in deiner SMS. Ich hab dabei gar nicht nachgedacht. Tut mir Leid. Mit ist erst nachher der Verdacht gekommen, dass das mit der Versöhnung vielleicht geflunkert war.«

Damit war auch dieser Punkt geklärt, obwohl mir das jetzt nicht mehr viel nützte.

Hans-Georg mäkelte wie üblich mit spitzer Zunge an meinen Formulierungen herum, doch selbst er zeigte sich ungemein angetan von gewissen Stellen, die ihn an einen Krimi erinnerten, den er mal gelesen hatte. Kurz vor Feierabend schlug er mit rosa erglühenden Segelohren vor, dass wir doch zur Feier meiner Rückkehr die von mir mitgebrachte Flasche Wein köpfen könnten, und genau das taten wir dann auch. Dadurch ging es mir jedoch nur noch schlechter als vorher, weil jeder Schluck mich an den Ausflug in die Weinberge erinnerte.

Abends besuchte ich Valerie, die mir mit glückseligem Strahlen die Tür öffnete. Während Melli wie üblich auf Katzenart um meine Beine strich, damit ich sie zur Begrüßung kraulte, erfuhr ich den neuesten Stand der Dinge. An diesem Abend war endlich der heiß ersehnte Anruf von Heinz gekommen.

»Agnes wird entmündigt!«, verkündete Valerie fröhlich, während sie eine Flasche *Rosso Piceno* entkorkte und mir davon einschenkte.

»Und das lässt sie sich gefallen?« Ich schnüffelte an meinem Glas und musste mich beherrschen, nicht sofort wieder loszuflennen.

»Sie hat ja keine Wahl. Entweder lässt sie sich für verrückt erklären, oder sie wandert in den Knast. Die Versicherung hat sofort ein Strafverfahren einleiten lassen. Was bleibt ihr also übrig?«

Durch ein gerichtliches Eilverfahren würde die gesamte Verfügungsgewalt über Agnes' Vermögen, einschließlich der Juwelen und Immobilien, treuhänderisch auf Heinz übergeleitet werden, den das Gericht als nächsten Anverwandten zum Pfleger bestellen würde. Vielleicht war es wirklich in Agnes' Sinne. Ich fand, dass sie sowieso nicht in der Lage war, mit Geld umzugehen. Auf der einen Seite konnte sie, ohne mit der Wimper zu zucken, eine ganze Schar von Angestellten mit in Urlaub nehmen, auf der anderen war sie zu geizig, sich mal ein neues Kleid zu kaufen. Damit stand allerdings noch nicht fest, ob Heinz es besser machen würde.

Doch derartige Zweifel schienen Valerie nicht zu plagen. »Das heißt, er bestimmt dann über den ganzen Zaster«, frohlockte sie. »Er hat mich eingeladen! In seine Villa, die liegt direkt an der Außenalster! Was sagst du dazu? Ich bin *sooo* happy! Und weißt du was? Es macht mir sogar richtig Spaß, beim Sex ein bisschen grausam zu sein! Ich stelle mir dabei immer vor, dass ich ihn für dieses grässliche Orgelspiel bestrafen muss. O Jenny, mir *liegt* so was!« Sie legte die flache Hand auf ihre Magengrube und ließ mit einem wolllüstigen Seufzer die Luft aus ihrem *Chakra* entweichen. »Vielleicht ist er mir ja genau deswegen vom Schicksal bestimmt worden! Die Sterne lügen nie!«

Sie strich sich verträumt das Haar aus der Stirn. Es schien mir etwas röter zu sein als sonst, und ihre Augen kamen mir auch grüner vor. Aber das konnte natürlich nur eine Täuschung sein.

Den Rest der Woche verbrachte ich im Zustand tiefster Depression. Nicht einmal das regelmäßige Essen bei meinen Eltern konnte mich aufheitern. Ich hatte ihnen unter zahlreichen Tränen alles erzählt, und wie immer umsorgten sie mich mit ihrem nie nachlassenden Verständnis und ihrer unendlichen Güte. Als ich am Samstag wieder mit ihnen zu Abend aß, tat Mama mir noch einen von ihren hausgemachten Kartoffelklößen auf und fragte mich, ob ich nicht Lust hätte, morgen Nachmittag mit ihr auf dem Main-Tower Kaffee zu trinken. Papa tastete überall nach seiner Brille und erklärte mir dabei, dass er zum ersten Mal seit langer Zeit wieder daran denke, ein neues Lied zu komponieren. Es sollte meinen Namen tragen.

Ich liebte die beiden so sehr, dass es wehtat. Warum musste das Leben nur so kompliziert sein? Warum hatte ich mir den wunderbarsten Liebhaber aller Zeiten durch meine maßlose Neugier verscherzt?

Das fragte ich mich immer noch, als ich später in meine Wohnung zurückkehrte. Im Treppenhaus begegnete ich Frau Hölzlein, die sich lobend über das Bouquet des von mir mitgebrachten Rotweins äußerte und mich dann ausführlich über den Ausfluss informierte, der sie seit letzter Woche plagte. Sie war bei ihrer Schilderung gerade bei einer besonders unappetitlichen Stelle angelangt, als ich ganz plötzlich anfing zu heulen.

»Mein Gott, Kindchen«, sagte Frau Hölzlein erschrocken, »so schlimm ist es auch wieder nicht!«

»Doch«, schluchzte ich.

»Nein, wirklich nicht! Die Zäpfchen, die der Arzt mir verschrieben hat, sind sehr gut!«

Das war Ansichtssache. Gegen mein Problem waren alle Zäpfchen der Welt machtlos.

Bevor ich an diesem Abend zu Bett ging, verwöhnte ich Fridolin mit einer Erdnuss. Ich stellte ihm dieselbe Frage, die ich mir im Laufe der letzten Tage unzählige Male selbst gestellt hatte.

»Wie kann ich es anstellen, ihn zurückzugewinnen?«

Fridolin knabberte an der Nuss und blinzelte mit seinen dunklen Knopfäuglein dankbar durch die Stäbe seines Käfigs zu mir hoch. Anscheinend fiel ihm auch keine Antwort ein, genauso wenig wie mir.

Am nächsten Nachmittag hatte ich wenig Lust, meine Wohnung zu verlassen. Am liebsten hätte ich mich im Bett verkrochen, das ganze Wochenende lang.

Doch ich hatte es Mama versprochen, also zog ich mich widerwillig an und fuhr zum Main-Tower. In der Besucherlobby nahm ich den Expresslift in die 53. Etage und traf zur vereinbarten Zeit in dem Restaurant hoch oben in der Spitze des Wolkenkratzers ein.

Ich schaute mich an den Tischen um, doch Mama war nirgends zu sehen. Normalerweise war sie die Pünktlichkeit in Person. Achselzuckend setzte ich mich an einen Tisch und schaute aus dem riesigen Panoramafenster neben mir. Die Aussicht über die Frankfurter Skyline war an diesem Nachmittag genauso bedrückend wie alles andere in meinem Leben. Tief und grau hing der Himmel über der Stadt, deren Umrisse sich ringsum in Regen und Nebel verloren. Vom Wonnemonat Mai keine Spur. Es hätte ebenso gut November sein können.

»Ist der Platz hier noch frei?« Fabio stand neben meinem Tisch. Sein Gesicht war ernst und so unglaublich schön, dass es mir die Tränen in die Augen trieb. Einen verrückten Moment lang glaubte ich, dass ich mir nur einbildete, ihn zu sehen, weil ich mich die ganze Zeit über so schmerzhaft nach ihm gesehnt hatte. Doch dann bemerkte ich den kleinen Kratzer an seinem Kinn, wo er sich heute beim Rasieren geschnitten haben musste. Eine Fata Morgana hatte keine Kratzer am Kinn.

Ich konnte nichts sagen. Stumm starrte ich ihn an, und während er sich neben mich setzte, überlegte ich, welcher ungeheuerliche Zufall ihn wohl ausgerechnet an den einzigen Ort in dieser riesigen Stadt verschlagen hatte, an dem auch ich mich aufhielt. Und das auch noch zur selben Zeit! Das Schicksal musste es *doch* gut mit mir meinen!

Erst nach ein paar Sekunden begriff ich, dass nicht

das Schicksal, sondern Mama ihre Hand im Spiel gehabt hatte. Doch das war mir in diesem Moment völlig egal. Er war hier, das war die Hauptsache. Aber er machte keine Anstalten, mich zu umarmen oder zu küssen.

»Du bist noch böse auf mich«, flüsterte ich geknickt.

Er schaute mich unverwandt an. Schatten lagen um seine blauen Augen, und von seiner Nase zogen sich feine Kerben bis zu den Mundwinkeln, Fältchen, die mir vorher noch nicht an ihm aufgefallen waren.

»Du hast mich verletzt«, sagte er.

Verzweifelt ballte ich die Hände zu Fäusten. »Gott, es tut mir so wahnsinnig Leid! Wenn du wüsstest, wie sehr!«

»Deine Mutter hat es mir erzählt. Sie ist eine bemerkenswerte Frau. Ich frage mich, warum du es nicht selbst tun konntest.«

»Ich hab's versucht«, sagte ich lahm. »Die ganze Nacht hab ich mir überlegt, was ich dir sagen wollte. Um sechs Uhr wusste ich es dann auf einmal ganz genau. Es war mir plötzlich eingefallen. Ich bin aufgestanden und zu dir ins Zimmer gegangen, weil ich es dir unbedingt sofort erzählen wollte. Aber da warst du schon weg.« Ich ließ den Kopf hängen. »Und danach ... Ich hab mich einfach nicht getraut, dich anzurufen. Ich dachte, wenn du mich nicht sprechen willst, bringt es mich um. Deshalb hab ich überlegt, noch ein bisschen zu warten.«

»Worauf?«

»Ähm ... Dass du dich abregst?«, meinte ich hoffnungsvoll.

Ein flüchtiges Grinsen huschte über sein Gesicht. »Du verrücktes Huhn.«

Ich war entzückt. Er hatte mir vergeben! Mit Tränen

in den Augen sah ich ihn an. Mein Pirat! Jetzt würde alles wieder gut werden, das wusste ich ganz einfach!

Mit dem Fingernagel zog ich Rillen in das makellos saubere Tischtuch. Auf einmal hatte ich das dringende Bedürfnis, mein scheußliches Verhalten im Nachhinein doch noch zu rechtfertigen. »Schau, es war so. Valerie meinte, dass du so merkwürdig entspannt warst nach dem Überfall. Obwohl du doch auf einen Schlag so viel Geld verloren hattest. Und deine Firma …«

»Meiner Firma geht es ausgezeichnet«, unterbrach er mich. »Ich hatte nämlich zufällig an demselben Abend zu Hause angerufen und erfahren, dass wir einen großen neuen Auftrag an Land gezogen hatten. Eine längerfristige Sache, die unsere Finanzen auf Jahre hinaus konsilidiert.«

Damit war wohl auch die letzte Unklarheit beseitigt. Bis auf eine. Fabio brachte die Sprache wieder auf das Thema zurück, das wir vorhin verlassen hatten.

»Was hast du mir denn an dem Morgen unbedingt erzählen wollen?«

Ich zuckte zusammen. »Hm?«

Er nahm meine Hand. Die Berührung ging mir durch und durch.

»Stell dich jetzt nur nicht dämlich an.«

Ich war beleidigt. »Davon kann überhaupt keine Rede sein!«

»Dann sag es mir. Oder traust du dich nicht?«

Ich dachte kurz nach. Konnte ich es wagen? Ich hatte das noch nie zu einem Mann gesagt. Würde ich damit durchkommen, vielleicht für den Rest meines Lebens? Ja, entschied ich dann. Schließlich war er mir von einem alten chinesischen Weisheitsbuch vorhergesagt worden.

Außerdem hatten ihn mir die Sterne geschickt, und die logen niemals.

»Heirate mich«, sagte ich schlicht. Ich hielt mich nicht mit Liebeserklärungen auf, denn für mich war klar, dass er der Mann meines Lebens war. Um nichts in der Welt würde ich ihn auf dem Standesamt stehen lassen!

Er starrte mich an, als hätte er mich noch nie gesehen, und einen fürchterlichen Augenblick lang glaubte ich, er würde womöglich einfach aufstehen und gehen. Doch das tat er nicht. Stattdessen zog er ein schmales Kästchen aus der Jackentasche und öffnete es. Und als hätte er ein geheimes Abkommen mit dem Himmel, teilten sich in diesem Augenblick die Wolken und ließen ein paar Sonnenstrahlen durch. Einer davon fing sich funkelnd in dem Brillantring, der auf dunkelblauem Samt in dem Kästchen ruhte.

O Gott, dachte ich, bis ins Mark erschüttert. Jetzt war es doch noch eingetroffen, genau wie in der Weissagung!

Juwelen trägt der Mann vom Turm …

»Liebend gerne«, beantwortete Fabio meinen Heiratsantrag, während er mir den wunderbaren Verlobungsring ansteckte. »Dasselbe wollte ich dich nämlich zufällig auch heute fragen.«

Ich wollte ihm gerade sagen, dass es keine Zufälle gab im Leben, dass alles von den Sternen bestimmt war, doch dazu kam ich nicht, denn in diesem Moment zog er mich in seine Arme und küsste mich.

Die Wolken über dem Turm brachen nun vollends auf und ließen strahlende Helligkeit in die Stadt fluten, und ich dachte an die Worte eines italienischen Dichters aus dem sechzehnten Jahrhundert, über den etwas in meinem Reiseführer gestanden hatte.

Das Glück kommt nicht ungerufen, man muss ihm entgegengehen …

Genau das hatten wir beide heute getan, mein Mann vom Turm und ich. Und irgendwo, hoch oben hinter der Sonne versteckt, blinzelten mir Millionen von Sternen zu.

Nachwort der Autorin

Ein Hinweis für alle Adria-Kenner unter meinen Lesern, die in der Nähe von Pesaro vergeblich nach dem näher beschriebenen *Bagno* und dem Kastell der Baronin suchen: Diese Schauplätze sind frei erfunden!

Männer und andere Stolpersteine – das hatte Carola sich nicht gerade für ihren wohlverdienten Kreta-Urlaub vorgestellt. Eigentlich wollte die glücklich geschiedene Mutter von zwei heftig pubertierenden Töchtern endlich einmal ausgiebig Sonne und Kultur tanken – und sich männerlos so richtig wohl fühlen. Doch da hat sie die Rechnung ohne ihre beiden Töchter und vor allem ohne ihre Zwillingsschwester gemacht. Die sind nämlich alle drei vom Kuppelwahn befallen ud wollen Carola den ultimativen Urlaubslover verschaffen. Er taucht dann auch prompt auf, in der Gestalt eines gewissen Justus, der außer Urlaub auf Kreta noch einiges mehr vorzuhaben scheint ...

ISBN 3-404-16224-2

BASTEI LÜBBE

Guck mal, wer da fremdgeht ...

Alexandras Geschäft boomt. Mit ihrer Treue-Test-Agentur verleitet sie im Auftrag eifersüchtiger Frauen fremde Männer zum Seitensprung. Und tatsächlich – kein Mann kann der langbeinigen Versuchung widerstehen! Doch dann verliebt sich Alexandra Hals über Kopf in Johannes, einen ihrer »Auftragsmänner«. Ganz gegen ihre eisernen Prinzipien landet sie mit ihm im Bett, denn der charmante Gourmet-Koch ist wirklich jede Sünde wert. Nur ist er leider auch so gut wie verlobt, und zwar mit einer Frau, die keinen Spaß versteht. Als sich dann auch noch einer der von Alexandra geleimten Typen als rachesüchtiger Psychopath mit ungewöhnlichem Waffenarsenal entpuppt, wird es bald so turbulent, dass Alexandra ziemlich tief in die Trickkiste greifen muss ...

Temporeich und ungemein witzig!

ISBN 3-404-16226-9

BASTEI LÜBBE